광야에서 온 편지

광야에서 온 편지

안병길 목사 칼럼 에세이

도화

차 례

2부 _ 광야에서 만난 하나님

3부 _ 광야에서 바람을 기다리며

4부 광야에서 온 편지

추천사

둘도 없는 친근한 벗 안 목사님께

『택시 운전하는 목사』라는 책을 읽고 미처 몰랐던 안병길을 더 잘 알게 되었다. 속담에 천길 물속은 알아도 반길 사람 속은 알 수 없다 듯이 사람 속을 알기란 여간 어려운게 아니다. 부모와 자식, 형제간에도 속내를 알 수 없는 것이 인간심리 상태다. 하물며 타남끼리 서로 만나 교제하면서 사귀고 정을 주고받는다는 것이 어찌 그리 쉽겠는가. 이러함에도 불구하고 안 목사와는 상상을 초월할 정도로 교감하며 사귀고 정을 나누고 말 그대로 친근한 벗으로 지내고 있다. 안 목사를 처음 만난 것은 서울 양천구 양강중학교 운동장에서 있었던 '통일체육축전' 때라고 기억된다. 소개받을 때 목사라는 호칭이었다. 내가 한국에 와(2000년에 북에서 남으로) 교회라는 데를 두루 다니며 살펴봤는데 친숙함보다는 거부감, 신뢰보다는 불신하는 마음이 더 커졌었다. 종교의 순수한 모습은 보이지 않고 기업화 정치화되는 모습들이 여기저기서 보였기 때문이다.

안 목사를 처음 만났을 때 '당신도 기독교 목사인즉 이 세상이 사람 중심이 아니고 하나님 중심 철학 논리로 사는 사람이겠구나'였다. 그런 선입견에 호감 있게 대해 주었겠는가. 나는 안 목사를 종교인 그 이상, 그 이하도 아니라고 생각했었고, 대화도 건숭건숭 진실이 없는 일반적 얘기뿐이었다. 그 후 자주 만나게 되었고 대화를 통해서 더 깊이 알게 된 것은, 그의 종교적 진리뿐만 아닌 인간적 가치관이 투철한 기독교인의 참모습 때문이었다. 일반적으로 못돼먹은 사람을 가리켜 "너도 사람이냐?"고 핀잔을 주게 된다. 사람이 짐승과 다른 점은 세 가지 가치관 도덕과 의리, 양심이라는 가치관을 가지고 있기 때문이다. 이 세 가지 중 어느 한 가지라도 결여된 사람은 사람이라 할 수 없으며, 설사 이 세 가지 가치관을 갖고 있다 해도 그것을 착실하게 실행하기란 말처럼 그리 쉽지 않은 노릇이다.

사람과 사람 관계에서 이 세 가지 믿음이 깨지면 신뢰가 무너지고 인간관계는 깨지고 만다. 안 목사를 둘도 없는 친근한 벗이라고 하는 이유가 그의 인간 됨됨의 성품이다. 자주 교제하면서 다른 목사들 속에서 찾아볼 수 없었던 가장 고귀한 성품, 인간성을 발견했을 때의 그 기쁨, 만족감과 행복감마저 들었다.

그러면서도 안 목사는 도대체 다른 목사들 속에서는 찾아볼 수 없는 기독인의 참모습을 지니고 있을까 싶었는데 그가 쓴 책을 읽으면서 그 속에 담겨 있는 그의 삶이 고스란히 주마등처럼 안겨 왔다. 6남매 중 넷째로 태어나 가난했던 시절 살아온 눈물겨운 이야기며 '효' 문제를 두고 남긴 이러저러한 말들은 그의 인생길에 새겨진 주옥같은 명제들이다. 그가 인간의 참된 삶, 인간수업을 제대로 거치지 않았다면 참신한 기독인이 될 수도 없었을 것이고, 또 주옥같은 명구가 나올 수 없었을 것이다. 그래서 나는 이 글을 쓰는 순간, 아니 살아있는 동안 그를 가장 존경하는 스승으로 영원한 벗으로 삼고 싶어졌다. 그가 이번에 내는 책에서도 의심할 바 없이 사람들에게 참된 귀감이 될 만한 이야기를 담아내리라 기대하며 확신하는 바이다. 그리고 그 수고의 빛이 세상을 밝히고 아름답게 장식될 때 안 목사는 이 세상에서 다 밝히지 못했던 과학적 인생관의 정수 그 정점에 서게 될 것이다. 참으로 안 목사는 나 자신을 새로이 발견하게 해준 스승이기도 하거니와 영원히 손잡고 함께 살아가야 할 혁명동지이기도 한다. 바라건데 더 많은 사람들로부터 가장 존경받고 사랑받는 인간 참삶의 목회자로 거듭나는 축복받기를 바라고 또 바란다.

2018년 2월 이길웅

(이길웅님은 북에서 24년 교사생활 군당지에 글을 쓰셨던 어문학 전공자이다.)

행동하는 믿음 실천의 사도 안 목사님께

안병길 목사님을 만난 것은 광주교도소 접견실 안이었다. 당시 양심수 후원회장님으로 전국 교도소를 순회하며 국가보안법으로 구속된 수용자들을 위로하며 다니시던 때였다. 생각보다 훨씬 젊은 동안으로 도저히 그 나이가 믿기지 않아 주민등록증상의 나이를 물어보았던 기억이 지금도 남아있다. 나보다는 한 살 위이신 목사님에게 같은 기독교인으로서 존경심을 느끼기도 했지만 무엇보다도 매달 보내주시는 하나님의 말씀과 함께 담긴 내공의 필력에 존경과 감탄을 금치 못하고 있었다. 부동산 전문가로서 여타 신문에 고정 칼럼을 기고했던 필자의 입장에서 누구보다도 목사님의 필력에 놀라움을 금치 못했던 이유는 신학적, 역사적, 철학적 사고의 깊이와 세상을 살피는 통찰력이었고, 이를 감탄해서 몇 번씩 편지를 다시 보고했던 인연이 바탕이 되었다. 그 편지로 인한 크나큰 변화가 돌아온 탕자로서 회개하고 올바른 신앙심으로 다시금 하나님을 찾게 만들었고, 그 인고의 세월을 버틸 수 있었던 원동력이 되었으며 기독교인으로 회심하게 된 크나큰 은혜가 되었다. 목사님은 지금도 광주에서 수용 생활을 하고 있는 필자의 동료 후배에게 전도를 통해 하나님 안의 새 삶을 살게 구원하여 주시고 지속적으로 교화하여 주시는 행동하는 믿음의 표본이시다. 형기를 마치고 나오자마자 행동으로 믿음을 실천하시는 목사님과 지금까지 인연을 맺고 있다. 얼마 전에는 구노회식구들, 이적 목사님과도 함께 식사를 하며 필자의 대북사업에 대하여 함께 논의를 하며 강화도에서 즐거운 시간을 보낸 적도 있었다.

낮은 데로 임하셨던 예수님의 길을 몸소 행동으로 실천하시며 어려운 목회 활동을 이끌고 계시는 우리 목사님께서 금번 책을 출판하신다기에 인사의 말씀을 올리고자 자천하여 이렇게 감사의 말씀을 올립니다.

안병길 목사님과 그 가족들 위에 우리 주 예수그리스도의 은혜와 하나님의 사랑과 성령의 교통하심이 영원토록 함께 하시기를 기도드립니다.

감사합니다. 고맙습니다. 그리고 사랑합니다. 목사님

2018. 2. 5

'만물에 깃든 하나님' 강조 – 광야교회 안병길 목사

〈한겨레신문 인터뷰〉

올해도 서울 신정동 광야교회(담임 안병길 목사) 성탄절 예배에는 정안숙 선생 등 정토회(지도법사 법륜스님) 식구들이 참석했다. 이들은 예년처럼 예수의 탄생을 경축하며, 예수께서 이루고자 했던 전쟁 없는 세상, 굶는 이 없는 세상, 평화로운 대동세상을 만들어가자고 축원했다. 이를 위해 나 자신이 먼저 밝고 가벼워지고, 이웃들이 함께 행복해지도록 노력하자고 덧붙였다.

정토회의 불탄일 법회에는 안병길 목사가 참석해 부처님의 오심을 경축했다.

"부처님의 깨달음으로 사람들은 고통의 바다에서 빠져나올 수 있는 길을 알게 됐습니다. 우리 자신이 본래 완성된 존재라는 사실도 깨달아 참 행복을 이룰 수 있게 됐습니다. 예수가 이 땅에 오심으로, 하나님이 내 곁에 있음을 알게 돼 참 행복을 누릴 수 있게 된 것과 다름이 없습니다. 그런 부처님의 가르침에 따라 다 함께 진리의 세상을 만듭시다."

광야교회와 정토회가 이렇게 서로 소통한 것은 1995년부터였다. 이현주 목사가 이끌던, 개혁적인 목회자 모임 우리신학연습회는 그해 여름 수련회 때 법륜스님을 강사로 초빙했다. 회원 목회자들은 불교에선 어떻게 깨달음을 추구하는지, 그 수행방법에 각별한 관심을 갖고 있던 터였다. 이들은 평소 스님을 자신들과 마찬가지로 진리를 추구하는 도반으로 여겼다. 다른 게 있다면 걷는 길뿐이라고 생각했다.

"진리는 하나입니다. 기독교의 진리, 불교의 진리가 따로 있을 수 없습니다. 하늘을 둘로 쪼개 나눠 가질 수 없듯이 진리를 쪼갤 수는 없습니다."

안 목사는 선배 목사로부터 '산에서 내려와 민중과 함께 고통을 나누고 희망을 찾아가는 스님'이라고 법륜 스님을 소개받은 터였다. 이후 그는 정토회의 각종 행사에 참석했다. 강연이나 인사말을 하는가 하면, 인도 불교 성지순례에도 나섰고, 정토회의 생명살림운동에 앞장섰다. 요즘 '나는 정토회 목사'라고 소개할 정도로 그와 정토회 사이에는 벽이 없다.

"예수님이 오기 전까지 사람들은 하나님을 우리 밖에 존재하시는 분으로 생각했습니다. 그러나 예수 이후엔 신의 관념이 완전히 바뀌었습니다. 예수는 이렇게 말씀하셨죠. '아버지께서는 내 안에 계시고 내 안에서 일하시기에 나도 일한다.' 제자들이 아버지 하나님을 보여달라고 하자 예수는 다시 이렇게 말했습니다. '나를 봤으면 아버지 하나님을 본 것이다.' 예수 이후의 기독교는 내 안에서 하나님 곧 신성을 찾게 된 것입니다."

동학의 인내천(人乃天, 사람이 곧 하늘) 사상이나 불교의 개유불성(皆有佛性, 만물엔 불성이 있다) 가르침과 다를 게 없다는 것이다.

기독교가 저지른 많은 문제는 교회가 우리 안에서 하나님을 찾지 않고 밖에서 구하도록 한 데서 비롯됐다고 안 목사는 말한다. 그들은 하나님의 이름으로 그의 창조물을 죽이고 추방하고 억압했다. 돈을 신처럼 섬기고, 맹목적인 성장을 그분의 뜻인양하기도 했다. 믿고 기도하면 다 이루어준다고 하여 신을 우상화하기도 했다.

"그분은 나무와 풀과 하다못해 굴러다니는 자동차에도 계십니다. 그 표시로 그분은 예수님을 인간의 몸으로 태어나도록 했습니다. 예수가 인간의 몸을 입지 않았다면 그는 우리의 고통과 슬픔을 모르는, 우리와 무관한 존재이었을 겁니다. 우리의 고통을 대신 짊어지지도 못했을 겁니다."

그래서 그는 내 안의 예수님, 만물 속에 깃들어 있는 하나님의 체험을 강조한다. 1987년 6월 항쟁 당시 서울역에서 쫓겨 만리동 고개를 넘으면서 보았던 사람들에게서, 그들의 함성 속에서 하나님을 보았다. 쫓겨나는 철거민의 눈물에서, 애써

짓는 뇌성마비 장애아의 찌그러진 웃음 속에서 예수님을 보았다.

안 목사가 92년부터 경기도 시흥 방산동의 한 야산 기슭의 밭을 빌려 신도들과 함께 농사를 짓는 것도 이런 체험과 무관하지 않다. 그는 해동되자마자 이곳에 감자와 옥수수를 심는 것으로 한해 농사를 시작한다. 이어 양파, 마늘을 심은 뒤 5월엔 열무, 얼갈이, 대파, 고추를 파종하고 참외, 수박, 오이, 아욱 등의 여름 과일과 채소를 심는다. 6월 들어 감자, 마늘 등을 수확한 뒤 들깨를 심고 8월 여름 과일과 채소를 수확한 자리엔 김장배추, 무 등을 심는다. 11월 배추, 무를 수확할 때까지 농사는 계속된다. 그와 교회 식구들은 작물들이 싹을 틔우고, 꽃을 피워 열매를 맺는 과정을 지켜보며, 감자나 양파 고추 하나하나에서 하나님의 섭리를 체험한다.

농사란 생명을 살리는 근본이고, 종교란 근본으로 돌아가자는 것이니 농사와 종교는 자연스럽게 소통하고 조화를 이룰 수 있다는 게 그의 믿음이다. 생명을 살리는 것이니 농약을 치거나 화학비료를 쓸 수 없다. 이웃 돼지농장에서 걷어온 돼지똥을 1년간 썩혀 퇴비로 쓰고, 벌레는 손으로 떼어낸다. "이제 신도들은 가끔 이렇게 말하곤 하지요. 아이쿠, 저기에도 하나님이 계시네요. 그들이 가리키는 곳에는 하얀 감자꽃이 바람에 흔들리거나 풋고추가 햇빛에 반짝입니다."

그는 군대를 제대한 뒤 불현듯 신학 공부해야겠다는 마음이 생겨, 27살에 뒤늦게 감리교총회신학대에 입학했다. 88년 신학연구원을 졸업한 뒤 그는 부평에서 노동목회를 시작했다가 91년 신정동 달동네, 일명 칼산에서 빈민목회를 시작했다. 헌금으로는 교회 운영비도 충당할 수 없었다. 그렇다고 '예수님을 팔아서' 교회를 꾸려갈 수는 없었다. 그래서 택시운전을 시작했다. 3일씩 주야간 2교대였던 터라 목회하기가 너무 힘들었다. 지금은 체육관 차로 바꿔, 일주일에 5일씩 오후 2시부터 밤 9시까지 운행한다.

그는 차를 몰 때마다 이렇게 기도한다. "이 몸을 통해 주님의 뜻을 이루소서." 수태를 고지한 천사에게 성모 마리아가 했다는 말이다. 처음에 마리아는 기겁했다. "당신은 곧 아들을 낳을 것이니, 예수라 이름하세요." "어찌 처녀의 몸으로 아기를 잉태할 수 있습니까." 그러나 마리아는 "하나님의 뜻"이라는 천사의 말에 이렇게 답했다. "주님의 뜻을 이루소서." 안 목사는 이 기도를 통해 '나의 사랑하는 사람'이 되기를 간절히 빈다. 하나님이 십자가를 진 예수를 보며 했다는 말이다.

1부

광야에서 만난 사람들

관옥 · 이오

그니를 처음 접한 건 그가 번역한 책 에르네스토 카르디날이 지은 『민중의 복음』 때문이었다. 전두환 군사독재시절 판매 금지된 책이라, 책 껍데기에 달력 포장하여 책 제목이 보이지 않게 하고 가지고 다니며 읽었다. 그 저자가 궁금했고, 상당히 힘 있게 생긴 사람일 거라 생각했었다. 1982년 신학교 2학년 때 전생수가 저자 모시고 강연하자고 하여 경기도 소래읍에서 탁구장하고 있던 경준 형네 탁구대에서 했다. 첫인상은 생각과는 반대로 마른 편 인데다 바바리코트 입고, 감기 걸린 모습은 약해 보였다. 말씀을 듣는데, 초심을 얘기하셨다. "처음 신학교에 갈 때는 하나같이 '가난한 예수 따르겠다'고 가놓고 학교 졸업 뒤에는 이렇게 살아서는 안 되겠다며, 부자 되려 하는데 여러분은 안 그랬으면 좋겠다"는 말씀이 그와의 첫 만남이었다. 충주에 살면서 암에 걸려 죽음을 기다리던 후배(고 윤

인성 목사)를 자기 집에서 간호하며 데리고 있을 때 찾아간 것이 두 번째였다. 겉 이미지는 차갑게 다가왔었다.

그 뒤 '우리 신학 연습회'에서 만나 함께 하다가 '예수 살기'로 이름을 바꾸어 7~8년간 그니와 함께 했다. 동·서를 넘나들며 살아가는 그. 동화작가 권정생 선생 살아계실 적 그와 1년을 같이 살기도 했었다는 그를 가까이 모시고 함께 할 수 있다는 행복, 참 행복했었다. 다른 건 몰라도 자기가 '가난하게 산 것은 자신한다'던 그니, 내가 가난한 빈민 달동네 목회라고 한답시고 마음이 괴롭고 무거울 때면 불쑥 찾아와 "야 네 자신을 좀 깊이 들여다봐!" 일갈했다. 자신을 들여다보라니, 어떻게 들여다본다는 말인가? 사실 개신교 신학은 자기 성찰의 공부가 없다. 그때 고민은 현실과 이상 속의 고단함이었다. 가난한 예수 따라 예수의 길을 걷겠다고 신학 공부해 놓고, 매일 매일 기도는 부흥케 해달라, 사람 모이게 해달라, 하고 있었으니 사람은 안 모이고 마음의 짐 무게가 나의 등에 지구가 지워진 만큼 무거웠다. 몇 개월 지난 뒤 '아! 그때 말씀이 이거구나!' 하고 뒤통수를 한 대 맞았다.

가난한 예수 따르겠다던 그 초심 그때부터 그 누구와도 비교하지 않고 경쟁하지 않겠다고 다짐했다. 지금부터 비교, 경쟁하고는 끝! 그렇게 인사 나누니 깃털처럼 가벼워졌다. 어느 날 붓글씨로 교회 현판을 써가지고 오시어 현판 새기는 돈까지

주고 가셨다. 사실 난 그때 빈주머니였다. 내가 택시운전 할 때 '승물이유심', 택시를 타는 승객과 마음껏 놀아, 라는 글을 써오시고, '지기추설대인춘풍' 자기를 대할 때는 서릿발처럼 남을 대할 때는 봄바람처럼…… 난 그를 결백 환자라 한다. 돌아가신 법정처럼 그렇게 맑은 이였다. 어느 날 생각지 않은 아호 '의강'을 들고 와 뜻을 물으니 굳셀 의 언덕 강 '굳센 언덕'이라며, 그 언덕에는 여우도 굴을 파고…… 그런데 아직도 내가 굳센 언덕인지는 모르겠는데, 내 품에 여우 한 마리 안 살고 있다. 언제쯤 그 언덕이 될까? 그는 내 형님, 큰 스승, 길 선비 이현주 목사이시다.

두메 · 만득이

1981년 감리교 총회 신학교에서 처음 만났다. 가을학기 즈음인가 군 장교복을 입고 나타났다. 알고 보니 해군 중사로 동해안 고성군 명파에서 근무하다 제대 뒤에 학교에 왔다 한다. 만난 얘기를 책으로 엮자면 한 권은 될 듯하다. 나중에 알게 되었지만 강릉시 금산리에 작은 마을회관을 빌려 그곳에서 개척교회를 하고 있었다. 학기 초가 되면 등록금이 모자라 그와 나는 가끔 불려가 학장으로부터 호통을 받기도 했다. “언제까지 낼 수 있어?” “조금만 기다려주시면……” “그럼 교회건물 세워 교회 부흥하면 내겠다는 거야!” 그때 무슨 말인지 화나기도 했지만 두고두고 곱씹을 말씀이다. 교회하면 곧 부흥. 사람 많이 모아 돈 잔치 벌이고 사는 게 현재 한국교회니까. 학장님은 우리에게 전도사 되면 교회에 매이게 되니 학생시절 청량리도 가보구(색시촌) 용산, 남산 지게꾼들의 삶도 들여다보라 하셨다.

그 말을 실천이라도 하듯, 강릉에서 올라와 잘 곳이 마땅치 않으면 고속버스터미널, 지게꾼들 사이에서 비닐잠을 자기도 했다. 강원도 인제가 고향인 그와 가까워져 그의 고향은 나에게 제2의 고향이 되었다. 아호는 그가 스스로 지은 건데, 처음에는 첩첩 산골에서 태어났다고 두메로 하다가 뒤에는 늦게 깨닫는 자신을 일컬어 만득이로 살다가 몇 년 전 젊은 나이에 세상을 떴다. 25년 지기 그가 떠난 장례식장에 들어서자 외로움이 확 다가와 가슴이 뭉클했다.

그의 주변에 숱한 후배들이 있었지만, 가끔은 전화해 "언제 안 와?" 묻곤 하며 나를 기다렸던 생각에 눈물이 맺혔다. 난 서울에서 살고 학원차 하고 있었고 토요일과 일요일 예배 뒤에는 경기도 시흥시에 밭을 얻어 농사를 했기에 갈 틈이 없었다. 그래도 가끔은 찾아갔는데, 그랬었구나. 돌아가시기 전 인터넷에 장기기증 등 사후마무리를 해놓아 감리교 목사들에게 신선한 바람을 일으켰나 보다. 어릴 적 마을에 교회가 들어오려 벽돌을 찍어 놓으면 어린 장난기로 발로 밟고 다녔다며 그 죗값을 치르느라 목회의 길을 걷게 되었나 보라며 너스레도 떨었다.

나보다 체격이 배나 컸었던 그, 주먹도 그렇게 크고, 그가 나를 잡으면 꼼짝 못 할 정도의 힘, 그가 목사의 길을 안 걸었다면 세상에 해를 입히는 길을 걷고 있었는지도 모른다. 신학생시절 기도 봐달라는 요청도 왔었으니까. 선생님의 가르침 따라 청량리에 갔을 때, 난 여인들에게 잡혀가도 밖에서 구경만 하던 그. 난 간신히 동네 오빠라며 풀려났지만 말리지 않는 그가 미웠다. 늘 변두리에서 경계인으로 타락한 기성교회 타락한 기독교에 갇히지 않고, 그의 길을 갔던 사람. 1987년 6월 항쟁 때는 종로에서 함께 하다 쏟아지는 최루탄에 잊어버리고, 다시 만나 우리 집에서 라면 먹고 저녁에 다시 합류했지. 그가 떠나고 한 일 년 동안은 외로워 혼났다. 수년간 바빠서 못 만났어도 만나면 어제 같았던 그 이름 전생수(무교인 할아버지가 지어준 이름) 지금도 동료나 후배들과 만나면 늘 단골 메뉴로 살아 등장하는 그. 나의 참 벗!

범운 스님

천생 농부의 아들로 태어난 나는 군 생활 3년을 빼고는(신학 공부 때까지) 농사일을 손에서 놓아 본 적 없다. 지인이 시흥시에 있는 밭 500여 평을 빌려주어 유기농을 20여 년 했다. 다른 건 몰라도 거름 욕심이 많다. 많이 주어야(넘치면 곤란) 병충을 잘 이겨내고 잘 자라기 때문이다. 다행히도 바로 옆에 돼지 기르는 농장이 있어 거름은 지천이었다. 십수 년 마음껏 거름을 주니 밭 살이 고와져 발로 밟으면 들어갔다. 감자는 호미 대신 손으로 캤다. 원두막을 더운 여름에 피난처로 삼아 지냈다. 감자, 콘 고구마, 배추, 무, 김장거리에서 풋오이(마디오이)에 늙혀 먹는 노각까지. 파, 마늘, 양파, 온갖 풋거리는 자급자족하고, 남는 것은 지인들과 나누며 살았다.

3층 건물 얻어 슬러브지붕 열기에 못 견딘 동호 형은 단골이었고, 간혹은 카톨릭 수사, 원불교 교무, 후배들이 찾아와 종교

간 사랑도 이었다. 처음에는 포도밭이었는데, 농사를 그만둔 쑥대밭이었던 것을 기계 안 쓰고 몸으로 노동해야 한다고 삽으로 일구었다. 삽질이 고달팠던 친구들은 만나면 그때 이야기를 나눈다. 내 고향 말 표현으로 '호랭이 새끼쳐' 나갈만한 쑥대밭을 고운 살결로 만들기까지는 고단한 노동이었는데, 지금 돌아보면 힘이 남아 했던 무지였다. 기계의 힘을 빌릴 때는 빌려야 한다. 이렇듯 사람이 어느 한 곳에 고정되면 남이 고달픈 게 아니라 제 자신 스스로 고달픈 법이다.

이현주 님을 비롯 김광훈, 이승봉…… 숱한 목사들과 삽질을 배우고 농사를 배워갔다. 그중 김정택 목사는 박정희 시절 모이는 것 자체가 안 되니 결혼예식처럼 'YWCA 위장결혼식' 사건을 꾸며 사회를 보았다고 감옥살이를 했다. 풀과 곡식도 잘 몰라 구분도 못 했다. "야 병길아, 이게 무슨 풀이냐?" 지금은 강화도에서 농사하며 수련장을 운영하고 지내고 있다. 지금 큰 사위가 된 광선이는 늘 민중교회를 찾다가 친구의 소개로 밭에 왔다 같이 온 친구와 돼지거름부터 퍼나르는 일부터 하다가 한 식구로 살고 있다. 사실 전문적으로 농사해도 먹고 사는 게 해결 안 되는데, 밭 500여 평에서 용돈도 안 되었다. 채소 직접 길러 먹는 재미와 맛이었다. 무농약으로 말이다.

돈 없이 사는 게 몸에 배어 부러울 게 없었는데 자동차가 있다 보니 보험가입 해야 할 목돈이 필요했다. 누구 하나 도움 줄

만한 이 없고, 빚을 내도 갚을 길이 안 보였다. 가까이 지내는 후배가 어느 날 자기가 다니는 절간 스님을 모시고 왔다. 밭에 온 스님은 다짜고짜 봉투를 꺼내어 세어보더니 한 장이 빠진다며 "목사님 유기농이 얼마나 힘든지 제가 압니다. 이건 제가 개인적으로 드리는 겁니다"하고 건네주셨다. 나중에 세어보니 90만 원이었다. 그 이듬해까지, 그날 천사의 방문으로 막혔던 숨통이 트였다.

그 인연에 주지로 계시던 수년간 그가 시무하던 신림동 약수사를 찾아 사월 초파일에 축사를 나누었다. 지리산 화엄사 문중인 그니는 주지생활 8년 동안 골프 안 친 게 참 다행이라고 했다. 화엄사는 화장실 가는 동안 잠이 깨어 일할 수 있는데, 여기는 주지스님 방 옆에 화장실이 딸려있으니 도시는 아니라며 떠나, 미얀마에 가서 탁발을 했다. 미얀마 전통에 시집 안 간 처녀가 죽으면 유리관 속에 넣어 길거리에 두고 썩어가는 모습을 본다고 한다. 그 모습을 보니 여인 생각은 안 나더라는 얘기를 나누었다.

그니는 홍천군 동면 무봉사에 계신다. 무봉사는 화엄경의 높고 낮음이 없다는 가르침에서 따온 거란다. 얼마 전 전화를 드리니 "목사님 제가 목사님 사시는 것 보고 큰 깨달음 얻어 내려왔잖습니까" 하는 말씀에, 목사가 스님에게 큰 깨달음을 주었다니 그만 살아도 되겠다 했다. 그 말을 들은 후배 왈 "허긴 그러네." 했다. 내가 숨 막힐 때 스님은 봉투를 가져와 날 살리셨고, 스님 발길 생각에 '아 내가 그때 스님 덕에 살았는데'로 닫힌 지갑 열게 되니 서로 한 깨달음씩 주고받은 셈이다.

지난 12월 스님을 찾았다. 공양주나 시봉도 없이 무소의 뿔처럼 달랑 혼자였다. 고구마 농사를 지었는데 멧돼지 고라니가 남겨 놓지를 않아 쫓아내려 돌을 던지니 살기가 생겨, 더불어 살기로 마음먹으니 고구마밭 안 건드려 잘 캤다 하신다. 늘 베푼다며 살아왔지만 가난한 삶이 몸에 배었지만, 가난하다고 닫혔던 마음을 더 활짝 열어준 나의 도반, 몸으로 움직이지 않으니 설법을 5분도 못하겠다던 범운 스님이다.

중 같지 않은 중놈!

신학 공부 때 하느님은 어떤 모습으로 우리나라에 계셨을까? 세상을 창조하셨다니 기독교 속에는 갇혀 계시지 않을 것이고, 어떤 이름을 가지고 존재하셨을까? 궁금했다. 삼신할매, 제주에서는 영등할매, 사실 삼신할매가 점지해주지 않고 태어난 사람이 있을까 싶다. 이것을 미신이라 몰아붙이면 곤란하다. 우리 선조들의 신앙이다. 성주신, 성황신…… 이름은 다르지만 하늘이다. 이름은 한 물건(존재)이 있고, 그것과 내가 관계 맺기 위해 붙여지는 것이다. 종교는 토착화가 참 중요하다고 생각한다. 유대인의 하느님이 아닌, 유럽이나 미국인의 신이 아닌 조선의 신, 조선인인 나의 하느님이어야 한다. 미국인의 하느님은 그들의 것이고, 우리는 이 땅 여기에 나와 함께 하시는 하느님이어야 한다.

신학생 때 '중 같은 중놈'(너그러이 품어주시길) 한 분 만났으면 하는 게 소원이었다. 말대로 도를 닦아 깨우쳤으면 고고하게 산속에서만 지내지 말고, 속세에 내려와 대중들과 때 묻히고 똥밭에 구르며 사는 그런 중을 만나고 싶었다. 선배 한 분이 감리교 신학을 나와 동국대 대학원에서 공부한 이가 있었다. 이 형은 어버이날 예배 설교 때 『부모은중경』으로 설교하면서 눈물짓는 분이다.

"형, 어디 중 같지 않은 중놈 없어?"

"응, 중 같지 않은 중놈 있지."

자기와 친구이면서 국제모임 때 자주 만난다는 그니를 소개해주어 목사, 전도사, 신학생들 40~50명이 모여 강화도 장화리 분교를 빌려 여름 수련회를 가졌다. 그때 나는 교통사고 나서 아직 회복이 안 된 상태라 병원장님 허락을 받아 목발 짚고 참석했다. 등을 기대고 기대어 앉아야 되니 강연장에 못 들어가고 복도에서 그니의 강의를 듣는데 물건이라 생각했다.

그니 따라 8월경 '민족의 뿌리를 찾아서'라는 중국 역사기행을 따라갔는데 역사에도 관심이 많았지만 무엇보다 탈북자를 돕고 있기에 탈북한 이들을 직접 보고 싶어 동행했다. 그때 만났던 갓 서른이 넘었다는 청년은 병에 걸려 곧 죽을 것만 같은 폐병 환자처럼 보였다. 박촌(아오지 탄광지역)이 고향이었다. 내가 그니를 좋아하게 된 것은, 서초동에 6~7층 법당을 짓는 게 꿈이었던 그니가 역사기행 중에 압록, 두만강에 떠내려온 북한 동포들의 시체를 보고서 그 꿈을 접고, 북쪽 돕기에 전념하는 모습 때문이었다. 윤동주 시인, 문익환 목사님이 다녔던 용정중학교. 천년을 흐른다는 혜란강이 보이는 일송정에 올라서는 문익환이 보였다. 이 넓은 땅을 누비던 호랑이를 남과 북으로 반반씩 갈라 사방에 철조망 둘러친 개사육장을 지어 여기가 네 집이라고 들어가 살라고 했으니 성에 찼겠나 싶었다.

그니는 상좌 유수 스님으로부터 "스님, 목사님이 재활용을 모아 교회를 손수 지었답니다"는 말을 듣고 그럼 "그래? 그러면 우리도 그렇게 하면 되겠네!" 하면서 서초동 법당을 지었다.

기도교 성지순례라고 이스라엘 다녀와 뻥튀기는 목사들 싫어 '기독교 성지순례는 누가 돈 대주어도 안 간다'며 살았다. 유수 스님이 인도불교 성지순례 함께 하자고 바람 넣는 바람에 15박 16일 함께 했다. 마치 고향에 온 것처럼 평온했다. 열반당에서의 성인이 머문 자리의 경험은 시공을 뛰어넘어 주는 울림이었다. 양다리가 부러져 목발 짚을 때라 특별히 나갈 일도 없어 양천구에서 서초구까지 다니며 불교대학 공부도 했다.

문경수련원에서 진행되는 '깨달음의 장'에도 다녀왔다. 깨달음의 장은 삶의 고단한 짐을 진 이들에게 자기 자신의 존재를 묻고 싶은 이들에게 권하고 싶다. 정토회 초청으로 지방 순회법회(설교)도 1주일간 하기도 했다. (성남—대전—청주—서

초동—홍제동)

석가모니 부처님에 대해서는 그들이 나보다 더 잘 알 것이고 예수님, 하느님 얘기를 했다. 어떤 이는 "진작 목사님 같은 분 만났으면 불교로 개종 안 했다"고 했지만 미안하게도 그 말을 믿지 않았다. 지금의 자기 자리에서 잘 살 일이다. 불교에 대해 알면 알수록, 깊어지면 깊어질수록 예수에게서 멀어지는 게 아니라 더 깊어졌다. 모든 '경'은 길(道)이다. 만날 수밖에 없다. 경은 잘 읽어야 한다. 잘 못 읽으면 아니 읽느니만 못하다.

금강경(불경)의 알맹이는 '무주상보시'이다. 예수의 가르침은 '왼손이 하는 일 오른손이 모르게 하라'이다. 상통한다. 다른 종교인들을 우상숭배로 몰아가거나 배척보다는 이해와 배려가 필요하다. 성탄예배에는 스님과 정토식구들이 동방박사가 되어 함께 하고, 사월초파일에는 내가 법당에 간다. 이웃 종교 간 대화가 아니라 그냥 가족, 형제처럼 지내온 지 20년이 넘었다. 중 같지 않은 중! 그가 법륜스님이다.

어부 맹봉영

신창 맹 씨(충남 아산군 신창면). 내가 자란 고향은 충남 예산이지만 신창은 아버지 고향이다.

초등학교 5학년 초 아버지 고향 신창으로 이사 왔다. 조선시대 청빈 맹사성도 신창 맹 씨다.

봉영 씨에게는 늘 빚이 있다. 이웃 마을 후배이지만 그가 고등학교 시험 보기 전날 생간을 먹게 해 식중독으로 대전에 있는 고등학교 시험을 포기했다. 미안하기 그지없다. 나의 초대였는지 한 교회에서 가까이 지냈다. 난 바로 위의 형과 호적상 6개월 차이여서 형도 군대에 나도 군대에 있어 집에 농사할 이가 없을 때 탈곡기를 싣고 와 우리 집 벼를 추수해준 사람이다. 그 뒤 군입대하여 중사가 된 그와 자주 편지를 나누어 휴가기간을 같이 맞추어 만나기도 했다. 광야교회 이야기라는 주보 글을 부끄럽게도 꼬박꼬박 다 모아 놓은 걸 보고 좀 부끄럽기도 했다.

그의 고향 마을은 가리울인데 어릴 적에는 맹꽁이가 참 많아 맹 씨 마을인가 했다. 타 지역에 사는 맹 씨는 만난 적 없거니와 그 마을에 살고 있는 맹 씨는 참 순하고 어질다. 싸울 줄 모르고 늘 그렇게 살아간다. 트럭운전을 수십 년 해온 그가 어느 날 예산 지나는 길에 트럭을 갖고 와 하룻밤 쉬면서 이렇게 자연에 살고 싶다 한다. 그의 아버지와 나의 아버지가 친구 사이라 2세인 우리 둘도 길벗으로 살고 있다. 트럭일이 너무 힘든지 고깃배에 매력을 느껴 자격증을 획득하더니 충남 보령시 대천항에서 고깃배를 사가지고 꽃게를 잡고 있었다. 그가 항구에 있다 하니 아는 지인들이 소식 없던 이까지 찾아오더란다. 1억 넘게 배를 구입해 처음이라 빚이 많을 것인데, 없는 돈에 회 대접했다니 마음이 그랬다.

예산에서 대천항은 자가용으로 1시간, 뱃멀미 한 적 없기에 자신하고 꽃게잡이 따라나섰다. 그물 있는 곳까지는 괜찮았다. 그물 거두어 배를 멈추고 그물에서 꽃게를 떼어 내는데 멀미가 시작되었다. 배가 멈추어 있으니 기울기가 너무 심해 바다가 도는 것 같았다. 배 위에 누워 하늘만 보다가 왔다. 새벽 4시에 일어나 5시경 출발해 1시간 가까이 달려 그물에 닿는데, 몇 시간 작업 뒤 12시면 1차 경매에 갔다.

모든 어부의 삶이 이렇다. 새벽에 나가 점심 뒤에는 그물 손

질에 잠잘 시간이 없었다. 농민의 삶도 고단하다지만 어민의 삶은 더 그랬다. 더구나 바다에 생명을 던지고 하는 일 아닌가. 그 누가 생선을 싸다 비싸다 하시는가. 생명은 값으로 계산이 안 된다. 자본에 아주 예쁘게 물드신 그대여, 농수산물을 돈으로 계산하지 마시라! 생명에 대한 예우가 아니다. 어릴 적 만나 여직 50년 가까운 길벗 어부 맹봉영의 삶이 아름답다.

오랜 벗 이현식

그의 고향은 아산군(아산시) 염치면이다. 1970년 초 중학교 때 만난 인연을 아직까지 이어가고 있다. 영어시간이었는데 노처녀 조○○ 선생은 시작종이 울려도 수업시간을 제대로 지킨 적이 없었다. 수업시간에는 늘 주번을 시켜 자기를 데리러 오라 했다. 그날 역시 데리러 갔던 주번만 오기에 "야 선생은 안 오냐?" 했다가 찍혔다. 뒤따라오던 선생께서 그 소릴 들었으니 그냥 지나가기 만무였다. 계속 '님'자 안 붙이고 '선생'이라 한 범인을 찾는데 내가 나설 리 만무, 계속 버티고 있었는데 같은 반인 그가 '제가 했다'고 내 대신에 회초리 맞는데 맘이 편했겠나? 어쨌든 의리의 사나인데, 그 뒤 주번이 내가 범인이라고 고발해 맞았다.

그의 집은 아산 영인산(당시 미군 부대 주둔) 밑에 있었는데 그 인연으로 자주 가서 자고 오곤 했다. 영인산에는(지금은 자연 휴양림) 내가 좋아하는 다람쥐까지 살고 있어 어린 새끼 데려와 같이 살기도 했다. 개척교회시절 종교 생활도 안 하던 친구가 농사를 지으면 개척교회 가난하다고 쌀을 보내와 굶지 않고 여지껏 살고 있다. 광야교회 이야기 주보식구이기도 하지만 온양에 가면 늘 그의 집에서 잠을 잔다.

진보적이라는 그는 박근혜가 통합진보당 내란음모를 조작할 때(사건과 멀리 있던 나도 좀 어리둥절했지만) 통진당이 너무 나갔다는 발표 그대로 믿고 "이건 아니다"라고 했다. 결국 권력의 힘을 이용하여 당을 해산까지 시켰지만 통진당 지지했던 백성은 뭐란 말인가? 당을 지지하는 국민이 있는데 그 당을 해산하면 지지한 국민까지 지우는 것이다. 결국 법적으로 '내란음모 무죄. KO(지하조직) 무죄'가 되었지만 90분간 강연한 이석기 전 의원은 9년 선고로 수원구치소에, 5분 인사한 김홍렬 님은 5년 선고받아 광주구치소에 있다.

수년 전 친구 아버지 부음을 듣고 찾아가니, 호상이라고 내게 대리 상주를 시켰다. 마침 여름이라 모시옷 입고 갔었는데, 상복으로 괜찮은 것 같아 지팡이 짚고 상주가 되었다. 2016년에는 부인이 휴가라며 예산에 들러 어죽을 먹고 나서 하는 말이 "목사님 내가 존경해서 그러는데 우리 아들 결혼주례 좀 부탁해!"였다. 어릴 적 중학교 동창생의 아들 결혼주례라니, 결혼주례 몇 번 서 봤지만, 좀 긴장했다. 하객이 다 아는 사이라

약간 의식되기도 했다. 한편으로 코흘리개 어릴 적 친구가 부탁하는 데 대한 무한한 신뢰에 고맙기가 그지없었다. 빈주머니로 살고 있는 나를 알기에 만나면 대접은 늘 친구의 몫이었다. 1년 지나 딸의 결혼주례까지 부탁했다. 좀 부끄럽기도 해서 내가 과연 그런 자격이 되는지 스스로에게 물었다. 너무 살이 찐 것 같아 며칠 단식도 했다.

두 남매의 결혼주례를 하면서 새삼 느낀 게 '성스런 결혼'이었다. 전혀 다른 삶을 살고 있던 두 남녀가 인연되어 산다는 일 얼마나 거룩한 일인가? 성스럽게 사랑하고, 배려하며 서로 섬기고 살 일이다. 내 결혼주례 남매 2호가 되었다. 이제 나이가 되어 근무하던 시청에서 나오는데, 여지껏 매여 사는 시간에 갇혀 지냈으니 마음껏 자유의 바람도 쏘이면서 내게 했듯이 만나는 벗들에게 그렇게 살았으면 하는 바람이다. 더 말하면 잔소리가 되겠고, 1970년 초에 만나 2018년인 지금까지 오래된 벗으로 살고 있다. 지금까지 살아오면서 이렇게 도움 주시는 이들이 있어 잘 살아왔다는 생각이다. 만나는 이들의 도우심 없이 지금의 내가 어떻게 존재하겠는가.

오래 묵은 벗이 있어 행복한 날!

송 화백

학교 미술교사 부부로 살았던 그니는 남편과 사별 뒤에 충주시 살미면에서 들꽃 그리며 살고 있었다. 인연은 출판사 김성달 사장 때문에 맺어졌다. 그가 『문예주의보』라는 문예지를 내면서 인터뷰 차 우리 집에 오게 된 계기로 알게 되었다. 그 인연에 조석율 교수(건대 노동법), 허 옥(함지박 식당)도 가까이 지낸다. 한번은 멀리 여행을 가기 전 날(에베레스트인지 가물가물하다) 담배연기를 무척 싫어하는 그니 집에 머물렀는데 누군가 기어코 담배 피우는 이가 있더니 그만 병이 난 적도 있었다. 지금 생각하면 참으로 무례했던 일인데도 귀찮은 내색없이 품어주셨다. 목인, 유인 남매를 두셨는데, 목인(아들)은 인디음악을 하고 있고, 딸 유인은 부모의 예술 끼를 받아서인지 미술을 전공해 수년 전에 삼청동 도올 미술관에서 개인전을 열었다.

그의 집 화단에는 일반적인 사람들의 눈에는 잡초만 무성해, 들꽃은커녕 잡초만 키운다고 흉보기도 한단다. 내가 아는 들꽃도 제법 많이 있다. 촌놈이라 그런지 꽃을 좋아도 하지만 어지간한 야생화는 알고 있다. 숲의 나무, 들꽃, 약간의 해설사 정도?

혼자 살고 있는 그니 집은 신부, 수녀는 물론 마음의 상처가 있는 이들의 치유처소이다. 그니는 상처 있는 이들이 와 머물 때는 힘들 때도 있다 한다. 하긴 상처치료는 나에게서 기가 빠져나가는 일, 한 사람의 마음 상처를 같이 나눈다는 게 쉽지 않은 일이다. 지난번 제천 정방사에 들러 하룻밤 머물고, 뵌 지 수년이 되어 찾아뵙고 함지박에서 함께 저녁을 먹었다.

함지박의 허 옥 사장은 천주교 수도사 출신이고, 그의 예쁜 아내는 수녀 출신이라 가장 건강한 음식을 손님에게 내겠다고 손수 두부와 오리백숙을 만든다. 제기동에서 한약재 구해 맛내느라 토하면서까지 오리 백숙 맛을 냈던 아름다운 벗들이다. 그 집서 저녁 먹고 화백 댁에서 하룻밤을 잤는데 아침에 충주로 산책을 나가자고 하셨다. 산속 길 인적이 없어 혼자 가고 싶어도 자주는 못 간다고 하셔서 수행 이야기 나누며 걸었다. 그니는 여성은 기본적으로 수행이 몸에 배어 있어 수행할 게 별로 없다고 한다. 여성은 살림하고 생명을 잉태해 낳고 기르면 더 이상의 성생활은 안 해도 되고 별생각이 없는데, 남자는 그게 아니라고, 끊임없이 사랑을 찾는 남성들에게 수행은 필요한 거라고 하신다.

그니의 말씀에 수긍이 가면서도, 요즘 젊은이들의 연애담 이야기를 들으며 천박스런 자본주의가 젊은이들에게 오직 1등만 강요하고, 취업, 일자리만 강요하여 젊은이들의 이성에 대한 사랑의 감정까지 빼앗아 버려 사랑의 샘물을 마르게 한 것은 아닌가 싶었다. 오로지 1등해서 일류대학 보내는 게 목적이고 좋은 직장, 출세, 돈 많이 버는 일로 몰아가 돈 없이도 얼마든지 자유롭고 행복하게 살 수 있는 길은 막아버리고, 세계 1등으로 토끼몰이하듯 몰아간 게 지금 기성세대의 죄악이다. 산야초 효소 만들어 지인들에게 팔기도 하며, 자기 할 만큼만의 삶을 살고 있는 그니. 앞서 말했지만, 두 남매가 예인기질 닮아, 제 가고 싶은 길 갈 수 있게 도우미가 된 그가 선생이다.

들꽃 그리는 여인, 송영의 화백!

울산 원근 형!

아내와 그의 아내가 신학교 동문이라는 인연이 되어 그니를 만났다. 처음에는 목소리가 큰 편이라 적응이 안 되었지만, 그로 인하여 경상도 사람들의(모두가 그런 건 아니지만) 목소리 톤이 높다는 걸 처음 알았다. 군대 시절 빼고는 그쪽 사람들 가까이 할 수 있는 기회가 없었다. 딸, 아들 모두 여의고 둘이 사는 지금은 세월이 약이 되어 그런지 그니의 목소리가 큰지도 모르겠다.

형 덕분에 울산에 대해 많이 아는 편이 되었다. 반구대 암각화는 물이 차기 전 가까이서 볼 수 있었고, 서생면에 있는 왜성, 정자바닷가, 장생포…… 가지산, 신불산은 많이 오른 편이다. 신불산 칼바위 능선에 남아있는 공룡 발자국은 신기하면서도 지각변동이라는 설을 눈으로 확인 할 수 있었다. 효성에 근무할 때는 워낙 발이 넓어서 주위에 총회 끝나고 남는 선물

챙겨주어 10여 년간 타올, 치약, 비누 안 사고 살았다. 이렇고 보니 여지껏 내가 숨 쉬고 살아올 수 있었던 것은 모두 주위에서 도움 준 결과이다.

내 생에 첫 결혼주례는 그의 딸(은지)이었다. 부산까지 열차 타고 원정 가서 주례를 섰다. 양복 안 입은, 개량한복 입은 주례자는 처음이었을 것이다. 그때 미안해서 두루마기를 마련했다. 생각나는 대로 써대는 주보 글을 모두 모아 가지고 있는 주보식구이기도 하다. 2000년에는 그걸 모았다가 아깝다고 책으로 엮으면 어떻겠냐며, 당신께서 출판비까지 챙겨주시어 내 이름으로 책 한 권 생겼다.

잠시도 가만히 있지 못하는 성격인지 도자기, 문화해설자격. 예전에는 탈춤까지 했다. 자기 것 챙겨 주머니 넣을 줄 모르고, 장남이면서 아버지 재산에도 미련 없이 살아가는 모습이 안돼 보이다가도 말씀을 들어보면 이해가 되었다. 재산문제는 참 쉽지 않을 일이다. 회사에 근무할 때도 그랬지만, 노동현장에서도 안 쓰고 남은 연장이라든가, 여러 가지 챙겨 놓았다 주기도 한다. 나보다 나이가 위라, 존댓말 쓰지 마시고 편하게 하라면 그래도 목사라고, 꼭 예우해준다.

울산에 갈 때면 산행은 물론이요, 최상의 대접을 해준다. 역사에서 제대로 배운 기억이 없는 왜성에 갔을 때는 좀 충격이었다. 일본놈들이 쌓아놓은 성이 아직 있다니? 알고 보니 우리

조선에 있던 성을 허물어 그 돌을 가져다 왜놈식으로 쌓은 성이었다. 모두가 동원된 우리 선조들의 혹독한 노동의 대가였다. 언양읍 반천리에 살고 있는 집 뒤로는 강이 흘러 제격이고, 강 건너 문수산에는 여름에 버섯이 많이 나와 채취해 요리로 먹기도 했다. 내가 자주 연락하는 것보다 형이 더 많이 챙겨준다. 이래서 '형만 한 동생이 없다'는 말인지 모르겠다. 가지산 —신불산은 영남의 알프스라고 할 만큼 억새가 볼만하지만, 봄에는 얼레지가 군무로 피어 있어 연분홍 치마이다. 제 것 챙기기보다는 내어주고 베풀기 좋아하는 그니의 삶은 본받을 만하다. 머리로 살아가기보다는 자기가 손수 하는 쪽으로 택하고, 노동현장에서는 안전관리 담당으로 자기 역할 빈틈없이 한다. 결혼주례 첫걸음을 걷게 해준 원근 형은 아들(신욱)까지 부탁해 엉겁결에 남매 결혼주례 1호가 되었다. 지금 생각해보면 남매 모두 한 사람에게 맡긴다는 건 무한한 신뢰인데, 그만한 자격이 되는지 모르겠다. 원근형 만나 울산을 알게 되었고, 어떤 때는 그곳에 살고 있는 이 보다 내가 더 잘 알고 있을 때도 있었다. 울산! 백원근 형이 있어 울산이다. 낯설었던 울산이 지금 내게 안겨 있다.

이적

얄궂은 인생! 통영시가 고향인 그는 등단 시인이기도 하지만, 부대에서 체제 비판 했다고(계엄포고령 위반으로 체포되어 삼청교육대 1년과 청송보호감호소 2년, 삼청교육대 총 3년의 최장기수가 되었다) 삼청교육대에서 인간 취급은커녕, 짐승만도 못한 대우를 받았다. 군 생활 때 직접 관여는 안 했었지만 우리 부대에 끌려와 있는 그들의 모습은 가관이었다. 군인들이 입다가 팔꿈치, 무릎이 헤어져 반납했던 내복을 입고 머리는 빡빡 깎아 민머리였다. 실탄 넣은 총을 가지고 감시했다. 도망하면 쏘라는 명령도 있었다.

CBS에서 시사만평진행, 울산매일 논설위원 하다 김포 민통선평화교회를 세워, 애기 봉등탑(성탄트리로 불 밝혀 대북심리전 이용) 점등 반대 및 탑 철거 반대 운동을 하여 '극가보안법 위반 혐의'로 체포되었다. 교회까지 압수수색 당했는데 교회 강단은 물론 십자가까지 떼어냈다니, 전두환 군사독재 때도 아니고 대명천지에 있을 수 없는 일이 일어났던 것이다. 박근혜 정권의 못된 깡패 짓거리였다. 현대사를 몸으로 엮어 살다 보니 식민 독재도 문제이지만 그 뒤에 도사리고 있는 그 무엇이 문제라는 것을 확연히 보게 되었다. 다름 아닌 미 제국주의가 뒷배경으로 있는 한, 안 된다는 것이다.

가끔 민통선평화교회에서 하룻밤 머물면 심리전이 되지도 않을 대북 방송을 듣는다. 일부러 차를 세우고는 들어보라고 차를 세운다. 왜 같은 민족, 한 동포끼리 적으로 삼고, 못 잡아먹어 으르렁거리고 증오심을 심어 주는지 참 알 수 없는 대한민국의 역사이다. 36년간 이 땅을 집어 삼키고 조선인을 강제노역에 끌어가고, 열대여섯 조선 처녀들 잡아가 성노예 삼았던 일본이 적이었다. 일제 식민지였다고, 하나였던 조선을 '에치슨 라인'을(38선) 그어 허리를 동강내어 남쪽을 식민지 삼은 미 제국주의가 적이다. 하여 이적 시인, 목사는 살아 숨 쉬는 한 반미 시를 써가며 살고 있다.

박근혜 정권의 탄압으로 코리아연대에 수배령이 내렸을 때는 그 친구들과 기독교회관을 점거하여 농성도 했다. 김포시민단체와 지역 평화운동도 같이 한다. 늘 차디찬 민통선평화교회에서 식구들과 떨어져 혼자 지내는 이 목사는 김포에 가면 하룻밤은 함께 해야 하는 게 그니에게 예의인지 모른다. 평화운동하기에는 딱 들어맞는 교회이다. 거기만이 아닌, 사실 모든 교회가 평화운동을 해야 한다. 예수하면 떠오르는 게 평화! 아닌가?

예수 따르겠다고 신학교에 간 목사들이 예수의 사랑과 평화는 까마득히 잊어버리고 전두환과 조찬기도 하던 목사나리들 어디로 갔을까? 김포에서 광화문까지 버스로 1시간 30분~2시간 걸린다. 먼 길 다니며 평화, 통일, 반미 운동을 쉬지 않는 그가 믿음직스럽다. 반미 연작시 「해적」을 썼다고 잡혀가고, 얼만 전에는 삼청교육대에서 겪었던 실화를 소설로 써, 한국판 수용군도였던 『삼청교육대』라는 소설도 냈다. 정권이 수십 년간 바뀌어 오지만, 전두환이 엮었던 '삼청교육대' 부산 '형제복지원 사건'은 잠자고 있다. 그러고 보니 전두환이는 광주학살 말고, 삼청이나 형제복지원을 통해서도 겁나게 많이 살해했다. 주일예배 뒤에는 여름에 5시, 겨울은 2시에 미 대사관 바로 옆 케이티 앞에서 반미기도회를 하는 이 적 목사, 거기에 가면 만날 수 있다.

차명숙

광주의 여인 차명숙, 1980년 5·18 광주민주화항쟁 때 갓 스무 살 나이로 가두방송을 했다는 이유로 잡혀가 조사기간만 4개월, 80년에 감옥에 가 81년 4월에 나오기까지 여자로는 최고 오래있었다고 한다.

처음 15년 언도 받고, 광주구치소에 갇혔는데, 자기만 독방, 지하감옥에 갇혀 계속 기각만 하고 재판을 연기하더란다. 당시 방송했던 여인이 둘인데, 다른 한 명을 회유하여 차명숙 씨를 북쪽의 김일성 주석과 연결하여 고정간첩으로 엮으려 했던 것이다.

나의 군 생활은 역사를 온몸으로 살았다. 기억에서 지울라야 지워지지 않는다. 1979년 10월 26일 박정희가 그의 최측근 부하에게 총 맞아 죽은 이튿날인(삽교천 방조제 준공식 마치고 술잔치 벌이다) 10월 27일은 손꼽아 기다리던 1년 만의 휴가 출발 날이었다. 주말 회식을 하는데, 비상이 걸려오기 시작해 처음에는 진돗개 2~1, 나중은 데퍼컨이었다. 월요일에 휴가복 입고 나갔다 일직사령에게 욕만 바가지 듣고 들어와 철책 진지 투입까지 하느라 추운 겨울 고생이 많았다.

몇 달 뒤 '김대중 내란음모'로 몇 장 안 되었던 전우신문이 몇 배는 두꺼워져 내무반에 배달되었다. '1980년 5월에는 '광주 폭동, 간첩 활동?' 북에서 보내온 삐라에는 우리 군인이 대검으로 임산부에서 태아를 꺼내는 그림 사진이 있었다. 믿어지지 않고, 믿을 수도 없었다. 모두 북의 악선전이라 생각했다. 80년 11월 제대 뒤, 신학교에 가니 내가 알고 있던 내용은 모두 거짓이었고, 전두환의 군사 쿠데타라는 것을 알았다. 당시 군에는 보지도 못하던 여성동아가 소대마다 1부씩 들어 왔는데, 전두환·이순자 부부 인터뷰가 실려 있었다.

서울 약수동 형제교회(당시 김동환 목사)의 김의기 청년이 광주학살 진상 밝히고 전두환 물러가라며, 기독교방송에서 뛰어내렸다. 형제교회는 박정희 유신철폐를 외치며 삭발 현수막 들고 행진했던 교회이다. 황석영의 육필로 쓴 책『죽음을 넘어 시대의 어둠을 넘어』로 광주의 실상을 알게 되었고, 사실 세상에 눈뜨게 된 것은 순전히 5·18 광의 빛 때문이었다. 망원동 옛 구묘역에 가면 저절로 눈물이 났다. 그들이 왜? 죽었지, 왜 죽였지 묻게 된다. 제 한 몸의 영달을 위해 아무 죄 없는 제 형제를 총칼로도 모자라 헬기까지 동원하여 학살한 전두환과 함께 숨 쉬고 있다는 게 부끄러울 뿐이다.

전남 담양 출신인 그와 가까워지게 된 것은 안동교도소면회 때문이다. 안동교도소 교도관분들은 안동이 보수적이다는 선입견과는 달리 참 친절했다. 명숙 씨 덕에 안동교도소는 고향 동네 온 것처럼 느껴진다. 국가유공자도 되었다지만 재심 신청해 무죄 판결까지 받아냈다. 그때 고문 후유증으로 건강이 안 좋다.

얼마 전 안동에서 김경자 영화감독이 오월 어머니들을 주인공 삼아 찍은 다큐영화 〈외롭고 높고 쓸쓸한〉을 상영했다. 80년 당시 가장 처참하게 살해당한 여성 노동자, 가슴을 도려내고(베트남에서도) 옆구리 찌르고 차마 눈뜨고는 볼 수 없을 정도로 난도질당한 그 어린 여성 노동자들의 묘를 5월마다 찾아간다는 그. 시신 수습, 주먹밥 모두 여성들의 몫이었지만, 5월의 여성들은 묻혀 져 김 감독이 카메라를 들었다. 광주여인 하면 돌아가신 조아라 장로님이 대모요, 안동 하면 차명숙이 대모이다. 오월이 있어 그가 있고, 내가 세상에 눈뜨게 되었다.

노수희

생각만 하면 마음이 아픈 사람이다. 명박이 때 큰아들이 실종 된 지(여름~봄) 수개월 만에 유품만 조금 발견되고 사망원인은 미궁으로 가슴에 묻고 살고 있기 때문이다. 군산이 고향인 그니는 전두환 군사독재 시절 종로에서 노점상을 했다. 이재오(옛 민중당)가 수배 생활할 때 먹을 것 몰래 챙겨주고 했다는데, 현재 이재오는 명박이 뒤에 졸졸졸 따라다니는 똘마니가 되었다. 어디 그 한 명 뿐인가. 김문수도 극우로 변신하여 생명을 부지하고 있다. 박종철이 온갖 고문당하면서 지키고자 했던 그의 선배 박종운은 수구 꼴통 한나라당에 가 있다. 물고문으로 목숨까지 버려 지키려 한 게 무슨 의미가 있는지 모르겠다.

전두환 폭압 정치 시절 '전국(제주도까지 포함) 노점상 연합회'를 꾸렸다니 이력을 알만하다. 그 당시 많이 맞기도 했다는 그니는 제주까지 내려가 노점상 연합회를 꾸리려 갔다가 큰 벽에 부딪혔다. 제주는 섬이라는 특성상 배가 다니는 여객터미널과 하늘길인 공항만 봉쇄하면 끝이다. 전두환 때 군사경찰력은 막강했다. 맨손뿐인 시민들이 감당하기엔 역부족이었다. 여객터미널, 제주공항을 말 그대로 원천 봉쇄했는데, 그가 서울에 나타났다. 한겨레신문을 비롯, 온 나라가 뒤집혔던 전설적인 사람이다. 그니의 제주도 탈출은(비밀, 국정원이 알면 곤란) 노점을 하던 이의 친구가 배를 갖고 있어, 그 배편으로 군산까지 와서 서울에 짠~! 했단다.

지금은 김영삼 씨가 이적단체로 찍어놓은 범민련 남측본부 서울 의장, 남측본부 부의장이다. 연세 70이 넘으셨어도 오직 우리 민족, 자주 통일에는 스무 살 청년이다. 범민족 연합이 왜? 이적단체인지 알 수 없다. 외세 몰아내고 우리민족끼리 갈라진 조국 하나로, 본래의 모습을 회복하는 일이 민족자주통일이다. 이런 운동하는 이들이 빨갱이라고, 종북이라고 몰아대는 무리들은 반민족주의, 친일, 친미, 종미주의자들이다. 그 뒤에는 아메리칸 제국주의가 똬리틀고 앉아있다. 김정일 위원장 돌아가셨을 때 홀연 단신 북으로 가 문상하고 1백여 일 북에서 지내다 남으로 온 날, 사람을 개 끌어가듯 자동차에 욱여넣는 모습을 티브이로 보았다. 민족통일을 사랑하고 온몸으로 살아 실천한 죄로 4년간 감옥에서 지냈다.

대구구치소 처음 면회 때는 얼굴에 윤기가 돌아 빛이 났다. 방북 얘기 들으면 참 재미있다. 제주 우도 출신 고성화 선생께서 90이 넘어, 그니가 감옥에 있을 때 돌아가셨는데 밤새 한잠을 못 잤다고 했다. 고성화 선생은 일제 때 항일부터 6·25 민족동란까지 산 역사의 증인이고, 책 『통일의 길 위에서』는 살아있는 역사이기도 하다. 그니가 감옥에서 출소한 뒤 모시고 우도에 갔다. 우도는 자주 드나들어 가까운 지인들이 있어 잠잘 곳이 있다. 고성화 선생 묘소에서 대성통곡하시기에 기다렸다 물으니, 같이 금강산에 갔는데 고 선생께서 땅에 엎드려 대성통곡을 하셨단다. 분단의 아픔, 민족의 아픔, 이 모든 아픔의 제공자는 우리의 못난 탓이 더 크다지만, 이 땅을 점령하고 있는 미 제국주의가 본本이다. 자주, 평화, 통일을 기도하자.

여담 하나 더 지하철 2호선 문래역에는 작은 공원이 있는데 박정희가 군사 쿠테타 모의했던 곳(당시 군부대 주둔)이라 하여 청동으로 박정희 흉상을 만들어 놓았다. 그니가 서강대 학생들과 밧줄을 걸어 뽑아 고물상에 주려 했는데 서강대 총학생회에서 자기들이 보관하겠다고 가져갔다. 당시 언론은 난리, 전쟁이었다. 수구주의자들 반동에 못 견디고, 총장에게 가져다 바친 결과 지금, 다시 문래공원에 박아 놓고 경보기까지 설치했는데 녹이 슬어 박의 흉상이 흉물이 되어 있다. 한 번 찾으시길!

지상철

지상철 님을 만나게 된 인연은 김포 애기등탑 철거운동으로 고난당한 이 적 목사를 통해서였다. 이 목사는 북쪽을 자극하여 남북관계를 적개심으로 가득 차도록 이끌어가는 애기봉등탑 반대는 물론 남북 민족통일운동에 온몸을 담고 있다.

처음 그니가 운영하는 연지연 곰탕집을 찾았을 때 식당의 위치로 보아 '장사가 될까?' 싶었다. 위치가 강화대교 건너기 바로 전, 옛적에 검문초소가 운영되던 바로 그 건너에 있다. 서울 방면에서는 건너야 되고, 강화방면에서 들어가야 하는데 강화에 들어갔던 이들은 현지에서 거의 먹고 나올 것었다. 그런데 곰탕은 잘 팔리고 있었다. 입소문은 물론이요 인터넷을 통한 관매였고, 직접 식당을 찾아 드시는 손님들도 많다.

식당 입구에는 통나무 왼편에 세월호 상징이 새겨져 있는데, 한번은 몇 십 명을 태운 관광버스가 와 곰탕집으로 들어서며 종편에서 본 세월호 이야기를 해서 돌려보냈다 한다. 당신 같은 미물들에게는 음식 안 판다고, 그뿐 아니다.

얼마 전에 가보니 민중연합당의 현수막이 큼직하게 걸려있었다. 민중연합당을 아시는지? 한겨레신문에서조차 지면에 안 올리는 민중연합당! 흙수저당(청년들), 노동당(노동자), 농민당(농민)들이 연합하여 작년 서울 효창동 백범기념관에서 준비 대화를 가진 뒤, 같은 해 성남 체육관에서 창당 대회를 했었지만 어느 언론도 관심 없었던 민중연합당. 이 땅의 주인인 청년들, 일하여 몸으로 세상을 먹여 살리는 노동자들, "농자천하지대본"이지만 철저하게 무시당하고 천대받으면서 짓밟혀 죽어가는 농부들이 만든 정당이었다. 윗자리, 높은 자리는 하늘이 아니다. 이들이 하늘이요, 주인이다. 그 주인들이 모여 그 누구의 힘도 아닌 우리 스스로 힘으로 우리 밑바닥 보듬는 정치를 하자는 것이다.

'민중은 개, 돼지, 미국은 상전이냐? 사드배치 철회'라는 아주 커다란 폭 1.5m에 길이 10m짜리의 현수막이 걸려 있는 곰탕집에 또 한 손님이 뭐라고 지적질을 하자 안주인 나리께서 "당장 나가라. 당신은 이 식당에서 밥 먹을 자격이 없다"며 내쫓았다니 못 말리는 부부다.

지난해 나의 소개로 그 자리에서 양심수후원회원에 들어오셨고, 통일이 되면 평양에서 곰탕집을 내겠단다.

그의 곰탕은 가마솥(큰솥단지)에 24시간 달여 만들어진다. 고기는 호주산 와규를 쓰고 있고, 그렇게 끓여 고우니 맛이 안 날 수 없다. 한번은 강남의 어느 식당에서 곰탕을 대어놓고 받고 싶다는 제안도 왔는데 거절했다 한다. 그러면 힘도 들지만 음식의 맛도 변하게 되고, 자본주의 속성에 물들기 싫었단다.

자본주의 속성이 뭔가? 더 많이, 더 빨리 빨리에 1등주의 아닌가? 헌데 지상철 회원은 "빠른 세상에서 바른 느림을 택했습니다"는 삶의 폿대를 정하고 살아가는 이다.

강원도 인제 신남이 고향이라는 지상철 님.

꽁지머리에 거위, 닭 몇십 마리, 삽살이 하나, 통혁당 20년 살으셨던 오병철 선생님 댁에서 이사 온 연지라는 흰 개, 고양이들과 한 식구를 이루고 있는데, 김포 쪽은 물론이요 강화에서도 생각 있는 사람들의 사랑방이다.

전화를 하면 닭 잡아먹으러 오라 성화인 지상철 님. 생김새만큼 우직스러운 그의 삶에서 우러나는 연지연 곰탕, 강화에 들르실 적 잊지 말고 들러보시길.

식당에 들어서면 양심수후원회 회지는 물론이요, 시사인 주간지도 내어놓고, 보고 싶은 이가 가져가게 하는 열려있는 주인네의 인심도 맛볼 수 있다. 그의 말대로 분단세력인 미 제국주의 군대를 몰아내고 민족자주 통일을 속히 이루어 '우리의 소원인 통일'을 이루어 그때 평양에서 그가 맛내는 '평양 연지연 곰탕집'에서 들쭉술과 고려 인삼주에 곰탕 한 그릇! 꿈만 꾸어도 좋다.

소리꾼 장사익

어릴 적 형들이 날 놀리는 말은 광천장 쪽다리 밑에서 주워 왔는데, 엄마가 엿 사가지고 찾으러 다닌다는 것이었다. 진짜로 엄마가 따로 있나? 생각해보았다. 그니의 고향은 새우젓으로 이름난 홍성군 광천읍이다. 내가 살았던 신양면을 거쳐야 광천을 갈 수 있다. 초등학교 1학년부터 3학년까지 걸어서 1시간(4킬로 넘음) 넘어야 학교에 갈 수 있었다. 학교가 끝나면 연탄을 실는 빈 트럭이 광천으로 간다. 탄광에서 캔 가루탄을 싣고 나르는 트럭이니 연탄으로 범벅이 되었어도 태워만 주면 좋았다. 그때 어린 꿈이 자동차 운전수 되는 거였다. 지금 보면 그 꿈은 참 쉽게 이루어졌다. 그래서 손에 닿지 않는 꿈보다는 소박한 꿈이 쉽게 이루어진다는 사실을 알았다.

어느 날 매스컴을 통하여 그의 노래 '찔레꽃'을 듣고 홀딱 반해버렸다. '하늘가는 길'은 충남 광천지역 상여 나가는 소리다. '기침'은 아버지의 해소 소리를 노래로 엮은 거란다. 그 뒤에 나온 '삼식이'는 내 어릴 적에 엄마들끼리 사랑방에 앉아 화롯불 쬐어가며 나누었던 정겨운 전설 같은 얘기이다. 그 시절 농촌의 삶이 그랬다. 장마 지면 시원치 않은 논에 둑은 터지고, 소는 비가 내리면 빨리 집에 가려고 마구 달려 잘못하면 넘어지기도 하고, 소꼬팽이(소매는 끈)를 놓치기도 했다. 뛰어봐야 비가 와서 다른데 못 가고 집으로 곧장 가는데, 참으로 어리석었다. 소꼬팽이를 놓치면 죽는 줄 알았다.

사익 형과 인연이 된 것은 정토회에서 그를 초대한 공연에서 만났다. "저 예산 촌놈이유." "그래요 난 내 고향보다 예산이 더 좋아유." 아들 영수는 대금을 분다. "난 큰 교회만 가면 무서워서 못가유." 이해가 갔다. 덩치 큰 건물은 위압적이다. 거기에 사람 냄새는 없다.

사익 형 어머니 장례식은 강남터미널 뒤 성모병원에서 지냈다. 문상 가서 본 풍경은 처음 본 광경이었다. 붓글씨 장난을 즐기는지, 자기가 부른 노래 '하늘가는 길'을 비롯해 슬픈 장례식이 아닌, 전남 진도의 상여놀이처럼 '환희'가 느껴지고 죽음이 슬픔으로 끝나는 게 아닌 다른 생으로 이어지는 축제의 장이었다.

바쁜 시간 내어 우리 교회에도 오셨다. 광주 공연 끝나고 그 바쁜 중에 시간을 내었다. 늘 바쁘시기에 오골계 장닭을 잡아

사익형 집에 아침 일찍 들렀다. 허리를 못 펴고 구부린 채 문 앞에서 "아, 왜 아침 일찍 오느라구 지랄이여." "왜요 어디 아프세요." "웅 나, 곽란 나서 밤새 고생했어." "잠깐 엎드려 보세요." 척추 마사지하고 사관을 바늘로 따니 일어나 앉아 같이 차를 마시며 하는 말 "아이구, 하나님, 목사님이 하나님이여!" 때묻지 않은 촌 아저씨는 시골 고향에는 일가친척이 없는지 명절 때면 전화로 안부 묻고는 "난 서울 놈 다 됐어." 그랬다.

사익 형이 매력인 것은 어느 노래든지 그가 부르면 노래가 장사익 것이 된다는 것이다. 트로트 불러가며, 클래식이라 너스레는 인정할 만 허고, '애국가' 부른다며 '아리랑'을 부를 때면 공감이 간다. 지금 애국가로 부르는 노래는 친일분자가 지은 노래이다. 무슨 충성이라고 '괴로우나 즐거우나 나라 사랑하세' 일까? 일본제국의 군국주의 냄새가 진동한다. 이 땅에서 태어난 모든 이들이 기억하고 아무나 부를 수 있는 게 아리랑이다. 애국가를 다시 생각할 일이다. 큰아이 결혼식 때는 못 왔다고 "하늘같이 높은 사랑!" 붓글씨 보내오셨다. 학원차 운전, 카센터일 등 10여 가지를 하며 살았다는 그의 노래는 살아온 한이 고스란히 배어 나와 심금을 울린다. 가슴이 살아 있다.

북산

주머니에 카드 3개면 충분했다. 전철, 공중전화, 버스. 돈이 없어도 이것으로 충분했던 때 북산을 만났다. 이오 형님과 참 가까운 분이라 머릿속에는 늘 뵙고 싶었다. 이름 있는 사람을 잘 찾아가지 못하는 성격이라 인연을 기다리던바 그분의 목산을 알게 되었다. 매주 목요일마다 목회하듯 산에 오르는 일인데, 같이 하는 길벗들이 많았고 따르는 후배들도 많았다.

그분과의 첫 만남은 호암산, 삼성산, 관악산 8봉을 거쳐 낙성대로 내려오는 길을 시작하는 석수역에서 만났다. 막걸리 사면서 세 병이면 되겠냐고 묻기에 그 정도면 되겠다 말씀드리니 "아니 솔직히 말해"가 인사 뒤 첫마디였다. 산에서 내려와 저녁 먹는데, "너 당구 칠 줄 알아?" "네." "몇 치는데." "150요." "그래 이런 새끼가 어디 갔다 이제 왔어." 그 뒤 그의 당구 벗이 되었고, 목산에 같이 했다. 이오 형님과는 한 살 위이시면서 결혼주례를 부탁하신 재미있는 분이다. 그니에게서 호압사에 얽힌 얘기, '산은 흐른다'는 것도 알았다.

산에 오르면 가져온 것 펼쳐 다 나누는데, 뭔가 모자랄 때면 "야 내 가방 가져와 봐" 하면 복주머니처럼 가방 속에는 무엇인가 늘 준비되어 있었다. 돌아가신 전우익 선생 따님 주례도 하셨지만, 권정생 선생과도 깊은 연이 있어 어린이 재단 이사로 계신다. 오대산, 북한산, 관악산, 호암산, 삼성산, 예산의 용봉산, 봉수산, 시흥의 군자산에 올라 내려오다가 농사하는 밭 원두막에 모셨다. 돌아가신 인천의 홍 원장님과 같이했다. 홍 원장님의 돈 없는 후배들 자비로 몇 명 데리고 안나푸르나 갔다 오셨다는 말씀에 "야 너도 가고 싶냐?" "네." "내가 너 하나 못 데리고 가겠냐." 이 말씀에 홀려서 안나푸르나에 올랐다. 한바탕 꿈을 꾸었다.

성경공동읽기를 좋아했던 그니는 산을 좋아해 산에 오르다 고관절 수술까지 했어도 산에 가는 걸 쉬지 않는다. 이오 형이나 북산 형님 모두 우리 시대의 보물이다. 이제 그 누가 있어 나의 길벗으로 함께 할 수 있을까 싶다. 속세와 작하여 물들지 않고 그렇게 끝없이 자기 길을 걷고 있는 북산! 최완택 목사이다. 인연을 이어 2016년 12월에 고향 후배와 둘이 다시 안나푸르나에 올랐다. 6년 만에 다시 본 하나님의 산은 온난화로 만년설이 속절없이 녹아 흐르고 있었다.

2부

광야에서 만난 하나님

내가 만난 하나님!

보이지도, 혀로 맛볼 수도, 손으로 만져지지 않는 그분, 사람의 육감으로 만날 수 없는 그분 찾아 많이 돌아다녔다. 어떤 상이 있는 것도 아닌, 현재 기독교 특히 개신교인들이 믿는 신은 유대인들의 신이다. 우리는 다른 사람이 만난 신을 내가 만날 수 없다. 다른 이가 만났던 신은 그의 신이지 나의 신일 수 없다. 창조의 신은 하나의 신앙 고백이다. 우리의 존재가 눈에 보이듯 그렇게 존재하지 않는 게 신이다. 구약성경, 출애굽기에 보면 모세가 신의 이름을 묻는다. "이집트에서 종살이하던 내 민족(유대)이 당신의 이름을 물으면 누구라고 대답해야 합니까? 나는 스스로 있는 자이다. 나는 곧 나다(출 3:14)"로 답한다. 온 우주에 자기 스스로 존재하는 건 단 하나 '자연'이다. 자연은 그 누구의 간섭 없이 제 스스로 그렇게 존재한다. '나는 나'인 하나님, 스스로 존재하는 야훼 하나님이 당신의 형상대로 사람을 지으셨다는 게 그들의 신앙고백임과 동시 나의 신앙고백이다.

우리 몸을 작은 우주라 일컫는다. 우주에 크고 작음이 없지만, 우린 편의상 그렇게 표현한다. 자연은 '참'이다. 자연에 거짓이 있을 리 없고 다른 무엇이 끼어들 틈이 없다. 자연은 그대로 참이다. 참이 내가 만난 하나님! 이다. 이 하나님은 십계명에서 '나 외에 다른 신을 섬기지 마라, 나는 질투하는 신이다'라 하셨는데 올바른 말씀이다. 우리가 참 외에 다른 것을 신이라고 섬기면 그게 곧 우상이다. 두 번째 가서는 '나를 위하여 그 어떤 형상을 만들지 말라' 하신다. 하늘에나 땅, 불 속에까지 만들지 말라는 얘기는 한 마디로 '나는 상이 없는 존재'라는 말씀이다. 아무런 상 없이 텅 빈 그 자체로 존재하시는 야훼 하나님이 참 신이다.

그 하나님을 교회 속에서도 만났지만, 1987년 6월항쟁 때 최루탄 쏘는 페어포그 '다연발'에 밀리고 쫓겨 서부역에서 만리동 고개로 도망치다가 거기 우뚝 서계신 하나님을 만나 울었다. 하나님의 정의를 외쳐야 할 교회들이 전두환 군사독재 정권과 조찬기도회(순복음 조용기, 영락교회 한경직 등 덩치 큰 교회)나 하고 있으니 하나님께서 믿지 않는 돌들을(개신교 말로 불신자) 들어서 당신의 정의를 이루시는구나 했다. 삶의 현장을 떠난 교회 강단의 설교가 얼마나 허황되고, 거짓인지 그

때 하나님께서 알려주셨다. 그 뒤 버스를 타고 가다가 가로수가 하나님으로 거룩하게 보여 눈물을 글썽였다. 아, 여기도 하나님이 계시구나. 밭에서 늘 보던 은행나무가 어느 날 그렇게 거룩해 보였다. "자연, 참은 만물 위에 계시고 만물 안에 계십니다." 내 얘기이기도 하지만, 신약시대 사도 바울이 먼저 한 얘기이다. 감리교 변선환 학장이 "교회 밖에도 구원이 있다"고 하시다 교단에서 쫓겨나 제명당하고 돌아가셨지만, 하나님은 퀘퀘한 교회건물 속에만 계신 분이 아니라, 교회 밖에도 계셔 일하셨다. 그분이 하는 일이 인간 구원 말고 또 어떤 다른 일이던가? 하나님은 교회 밖에서도 일하신다.

내가 만난 예수!

스무 살 되기 전에 만난 예수는 “여우도 굴이 있고 공중 나는 새도 깃들일 곳이 있지만 사람의 아들은 머리 둘 곳조차 없다”였다. 그 말대로 집도 머물 곳도 없이 떠돌아다니던 가난뱅이 예수, 태어날 땐 사생아로 요셉의 보호를 받았지만, 그의 출산 때는 쉴 곳도 머물 집도 없었다. 그가 태어난 마구간은 우리 문화와는 좀 다르다. 우리나라 마구간은 소의 똥오줌으로 범벅 되어 사람이 들어가지 못하지만, 인도에서는 한 방안에서 짚을 깔아 젖염소가 자고, 그 곁에 사람도 같이 자는 걸 보았다. 이런 예가 이해하는데 조금은 도움이 될는지 모르겠다.

그날 이후 ‘내 앞길은 돈과는 상관없이, 돈하고는 멀어져 살겠구나’ 싶었다. 지금 생각해봐도 그때 왜, 내가 그런 마음을 먹었는지 모르겠다. 그때 마음 한번 잘못 먹어 지금까지 가난뱅이로 살고 있다. 더러는 가난이 불편할 때도 있었지만 있으면 있는 대로, 없으면 없는 대로 살아 모자람이 없다. 가난뱅이 노숙자로 태어난 예수는 자기 삶을 배반하지 않았다. 우리네 속세 인간들처럼 가난하게 태어난 삶을 부정하고 부자가 되고 싶어 경마장, 경륜장에 가지도, 로또복권, 비코인을 사지도 않았다. 그이의 매력은 노숙의 탄생을 부정하고 권력에 빌붙지 않은 것이다. 당시 권력인 로마나, 식민지 권력인 젤롯에게, 종교 권력의 기득권인 대사제나, 율법 학자, 바이사이파의 곁에도 가지 않았다. 오히려 노숙자로 떠도는 흩어진 백성들(암하렛츠)을 "마음이 가난한 너희들은 행복하다, 하늘나라가 너희의 것이라"하고 선포하여, 그들을 하늘나라의 백성으로 삼으셨다. "재물을 하늘에 쌓아라." "돈과 하나님은 동시에 섬길 수 없다." "이웃을 네 몸처럼 사랑하면 모든 계명을 지킨 것"이라는 그의 가르침이면 전부이다.

가난해 밥 굶는 이웃이 있는데 나만 배부르면 하늘 백성이 아니다. 오늘의 개신교는 예수의 가르침과는 정반대에 서있다. 하나님께 기도 많이 해서, 나만 복 받고(물질), 대학에도 내 자식만 붙게 해달라고 40일 새벽기도를 한다. 내 자녀가 붙으면 다른 집 자녀는 떨어져야 하는데……. 그런 기도는 기도가 아니다. 시험 볼 때 노력한 만큼 당황하지 말고, 그만큼만 하게 해달라는 기도라면 받아줄 만 하다.

병이 나서 사회에서 버려진 사람들의 병을 고쳐주고, 현장에서 간음하여 돌에 맞아 죽을 수밖에 없던 여인을 살려주고, 사회로부터 버려지고 내쳐진 죄인, 창녀들과 하나가 되었던 예수, 오늘의 한국교회는 그런 예수를 믿고 따른다는 모습이 아니다. 예수 대신 목사가 대역하고, 교회가 종교화되어 예수 팔아 먹고사는 목사들을 보면서 한편으로는 역시 예수의 자비가 크다 싶다. 지금 목사 양반들 목사직 그만두면 무얼 먹고 살까? 좋으나 그르나 예수 이름으로 먹고살고 있으니 그의 자비가 큰 것이다. 예수가 없는 교회는 사이비이다. 예수의 가르침이 작용하지 않는 교회는 더 이상 교회가 아닌 타락한 교회이다. 예수가 타락한 유대교를 뿌리째 뽑아버렸듯, 한국교회의 뿌리가 뽑힐 날 그리 멀지 않았다.

신바람 나는 목회

나이 사십은 불혹이라더니 올해가 꼭 사십이 되는 해다. 운전경력 13년 그것도 사고 한번 없는 모범이었다. 안전띠를 매면 죽는 거로 생각하고 늘 안전띠 없이 운전을 했다. 택시운전 1년 반 소위 운전에는 도통했다고 늘 건방진 모습이었는데 주위에서도 그걸 인정해주었다.

허나 어쩌랴! 지난 2월 12일 충북 청주에서 아버지 추도 예배를 보고 되돌아오던 길에 보기 좋게 사고가 나버렸으니. 그것도 조그만 사고가 아니라 사람이 두 명이나 죽은 큰 사고다. 나는 네 명이 탄 차를 몰고 2차선으로 운행 중이었으나 반대방향에서 오던 영업용 택시가 중앙선을 넘어 우리 자동차를 받아버리고 그 자리에서 사망해버렸으니. 어디 가서 무엇을 물을 수 있으랴. 운전을 하던 나도 간이 파열되었고 장이 세 군데 파열되었고 횡경막이 찢어졌다. 양다리는 허벅다리 뼈가 두 동강이 나 엉망이고, 무릎 슬개골이 깨지고 골반이 부러지는 어마어마한 중상을 입었다.

처음 사고 소식을 듣고 달려왔던 형제들이나 목사님들은 한결같이 못 살아나고 죽는 줄만 알았단다. 제정신으로 돌아온 게 사고 열흘 넘어서였다. 나와 함께 동승했던 친구는 하나님 품에 안기었고 나는 아직도 병원에서 주삿바늘과 씨름하고 있다. 처음 정신을 차리고 밥을 입에 넣던 날 내가 살아있다는 실감과 하나님의 돌보심이 감격스러워 밥을 못 먹고 한동안 눈물만 흘렸다. 사람들과 전화를 하면서도 눈물이 나와 말을 끝까지 하지 못한 경우가 많았다. 병상에서 죽었다가 다시 살아났다 해도 과장이 아니다. 어찌 이 서툰 말로 다 헤아릴 수 있을까?

지금도 어떻게 사고가 났는지 기억에 없다. 운전에 도사가 어디 있으며 경력이 무슨 필요가 있으랴! "병길이 네 이놈 네가 운전에 도사라? 그래, 이래도 까불꺼야!" 하시던 그분의 음성 "넌 아직도 가진 게 너무 많아. 너무 부자야. 가진 것 다 버려!" 철저한 무소유를 다시 주신 하나님! 어찌 무릎을 꿇지 않을 수 있으랴!

80년에 군대를 제대하고, 그렇게 하기 싫었던 신학 공부를 늦게 시작했을 때 '신학을 하면 예수 팔아먹고 사는 놈은 되지 말아야지'라는 게 삶의 좌우명이 되었다. 목사가 되더라도 부자가 되지 말아야지 가난한 이들과 함께 가난하게 살아야지…….

그래서인지는 몰라도 우리 광야교회가 빈민촌이요 철거촌인 신정동 칼산에 자리한 뒤 4년째 매년 결산이 삼백만 원 조금 넘었다. 그래도 자원교사를 모집해 달동네 어린이들에게 무료공부방을 열었고 돈이 없어 학원에도 못 가던 아이들이 제법 올 때면 밥을 안 먹어도 배가 불렀다.

그러던 중 하나님이 내게 주신 재능 중에 목회하면서 할 수 있는 일 가운데 제일 자신 있는 일이 무얼까? 고심했다. 운전이었다. '그래 까짓것 주위 눈치는 봐서 뭐하랴. 사도 바울도 자기 직업을 갖고 있었는데.' 하나 막상 결정을 내리기까지는 여간 고민스러운 게 아니었다. 목사가 영업용 택시운전사라! 참 힘든 결정이었다. '예수 팔아먹지 않는 가난한 목회.' 다른 선택이 없었다. 물론 교회에 사전 양해를 구하고 사례비도 일체 받지 않기로 했다. 조그마한 교회의 헌금 몇 푼은 그나마 목회자의 월 사례비에도 턱없이 모자란다. 그러다 보니 솔직하게 말해서 교인들 십일조 하는 것에도 신경이 쓰였다. 누구는 꼭 할 만한 사람인데 하고 고개를 갸우뚱거리니 그 모습이 그렇게 추할 수가 없었다. 목회가 무엇인가에 대한 회의가 늘 함께했다.

'무한경쟁시대'에 교회도 사회에 발맞추어 금세라도 교인

수가 늘어야 성공한 목회고 그렇지 못하면 실력 없고 기도능력도 없는 목사라는 보이지 않는 올가미가 씌워졌다. 그 속에서 그나마 버티는 힘이 있다면 어떻게 하면 예수를 따라 곧은길을 갈 수 있을까 하는 것이었다. 우리 같은 작은 교회가 어떻게 하면 살아갈 수 있을까? 무한경쟁의 싸움에서 작은 교회가 무너지지 않고 어떻게 살아남을 수 있을까? 여기에 대한 답은 목회자가 자기 일을 갖는 길밖에 없어 보였다. 그렇지만 말로는 가난한 목회, 낮은 데로 내려가리라 했으면서 그게 쉬운 일이 아니었다. '노동을 하는 거다. 당당하게. 목사도 노동자로 교우들과 똑같은 입장에서 살아가는 거다. 그래야 더욱 당당한 목회가 되지 않겠는가.' 생각했다.

처음 택시회사를 찾아가 이력서를 제출했더니 사장님이 면담에서 의식화 교육하러 온 게 아니냐는 것이었다. 사정을 이야기해서 일을 할 수 있게 되었다. 일주일은 주간(새벽 3시에 출근 오후 3시에 끝남) 일주일은 야간(오후 3시에 출근 새벽 3시~4시까지)이 의무적이었다. 선배님들께서 손님 태우고 돈 거슬러주고 요금미터기 계산하는 법도 잘 알려주었다. 처음 새벽일 나갔을 때는 업무부장님이 몇 호차 지정해주면 캄캄한 어둠 속에서 지정된 차를 찾느라 100여 대의 택시번호를 모두 읽어가기도 했다. 그렇게 헤매다 어떤 날은 못 찾을 때도 있었다. 결국 다시 물으면 영업부장님은 정확하게 지정된 차 세운

장소를 말해주어 그 능력에 혀를 차곤 했다. 사무실에 앉아서 몇 번 자동차가 어디에 서 있는지 정확하게 파악하고 있는 치밀함에 놀랐다. 목회에서 목사가 교우들의 상태를 저 정도 꿰고 있었으면 싶었다.

하루 12시간 노동, 그 노동의 강도는 여간 힘든 게 아니었다. 한 달에 26일은 일해야 되었고 날을 다 채우고 주·야로 일해야 만근수당 야간수당까지 합해 30만 원 조금 넘게 받았다. 어쩌다 하루라도 일을 못 나가면 한 달 월급은 고작 29만 원 정도였다. 하루 4만6천 원 납입금을 꼬박꼬박 회사에 입금했을 경우의 계산이다. 지난해 말에 택시 요금이 오른 뒤 월 급여는 고참인 경우 10만 원가량 올랐으나, 회사에 납입금도 올라 하루 6만 원으로 되었다. 요금이 오르기 전 같으면 오후 2~3시경이면 거의 회사에 있었던 노동자들이 4시가 다 되어서야 겨우 나타났다. 요금 오른 뒤 그만큼 노동의 강도가 더 높아졌다는 입증이다. 아무쪼록 택시 노동자들의 노동력을 빼앗을 수 있는 정액제는 없어지고 노동자가 생활을 보장받을 수 있는 월급제였으면 하는 바람이다.

택시 기사를 하면서 세운 내 나름의 원칙이 있었다. 택시의 공간은 작은 교회다. 택시도 목회다. 손님은 하나님이 내게 보내신 거다. 첫째 친절, 인사하기, 승차거부 안 하기 등의 원칙을 정했다. 그리고 또 하나 더하면 돈에 대한 포기였다.

처음 선배들에게 어떻게 하면 돈을 많이 벌 수 있는가를 물었다. 손님을 골라 태우라는 것이다. 그리고 밤 11시경이 되면 무조건 손님이 안 탔을 경우라도 시내로 가서 차고지 방향으로 합승을 하면서 오라는 것이다. 솔직히 이틀은 시킨 대로 했다. 그런데 빈차를 보고 손들던 사람들을 그냥 지나쳐 올 때 꼭 뒤통수를 잡아당기는 기분이었다. 돈이 뭐라고 사람을 골라 태운다는 말인가? 골라 태우는 게 여간 머리가 피곤한 게 아니었다. 방향이 썩 내키지 않는 손님이 탈라치면 짜증스럽기까지 했다. 내가 무엇 하고 있나 싶었다. 나는 목사가 아닌가. 똑같을 순 없다. 인간적이고 싶었다. 그 뒤로는 승차 거부를 포기하고 돈을 따라다니는 것도 버렸다. 그렇게 마음이 편할 수가 없었다. 먹고 살아갈 만큼만 벌면 되었다.

교회에서 교우들은 중간 평가 시간에 목사님의 설교가 노동을 한 뒤로 무척 듣기가 쉬워졌단다. 조금은 자신이 생겨났다. 헌금이 조금 나와도 교회 운영에 전혀 문제가 되지 않았다. 헌금이라야 한 달에 30만 원 정도가 전부다. 그러나 목회자의 생활 문제가 해결되니 걱정거리가 없었다.

헌금 사용원칙인즉슨 그달에 나온 헌금은 그달에 다 쓰기, 모아두지 않기였다. 그래야 자본주의에 대한 철저한 무시일 수가 있다. 즉 자본주의를 극복할 수 있다는 말이다. 세상이야 돈에 묶여 돈을 섬기고 돈 우선으로 사는 게 당연하다지만 진리를 따르겠다는 종교인들까지 돈에 묻혀 살아서야 어디에 쓰겠는가. 다른 종교야 말하면 험담이겠고, 우리 기독교만 놓고 보더라도 어디에 하나님이 서실 자리가 있고 예수께서 일할 자리가 있겠는가. 철저한 맘몬을 하나님으로 모시고 있는 상황이니 가난한 이들이 가고 싶은 교회 찾는 일이 쉽지 않다. 가난한 이들을 몰아내는 '무한경쟁' 인가. 그렇지 않다면 예수를 믿고 따르는 공동체라는 신앙고백을 날마다 입에 침이 마르도록 하고 있는 교회가 교인 숫자나 늘리고 건물 크게 짓는 게 하나님의 뜻인 양 호도하는 이 현실을 어떻게 이해해야 되는 걸까. 거기에 노동자, 빈민들, 밑바닥 사람들의 편에서 살겠다고 철석같이 맹세한 민중교회들도 짐짓 성장논리로 가는 모습이니 어떻게 이해하고 받아들여야 되는지 혼란스럽다.

나라고 왜 잘 먹고 잘살고 싶지 않겠는가. 지금도 제일 무서운 속삭임이 '편히 살고 싶다'이다. 편안히 현실에 안주하고 싶은 마음이 한구석에는 새싹이 커가듯 날마다 생겨나는 것을 낸들 어찌하랴. 그렇지만 내 생의 마지막까지 끝이 없는 명제 '예수 팔아먹고 안 살고 가난한 목사'로 사는 것을 포기할 수는 없지 않은가 말이다.

하나님은 우리의 기도를 다 들어주신다. 좋으신 하나님! 신나는 하나님이시다. 허나 어쩌랴, 기도는 다 빠짐없이 들어 주시지만 응답은 다 안 하시는 게 또한 하나님이 아니신가? 만약 우리들이 드리는 기도를 모두 응답해주신다면 모르기는 몰라도 세상은 혼란스러워 하루도 못 살게 될 것이다. 그렇고 보면 응답을 다 안 해 주시는 게 천만다행이다. 사도바울이 자기의 병을 놓고 괴로워하다 고민 끝에 아뢰었을 때, '네 은혜 네게 족하다'며 응답을 안 하시던 우리 하나님, 얼마나 다행스러운 일인가. 나의 소원대로 교인들 잔뜩 모아지고 건물 크게 지어놓고 목회를 한다면 그 자리에 서 있는 안병길이란 놈은 어떤 모습으로 서 있을까.

택시를 하면서 목회를 하니 제일 좋은 일이 경쟁에서 벗어난 것이었다. '경쟁은 이제 그만.' 해방이었다. 경쟁에서 벗어난 해방감을 어떻게 나누었으면 좋을까. 돈에서 해방된 이 기쁨을 어떻게 표현하면 될까. 처음 신학을 접하면서 아뢰었던 소원을 끝까지 들어주시고 있는 하나님, 요즘 난 사실 무척 신바람 난다.

바뀐 주변 환경은 아무것도 없다. 다만 여지껏 환경에 묶여서 살았던 나를 돌아보게 된 것이 변화라면 변화일 뿐이다. 적은 교인들을 가지고 숱한 세월을 성장논리에 묶여 고민하던 일. 만약 내가 큰 교회 목회를 한다 해도 같은 고민을 했을까? 이처럼 주어진 환경을 넘지 못하고 환경에 꽁꽁 묶여 울고 웃었던 일이 얼마나 하찮은 삶이었던가? 목회가 신바람 나는 건 교인 숫자가 늘어서도 아니요, 헌금이 많아져서도 아니다. 하나님이 나와 함께 계시다는 것 때문에 신바람이 난다. 철저하게 바닥으로 내려와서 낮아지니 비로소 그분의 모습이 어렴풋이 눈에 희미하다. 마치 뿌연 안개가 걷히는 것처럼 그렇다.

사실 나는 돈을 벌면서 장기수 할아버지를 도울 수가 있었다. 그게 마음속에 남아 자랑스럽게 느껴지기도 하고 마음 한편에서는 조금은 뿌듯하기도 했다. 이게 내가 부자로 살고 있다는 증거다. 이번 사고로 이것까지 버렸다. 내가 무슨 도움을 누구에게 주었다는 사실까지 이제 머리에 남기지 않기로 했다. 철저한 버림 속에서 아직 길은 까마득하지만 '무소유'로 깨끗하게 살다가 남기지 않고 갈 수 있는 삶을 향해 가기로 했다. 목사가 예수님과 마음을 합하고 살면 되었지 무엇을 더 어떻게 바라며 살겠는가.

처가 자랑을 하면 팔불출이라지만 처음 목회를 하기 전 장인어른이 마주치기만 하면 하시던 말씀이 생각난다. "굶어 죽는 한이 있더라도 괜찮으니, 아니 교인 대여섯이라도 좋으니 예수께서 바라시는 목회를 하라. 평생 목회에 단 한 명만 구원에 이르게 해도 그게 사명을 다한 거다. 먹을 게 없으면 앉아서 굶어 죽으라. 하나님께서 먹여 살리신다는 믿음이 없으면 죽으라." 좀 어처구니없는 말씀으로 들렸지만 버릴 게 없다.

이번 사고로 죽음까지 맛보고 난 뒤 얻은 또 하나의 화두가 있다. 이 세상의 모든 것들과 친해지는 것. 하나가 되는 것. 나의 고집을 버려 모든 것들과 친해지는 것이다. 예수 그리스도를 보라. 창녀를 만나면 창녀로, 무지랭이를 만나면 무지랭이로, 문명인을 만나면 문명인으로, 가난한 자로 모든 것들과 하나이시지 않는가. 아! 그런데 어떻게 이 일이 우리에게 가능하단 말인가. 허나 어쩌랴. 그게 그분이 원하시는 삶인걸. 시작하면 될 것이다. 하나부터 시작하면 된다. 처음부터 모든 걸 다 하려니까 엄두가 안 나지. 넘어지면 일어서고 넘어지면 또 일어서면 된다. 할 수 있는 작은 것부터 시작하면 그리 어렵지 않다.

아직 작은 교회에서 목회하면서 많은 고민 속에 있는 동지들이 계시다면 노동을 권해 드리고 싶다. 내려가자. 예수께서 이 땅 위에 오셨듯이, 우리가 그분을 우리의 주님으로 고백한다면 해볼 만하다. 좋은 그분의 은총을 경험하게 될 것이다.

올해는 이런 계획을 세웠다. 전체 교우들의 숫자가 15명 안팎이니까 한 달에 한 번은 정기적으로 문학기행이나 역사기행을 하면서 예배를 드리는 기동성을 살리자는 것이다. 작은 교회니까 가능한 일이다. 이러자면 교회가 커질까 봐 은근히 겁나기도 한다. 작은 교회로도 얼마든지 올바른 목회를 해나갈 수 있다. 목회자 스스로 생활문제를 해결할 수만 있다면 가능하다. 문제는 교회가 성장만 할 수 있다면, 어떤 사람과도 그 어떤 일과도 타협할 수 있다고 생각하는 목회자들의 탐욕에 가까운 욕망과 그 충족을 위해 수단과 방법을 가리지 않는 데 있다. 결국 자신과의 싸움에 있다. 다른 누군가가 더 이상 적이 아니라, 바로 이 안병길이란 놈이 나에게 가장 큰 적이 아닌가. 그 무엇에도 얽매이지 않고 살 수만 있다면 더욱더 신명 나는 일일 게다. 아마 내가 나를 이기는 한 재미있는 목회가 이어지리라.

부처님께서 웃으시다

종교의 길이라는 게 무엇일까? 진리를 추구하고 찾아가는 구도의 길 아닌가. 구도의 길에 종교가 다른 게 무엇이 문제가 되는가? 문제가 있다면 다른 종교에 대한 우리의 무지한 편견이 문제이다. 진리라는 것은 하늘과 같아서, 칼로 잘라 네 것, 내 것으로 소유할 수 없는 것이다. 만약 하나님이라는 진리가 아무도 가까이할 수 없고, 오직 기독교인이 되고, 교회에 나가야만 접할 수 있는 존재라면 난 기꺼이 그분을 포기하겠다. 그분(진리)은 그 어떤 종교라는 울타리 속에 가두어 둘 수 없다. 진리의 자비는 선한 사람에게나 악한 사람에게나 똑같은 햇빛을 쏟아부어 주기에 하는 말이다.

나는 종교 다원주의가 무엇인지 잘 모른다. 살아가다 보니 기독교인이 되었고, 목사라는 소위 성직자의 길을 가게 되었는데, 옆을 보니 기독교 외에 다른 종교인들이 보였다. 그들과 가

깝게 되면서 종교는 다르더라도 같은 도반이라는 것을 발견하게 되었다. 구도의 길을 가는데 종교가 다른 게 무엇이 문제가 된다는 말인가? 오히려 서로 북돋아 주고, 아끼고 배워가며 모자라는 부분을 채워주면 되는 것 아닌가. 하나님의 사랑 가지고 모자란다면 부처님의 자비가 있지 않은가.

이 시대 사람들에게 종교란 한낱 액세서리에 불과한 게 아닌가 생각된다. 불교인들은(물론 다 그런 것은 아니겠지만) 절간 불상 앞에 머리 숙이고 보시 몇 푼 하면 되는 줄 알고, 기독교인들 역시 성경책은 거의 읽지도 않으면서 주일날 되면 먼지 털어 옆구리에 끼고 형식적으로 설교 듣고, 헌금바구니에 봉투 넣고 집에 오면 다 되는 줄 안다. 이렇듯 너, 나 할 것 없이 한국의 종교인들은 종교 생활이 몸통(실천)은 없고 머리와 입만 있다.

기독교가 되었든 불교가 되었든 껍질인 종교에 갇히거나 메이지 말고 종교가 담고 있는 알맹이를 보아야 한다. 알맹이가 무엇인가? 종교가 담고 있는 알맹이는 '가르침' 아닌가? 예수님의 가르침, 석가모니 부처님의 가르침이 알맹이다. 종교라는 겉모양 껍데기로는 만나기 어려워 보일지는 몰라도 가르침의 깊이로 가면 같이 만나질 수밖에 없다.

예를 들면 금강경의 알맹이가 '무주상보시無住相布施'이다. 예수의 가르침에 보면 '오른손이 하는 일을 왼손이 모르게 하라'는 가르침이 있다. 진리(알맹이)를 담고 있는 그릇(말)은 조금 달라 보여도 같은 뜻이 아닌가. 어떻게 한 몸 안에서 오른손이 하는 일을 왼손이 모르게 할 수 있을까? 여기에 가르침의 본本이 있지 않나 싶다.

나는 신학생 시절엔 전도사에 '님'자가 붙어서 그랬는지 전도사가 빨리 되었으면 했다. 전도사가 되니 빨리 목사가 되기를 바랐는데, 목사가 되면 무엇이 달라지는 줄 알았다. 하지만 전도사가 되고, 목사가 되었어도 변하는 것은 아무것도 없고 나는 그대로였다. 사람들이 부르는 호칭은 달라졌는지 몰라도 나는 옛 모습 그대로 달라진 게 없었다.

오늘의 성직자들이 조심해야 할 일은 이렇듯 머리 깎고 스님이 되고, 안수받아 목사나 신부 되는 것이 중요한 게 아니라 얼마만큼 가르침 앞에 자신을 버리고 납작 엎드리어 그분들의 소리를 듣느냐가 중요한 것이다. 남들이 부르는 호칭은 '참 나'가 아니다. 부처님의 공덕으로 스님이 존경받고, 예수님의 은덕으로 목사와 신부가 존경받는 것이다. 송구스럽지만 성직은 아무것도 아니다. 그분들의 깨달음, 가르침이 있었기에 오늘의 내가 있고, 성직자라는 이름으로 불리고 있다.

그런데 오늘의 성직은 구도의 길을 가는 스승과 제자의 관계보다는 하나의 종교계급으로 변질되고 말았다. 삭발하고 승복만 입으면, 혹은 목사라는 직함, 신부 서품만 받으면 색안경이 씌워진다. 하지만 스님이라고 하여 불자들보다 더 많이, 더 쉽게 깨달아지는 게 아니고, 목사가 되었다 하여 교우들보다 하나님께 더 가까워지는 것이 아니다.

성직자로 사시는 분들께 감히 한 말씀 드리자면, 자기 뜻 실현하려 신도들에게 무언가를 강요하는 일이 없었으면 하는 바람이다. 성직자들이 자기 뜻을 관철시키려 경전을 들먹여가며 신도들에게 강요하는 일은 종교적인 폭력이다. 교회를 지었다 하면 동양 최대요, 절간 짓고 불상 만들었다 하면 왜 동양 최대여야 하는지, 여지껏 자리했던 불상은 없어지고 그 자리를 약사여래불이 차지해야 하는지 도무지 이해할 수가 없다.

난 부처님상 중에 고행상을 좋아한다. 고행은 깨달음에 이르기 위해 피할 수 없는 길이요, 고행 없는 깨달음은 있을 수 없다. 그런데 오늘의 우리는 깨달음에 이르기 위한 고행은 쏘옥 빼고 깨달음에 대한 이야기로 사람들을 혼란스럽게 하고 있다. 부처님께서 시체를 싸서 버린 누더기옷을 가사 삼아 살으셨듯, 예수께서도 '공중의 새도 깃들일 곳이 있고 여우도 굴이 있지만 사람의 아들은 머리 둘 곳조차 없다' 하시며 가난하게 살았다.

오늘날 종교인들은 종교에 대한 지식은 넘쳐난다. 아마 모르긴 해도 불교에 대해 말하라면 부처님보다 더 많이 알고, 기독교나 예수님에 대해 아는 지식도 그러할 것이다. 사실 몰라서 실천 못 하는 경우는 없다. 너무 많이 아는 게 탈이라면 큰 탈이다.

한국 사회에서 종교인을 고르면 불교인과 기독교인이 제일 많을 것이다. 헌데 세상이 조금도 밝아 보이지 않는다. 종교가 제구실을 못한다는 얘기인데 부끄러운 이야기이다. 종교인은 넘쳐나는데 세상이 바뀔 생각을 않는다. 이것이 한국 종교현상의 현주소이다. 머리(지식)로만 알면 뭐하나. 실천이 따라야 한다. 실천(몸으로 살아내는 일) 없이 서방정토는 요원하고 하나님의 나라는 한낱 망상에 불과하다. 더 알려 하기보다는 아는 만큼 사는 일이 중요하다. 불교인이라면 석가모니 부처님의 가르침대로 철저히 살려는 원을 세우고, 기독교인이라면 예수님의 가르침을 온몸에 받아 사는 게 본이라 생각한다.

성경에서도 '행함이 없는 믿음은 죽은 믿음'이라 한다. 종교의 길은 세상에서 분리된 삶이다. 세상에 속해있지만 세상과는 나누어진 삶이라는 얘기이다. 하지만 사악한 세상과 아무일 없이 사이좋게 지내며 건재해 왔던 게 한국 종교의 모습이다. 나만의 소견일는지 모르겠지만 사악한 세상의 미움을 받지 않고, 그들(세상의 권력)과 더불어 사이좋게 건재하는 종교는 있을 수 없다.

고통받는 중생을 떠나 깨달음의 세계를 말하면 얼마나 허할까? 고통받는 중생을 다 건지는 게 불교의 교리인데……. 목사로서 참 부끄러운 것은 한국 개신교 목사님들이 정권이 바뀔 때마다 조찬기도회를 하는 것이다. 그런 있을 수 없는 일이 버젓이 일어난다. 역사 앞에 참회해야 할 일이다.

한국 종교의 현실을 극명하게 드러내 주는 때가, 요즘이 아닌가 싶다. 조금 있으면 수능시험이다. 입시철만 되면 교회에서는 수능생을 위한 40일 특별철야기도회를 시작하고, 사찰에서도 영험한 부처님을 찾아다닌다. 자기 자식 대학에 붙게 해달라는 기도인데 이것보다 더 이기적인 기도가 없다. 종교의 본질이 기복신앙은 아닐 텐데 말이다. 공부는 조금만 하고 대학은 좋은 대학에 가게 해달라는 기도를 어떻게 이해해야 할지 모르겠다.

결국 자기 자식 대학 가게 해달라는 얘기는 남의 자식 떨어지게 해달라는 기도인데 기도 들으시는 부처님, 예수님 생각도 좀 해야지. 우리가 바라는 하나님, 부처님은 소원을 들어주는 분, 자기 욕망을 채워주는 분, 자기 힘으로 불가능한 것을 이루어 주는 분이다. 이것이 오늘날 우리가 생각하는 신神이다. 이타적인 모습은 거의 보기 어렵다.

예수께서 자기 제자를 선택하는 제1성이 "나를 따르려는 사람은 자기를 버리고 제 십자가를 지고 따라야 한다"는 선언이다. 자기를 버리라는 첫 관문을 통과해야만 그의 제자가 될 수 있고, 따를 수 있다는 사실을 교회는 놓치고 있다. 불가에서도 끊임없이 자기 놓는 공부를 하고 있는 줄 알고 있지만, 구도의 길을 걷는 사람에게는 자기라는 게 커다란 걸림돌이고 제 자신이 사탄이 되기도 하고 마구니가 되기도 한다. 세상에 속해 있으면서 세상과 짝하지 않고 의연하게 본인의 길을 걷는 일이 아름다운 걸음이다.

송구스레 생각하며 예수님의 십자가에 대한 이해를 조금 돕자면, 십자가는 철저한 하늘 뜻에 대한 순명이다. 그분께 여쭈어보았는데 기독교에서 말하는 속죄, 인류구원은 그분께서 죽은 다음 이야기일 뿐, 그런 말씀 하신 일이 없다고 한다. 다만 자기를 버리고(자기 뜻 꺾고) 오늘도 내일도 계속해서 여여한 자기 길을 걷다 보니 마지막 종착점이 거기였다는 말씀이다. 마지막 죽음 앞의 결단에서 '할 수만 있으면 수난의 시간을 겪지 않게 이 잔을 자신에게서 거두어 달라'는 기도에서, '그러나 제 뜻대로 마시고 아버지의 뜻대로 하라'는 기도로 바뀔 때 이미 그는 죽음을 선택했다. 남에 의하여 죽어가지만 죽음의 선택(주권)은 자기 스스로 쥐었다.

진리에 대하여 불려지는 이름은 다르지만 그렇다고 본질이 다른 게 아니다. 기독교에서 하나님이라고 부르고, 원불교에서는 일원상을 법신불로 모시고, 불가에서는 공의 세계, 법, 다르마로 부르지만 사람들이 붙여놓은 이름에 불과하다. 이름이 곧 본질은 아니다. 하지만 이름에 매여 이름이 자기인 줄 착각

하니까 돌에, 바위에, 나무에 자기 이름을 새겨놓고 페인트로 칠하고 야단이다.

부처님께서 보셨던 그 세계, 예수께서 아버지라 불렀던 그 어떤 분에게 다다르기 위해 길을 가는 게 오늘의 우리가 아닌가 생각한다. 예수가 종착점이 아니다. 그분의 말씀대로 그는 단지 길일뿐이다. 그렇듯 부처님도 그분을 통해야 그분이 말씀하신 공의 세계로 갈 수 있다.

우리에게는 내일이 없다. 내일은 언제나 내일이고, 오늘 지금 여기에서 서방정토를 살고, 하나님의 나라를 맛보고 살지 않으면 그 세계는 갈 수 없다. 극락세계, 하나님의 나라는 국國이 없다. 울타리도 없다. 여여하게 길 가는 사람만이 맛볼 수 있다.

몇 해 전 불교 성지순례에 따라갔다가 열반당에서 예불을 하는데 콧등이 시큰해지면서 누워있는 와불의 발등에 입 맞추고 싶은 생각이 불현듯 났다. 결국 가슴이 시키는 대로 하지는 못했지만……. 성인이 머문 자리는 시공을 넘어 가슴을 파고드는 그 무엇이 있다. 부처님 발자취 따라 이곳저곳 다 둘러보았지만 마지막 열반에 드신 자리가 내게는 크게 다가왔다.

불가와 인연 맺고 싶어 하던 차 정토회 법륜스님과 인연된 지 10년 가까이 되었다. 한번은 정토회에서 통일결사 1000일 릴레이기도(24시간 1000일 동안 끊이지 않고 하는 기도)를 하면서, 연말이라 기도하는 사람이 모자란다며 내게 시간을 물어 왔다. 기도회에 참석했으면 한다면서.

법당에서 목탁을 두드리며 관세음보살 주문을 외우는 것인데 목사가 생전 목탁을 만져나 보았나, 두드리는 방법을 듣기나 했나……. 앞사람이 하는 것을 조금 보다가 내 차례가 되었는데 목탁 소리가 제대로 날 리 있나. 이곳저곳 두드려가면서 비로소 어느 곳을 두드려야 청아한 소리가 나는지 배웠다. 목탁만 두드려 가며 절을 하고 있는데 앞에 하던 이가 다시 돌아와 하는 말이 관세음보살 주문도 해야 된단다. 세상에, 여럿이 할 때는 따라 했지만 혼자 독송이라니! 한동안 소리가 나오지 않았다. 주문을 외우면서 1배, 1배……. 1시간 끝나고 2시간째 접어드니 좀 되는 듯싶었다. 그날 처음 목탁 소리가 법력이라는 걸 알았다. 두 시간 마치고 마지막으로 큰절 올리고 뵈었더니, 부처님께서 자비한 얼굴로 씨—익 웃고 계셨다.

하늘이 저울질하다

십수 년 전 겪었던 일이다. 이현주 목사님과 마음공부 모심할 때 어디까지가 소유일까에서 어디까지가 무소유인지 고민도 많았다. 의외로 답은 간단한지 모른다. 제 필요한 만큼만, 오늘 먹을 만큼이면 쉬울 것 같은데, 인간이란 묘한 습성이 있어 오지도 않을 내일을 걱정하면서 쟁여두고 높이 쌓아 하늘을 찔러도 욕망이 멈춰지지 않는다.

그 무렵 전화 한 통이 왔다. 대구인데 큰 교회에서 개혁을 원하는 신도들이 따로 모여 교회를 시작했는데 자기네는 부흥회는 안 좋아해 나를 초청해 사경회(경전공부)를 하겠다는 것이다. 내 마음에 쏙 들었다. 부흥회는 한때 개신교의 세 확장에 지대한 공헌을 했다. 헌데 부흥회는 짜고 치는 고스톱처럼, 목사와 장로들이 각본을 짜 누구는 얼마 내고 누구는 얼마로 미리 엮어 사람들의 마음을 들뜨게 해놓고 돈을 작정하게 하게 만든다. 심지어 전세금 빼 헌금하라고 돈 걷으러 다니는 목사도 보았다. 부흥회라는 게 이런 폐단이 있기에 부흥회하는 목사들을 사기꾼으로 본다.

그런데 내 마음에 쏙 들게 그거 안 하고 사경회 강사로 와 달라 하니 딱이었다. 그 순간 간다면 강사비 받아야 하나? 차비만 받을까? 별의별 생각이 스쳐 갔다. 당시에 말 그대로 백수였다. 하지만 내가 아는 지식이 내 것이 아니고 누군가 선배로부터 먼저 깨달은 이로부터 얻은 거니 내 것이 아닌데, 그걸 말하고 돈을 받는다는 게 영 아니라는 생각이 들었다. 마음은 부풀어 있었는데 며칠 뒤 다시 전화가 왔다. “우리 목사님 전화 받으셨지요. 그 교회 장로입니다.” 대구 사는 교회 장로라며 강사 초빙 전에 선본다고 먼저 만나자고 했다. 만나자기에 찻값도 없어 신도림역에서 만나자 했다. 역 위 공원 의자에 앉아 몇 마디 나누었다. “장로님 전 빈손으로 살기로 했습니다.” “백수 좋지요.” 그러면서 청계천 상가에서 공구를 사야 하는데 토요일이라 경리도 퇴근했고 은행도 쉬니 기곗값 75,000원을 빌려달라고 하면서 자기네 교회 강사로 오실 때 갚겠다고 했다. 순간 찰나의 흔들리는 마음! 그래 빌려줘? 주머니에 돈이 없으니 교우들에게 가져오라면 가져올 것이고, 안 빌려주면 신용이 무너져 강사로 안 부를 수 있으니 고민되었다. “저를 어떻게 알게 되셨습니까?” “네 신월동에 친척이 살아 소개받았습니다." 돈 안 빌려주었다고 강사로 안 부르면 안 가면 되지 싶었다. "죄송합니다. 주머니에 가진 게 없어서." 그리고 헤어졌다. 20여 년이 넘은 오늘까지 강사로 와달라는 전화가 안 오고 있다. 가고 싶은데 못 가고 있다. 내가 속으로 생각하고 마음먹고 있는 것까지 드러내어 저울질 받았다. 하늘의 저울질은 빈틈이 없다. 마음속 깊은 곳까지 훤히 알고 계신다. 그냥 그대로 여여하게 걸어 가면 된다.

아름다운 종신제

종교에 몸담고 있는 사람이라 문학세계에는 깊은 관심을 두지 않고 살았다. 하지만 문학이든 종교든 간에 사람이 하는 일이고 소설이라는 것도 허구라고는 하지만 제가 경험하거나 이웃의 경험이 바탕이 되어야 그려질 텐데, 작품만 세상에 내어놓고 작가는 작품 뒤로 숨어 아무런 책임도, 얼굴도 없는 작품을 글이라 할 수 있는지 모르겠다.

누가 '위기'를 말하는가? 양치기 소년 이야기와 비슷하게 위기를 말하는 사람에게는 꿍꿍이속이 있다. 그는 이미 무엇인가를 움켜쥔 권력자이다. 움켜쥔 걸 지키려고 위기를 발설하고 주위로 하여 위기의식에 매이게 만든다. 울타리 없는 울타리를 두르는 셈이다. 자기 자신에게 말이다. 누가 '문학의 위기'를 말하는 걸까? 문학은 사람이 하는 거고 문학이 위기라면 사람의 위기일 텐데 그 위기에서 자기는 빠진 채 마치 금방 문학판이 어떻게 된 것처럼 호들갑을 떨지만 솔직히 보면 말하고 있는 그들의 위기이다.

누구든 위기를 말한다면 정말 위기를 감지하고 하는 진언이거나, 자기 기득권을 빼앗기지 않으려는 거짓말이거나 둘 중 하나임에 틀림없다. 위기라면 사람 모두의 위기일 텐데 자기들은 쏙 빠지고 다른 이들은 마치 굉장한 위기에 처한 것처럼 말하면 곤란하다. 내가 종교의 위기를 말한다면 '나'까지 포함해 하는 말이다. 그러고 보니 '나'도 위기에 있다. 종교가 위기에 처해 있기에 그렇다. 위기는 또 다른 기회가 되고 희망의 태동이라 하지만 지금 종교는 캄캄한 어둔 밤이다.

얼마 전 알고 지내는 후배 목사가 노온 교회에서 쫓겨나게 되었다. 자세한 내막이야 모르지만 대강 들은 바로는 후배 목사는 농촌 교회에 있으니 농사일도 해가며 목회하겠다는 입장이었고, 교인들 입장은 목사가 어떻게 목회에 전념하지 않고 농사일을 하느냐는 거였다. 이런 일들이 일어난 것은 소위 종교 지도자로 자처하는 목사들이 자기들의 기득권을 수호하기 위해 철저하게 교육 헌신한 결과라고 본다. 사람들 많이 모이고 건물 덩치 큰 교회 목사들이야 괜찮지만 개척하는 작은 교회 목회자들은 먹고사는 기본 생활비도 모자라는 게 아픈 현실이다. '사랑'을 나누어야 할 교회가 가장 '안 사랑'하는 모양으로 나타났다. 성직자들에게 물어보면 하나같이 '가난하게 걸으신 예수님 십자가의 길(도)을 따르기 위해 집을 나섰다'고 말한다. 가다 보니 달콤한 열매에 길들여져 주저앉기도 하지만 분명 길을 가고 있는 건 맞다. 잘못된 길도 길이라면 말이다. 문제는 여기가 좋으니 초막을 짓자는 돈(자본)의 달콤함에 흠뻑 젖어 길 떠날 생각도 잊어버린 데 있다.

개신교에 소위 '위임목사'라는 제도가 있다. 종신토록 그 교회에서 목사질을 해 먹겠다는 제도이다. 이렇게 무서워졌다. '공중의 새도 깃들일 곳 있고 여우도 길이 있지만 사람의 아들은 머리 둘 곳조차 없다'(루가 9:58)는 예수님 따라 그 길을 나선 사람들이 무슨 아쉬움이 있고 두려움이 있어 종신토록 그 교회에 빌붙어 있으려는지 알 수 없다. 사실 위임목사가 되면 참 안정적이다. 목사 본인이 스스로 싫다고 떠나지 않는 이상 종신토록 먹고사는 것을 교인들이 책임지게 된다. 그걸 못 받아들이는 사람은 교회를 떠나는 수밖에 없다. 요즘은 이것도 성에 차지 않아 아들에게 대물림까지 하고 있으니 이 땅에서 목사로 산다는 게 한없이 부끄러울 뿐이다.

지난 7월 20일 한겨레신문에 특별 기고한 황석영 소설가의 글을 보고 깜짝 놀랐다. 문학계에서도 '종신 심사위원'이 있단다. 종교나 문학이나 '종신'이란 참 아름다운 모양이다. 종신 심사위원에 위촉된 분들은 자기 스스로 그만한 자격을 갖추었다고 생각하니 받아들였겠지만, 문학계 전체의 의견도 아닌 어느 한 신문사의 제의에 선뜻 응한 게 이해하기 어렵다.

"솔직히 밝히자면 나는 시장에 내놓은 상품으로서의 책의 광고와 선전에 어느 매체가 동원되든지 알 바 없다는 생각이었다. 왜냐하면 책의 내용과 추구하는 가치가 변하지 않을 테니까. 따라서 내 책에 쓰여진 내용에 대하여 인터뷰에 응하는 것은 시장에 대한 대응이라고 생각했던 것이다. 시장에서 힘을 얻지 못한 문화 물건이 대중에 대한 영향력을 가질 수 없다는 게 평소의 생각이었다."(한겨레신문 기고 중에서)

황석영 소설가의 고백처럼 대부분의 문학인들이 자기 색깔도 없이 시장 논리와 돈의 흐름에 따라 나뒹굴었던 게 사실이다. 시장을 통해 대중을 확보하려다 대중에게 되레 외면당하고 있다.

문학과 종교의 공통점은 삶의 밑바닥에 있어야 한다는 게 내 생각이다. 민중의 신음이 있는 밑바닥을 떠난 종교는 더 이상 종교가 아니듯, 밑바닥 버린 문학도 더 이상 문학의 힘이 없다는 생각이다. 삶의 현실을 떠난 텅 빈 머리를 쥐어짜 만들어낸 글은 글이 아니라는 얘기이다. 며칠 전에 후배 집에 우연히 들렀다가 조선일보에 실린 작가 양귀자 씨의 글을 보고 글을 쓰는 사람은 이렇구나 하는 느낌이 들어 몇 번이나 유심히 읽었다.

황석영 소설가의 글에 대한 반론 형식의 글에서 양귀자 씨는 "소설이라는 장르가 자신의 확고한 신념과 그 신념의 강조를 기록하는 것이 아니라, 끝없이 망설이고 미심쩍어하면서도 한 발 한 발 살얼음 같은 세상을 조심스레 건너가는 보통사람들의 왜소하고 쓸쓸한 풍경을 표현할 수 있는 장이라는 믿음 때문에 여태껏 소설을 붙잡고 있다"고 하면서 '문인 줄 세우기'라는 말의 절묘함에 탄식이 흘러나오는 것을 어쩔 수 없다며(양귀자 씨는 되려 황석영 소설가의 글이 줄 세우기라고 표현함) "나는 한국 문단의 패거리주의를 혐오하는 사람이라 문단 속내에 대해서는 아는 바가 별로 없다. 그리고 특정 신문에 대한 입장 표명을 속히, 단호하게 해야 할 만큼 중요한 사람도 아니다. 더욱이 이 문제가 한 인간의 성향을 속속들이 드러내는 유일한 잣대라고 생각하지 않는다. 나는 다만 열심히 이 삶을 살아내고 있는 대다수의 문인들에게 두 줄로 나누어 서보라고 부추기는 데까지 와버린 오늘의 우리 현실이 너무나 씁쓸하다"고 썼다. 역시 글쟁이는 이래서 소설을 쓰나 보다 하면서 일제 강점기 문인들이 황국신민을 들먹이던 생각이 났다.

종교의 본질이 자유에 대한 갈망을 고대하며 그 길을 가는 여정이듯, 문학의 길도 그 어떤 이데올로기에 갇히지 않는 자유를 향한 길이요, 참 인간 본연을 노래하고 제 몸 태우며 가는 길 아닌가. 책상머리에서 현학적으로 현란한 글 장난으로 늘어놓는 건 아니라고 본다. 종교계에서도 학연, 지연의 골은 깊다. 아버지가 목사면 그 아들은 탄탄대로이다. 역겨운 일이다. 누구도 권위를 인정한 바 없는데 제 스스로 권위를 높이려는 사람을 보면 안돼 보이기도 하다가 어떤 때는 은근 부아가 나기도 한다.

"극우면 어떻고 극우적 논조도 하나의 의견일 수 있기 때문에 하등의 문제가 되지 않는다"는 이문열 씨의 강변에 나는 또 한 번 아연실색한다. 80년대 그의 작품 『사람의 아들』을 읽고 '민중복음서'라는 느낌에 황홀했던 때도 있었으니까. 자신이 마치 도인이나 된 것처럼 서로의 차이를 못 느끼고 '다양한 생각들의 엉킴과 흐름이 존재한다'는 데까지 이르면 이문열 씨는 이제 돌이킬 수 없는 데까지 갔다는 생각이다.

글 쓰면 가난하다고? 글 쓰는 게 가난해서 못 쓰겠으면 그만두고 다른 일을 찾아 먹고살면 되지 왜 자기가 글을 써야 하는 역사적 사명이라도 띠고 태어난 것처럼 매달리는지 모르겠다. 글 쓰는 게 좋아서이고 그래서 가난해진다면 그걸 온몸으로 끌어안으면서 가야지, 글쟁이는 평생 배고프다는 법 있냐? 나도 배부르게 살아보자고 맘먹는 순간부터 글은 생명을 상실하는 것이다. 배부르고 등 따뜻한 사람들의 생각에는 한계가 있기 마련이다. 그렇다고 문인들은 가난하게 살아야 한다고 못 박는 것은 아니다.

죄송하게도 건물 덩치 큰 교회를 가진 목사님들 입에서 '복음의 선포'를 기대한다는 건 무리이다. 이건 단언해도 좋다. 교회 강단이 예수님과 가까워지면 질수록 교인 수는 떨어지게 마련이다. 강단이 예수님과 멀면 멀수록 사람들은 꼬이게 되어 있다. 그들은 이미 밑바닥을 떠나 저 높은 곳에 올라가 있다. 이 땅의 아픈 현실, 이걸 모른 체하고 아무 일도 없는 것처럼 비켜나 글을 써봐야 제대로 된 글이 나올 리가 없다. 양귀자 씨의 말마따나 누가 말해주지 않아도 자기가 작가인지 아닌지 먼저 알아차리는 법이다. 세상이야 무너지든 말든 아무런 상관없이 '작가로서의 글쓰기를 선택한 사람은 그의 신념대로 자신의 삶을 성취하면 된다…… 왜 그렇게 사느냐고 나무라서는 안 된다'는 양귀자 씨의 말은 어디서도 통할 수 없는 자기합리화에 불과하다.

현장을 떠난 교회 강단의 메시지에 힘이 없듯, 오늘 현실을 떠난 시나 소설은 힘이 없어 사람을 감동시킬 수 없다고 본다. 문학은 자기 삶의 치열한 현장이기에 하는 말이다. '책상문학'은 문학이 아니다. 87년 6월 민주항쟁 때 서울역에서 만리동 고개로 쫓기면서 눈물을 흘린 적이 있었다. 최루탄 가스가 매워 흘린 눈물이 아니었다. '정의'를 외치고 부르짖어야 할 교회들이 잠잠할 뿐만 아니라 오히려 군사 쿠데타 세력과 손잡고 '조찬기도회'를 하는 현실에 돌을 들어 '자유, 정의'를 외치는 만리동 고개에 오신 하나님을 만났기에 흘린 눈물이었다.

현장을 떠난 교회 강단의 메시지가 얼마나 공허한 허공을 치고 있었던가? 문학도 마찬가지 아닐까? 제 고백 제 걸음이 아닌 무얼 가지고 시를 노래하고 소설을 쓴다는 말인가? 무슨 강심장으로 시를 노래하고 소설을 쓰고 종신 심사위원을 한다는 말인가? 자신들의 고백처럼 스스로 더 잘 알 텐데 말이다. 가슴에 물어 솔직히 아니다 싶으면 멈추고, 이 여름 호미 들고 콩밭이나 매는 아름다운 모습을 보고 싶다.

낙엽이 가는 길

입동이 지났다. 한겨울 동장군을 만나는 문 앞에 다다랐다. 한 때 법정스님의 '무소유' 때문에 고민해가며 헤매던 적이 있었다. 어디까지가 무소유이고 어디까지가 소유인지, 얼마나 덜어내야 되고, 버려야 하는지 고민했다. 답은 간단했다. 자기가 가졌으면 지금 가짐 만큼에 머물러 만족하고, 그날 먹을 만큼이면 되었다. 인간에게는 끝없이 솟아나는 샘물처럼 솟아오르는 욕망이 있다. 오늘 일용할 양식에 그치지 않고, 내일, 모레, 다음 그다음까지…… 먹는데 한정이 있고 인생의 끝도 정해져 있지만 제 죽은 줄 모르고 가득가득 쌓아둔다.

'무소유' 제 가진 만큼에 만족할 줄 알고, 자기의 만족이 아닌 하늘에 물어서 하늘이 허락하는 만큼만 가지고 누릴 것, 다음은 비움의 문제였다. 무엇을 비워야 하는지? 어떻게 비우는 것인지 오로지 비움이었다. 비움과 채움은 동전의 양면이라는 사실을 알게 된지 얼마 안 되었다. 어느 한쪽에 치우치거나 매이면 곤란하다. 채워져야 넘치게 되고 채워야 비워지게 되는 것이지 채우지도 않고 비우려고만 한다면 불가의 말대로 '부처를 만나면 부처를 죽이랬다'고 만나지도 못한 부처를 죽이려 찾아다니는 것과 다를 바 없다. 논과 밭은 모든 걸 내어주고 터~엉! 비어있다. 밭은 들깨, 종콩(메주) 서리태를 끝으로 내어주고 논은 베 베는 것으로 제 자신의 속살을 드러내 보여준다. 이렇게 농사는 땅이 품어주고 하늘은 햇빛을 내려 비, 바람이 합작해 키워내는 것이고 농부는 밭 갈고 논 갈아 씨앗 뿌리는 것으로 동참한다.

땅이 허락해야 열매가 맺히고 과일도 나무가 허락할 때 비로소 따게 된다. 땅은 모든 씨앗을 가리지 않고 품어 안는다. 아카시아, 찔레, 덩굴…… 모든 씨앗을 가려내지 않고 품는데, 안 아무개는 아직 멀었다. 내 생각에 갇혀 싫은 것은 거들떠보지도 않고, 사람과의 관계도 아니다 싶으면 그 곁에 가기는커녕 쳐다보지도 않는다. 어떤 게 옳은지 모르겠다. 지금 길을 걷고 있을 뿐이다. 이렇듯 자연은 순리에 따라 제 할 일 다 하고 비웠다가 채우고 채웠다가 다시 비워 자신을 송두리째 내어주어 제 속살을 드러낸다.

가을 물든 낙엽은 탄성을 자아내지만 봄에서 여름 지나 가을로 접어들자 나무를 살리기 위하여 하나둘 속절없이 떨어져

밟는 발걸음에 행복을 안겨준다. 도시의 삶은 떨어진 낙엽조차 허락하지 않고 빗자루질이다. 입동은 겨울의 한복판 하나님의 시간으로 가는 길이다. 여름 내내 짙푸름으로 허세를 부렸던 나무는 이제 알몸이 되어 한겨울 삭풍을 맞으며 알몸으로 견딘다. 제 할 일 다 하고 떨어져 발에 밟히며 내어주는 낙엽의 길, 바람이 불면 부는 대로 온몸으로 뒹굴어 가는 낙엽의 길, 여기가 하늘이다. 하늘 가는 길이다. 그대와 내가 낙엽 따라가고 있는 길이다.

걸어서 하늘까지

2010년 12월 8일 집을 떠나 하늘 아래 제일 높다는 네팔 히말라야를 향했다. 9일 동안 걸어서 안나푸르나에 가기로 한 것이다. 그간 여러 차례 네팔행을 했던 민들레 교회 최완택 목사님의 '같이 갈래' 한 마디에 결행했다. 항공사에 근무하는 큰아이 샘의 덕으로 비행기표 값이 90%였기에 가능한 일이었다. 네팔의 수도 카트만두에서 산 가까이에 있는 도시 포카라로, 네팔 국내 비행기 30인승을 타고 갔다. 등산 입구인 나야폴까지 택시로 1시간 정도, 4시간 가까이 걷고 디케둥가에서 일박 이튿날 출발하여 울레리(1960미터)거쳐 2,750미터인 고라파니에 가는데 울레리 가는 길이 계단 천지였다. 처음 계단을 시작으로 약 6,500여 계단이라는데 누군가 세어 보았단다. 돌계단은 6,500에서 끝나는 게 아니라 올랐는가 싶으면 또 이어졌다. 끝없이 이어지는 계단을 올라 계곡을 걷고 또 걸어 첫날 1

천여 미터에서 둘째 날 해발 1,960미터인 울레리를 오르는데 이름과 비슷하게 돌계단 오르는 길은 울 것만 같았다.

인간의 문명과는 너무 먼 산속을 향해 끝없이 걷는 길은 하늘로 가는 순례의 길이었다. 집을 떠나는 순간 문명의 이기인 핸드폰부터 끄자마자 사라졌던 내가 살았던 곳은 손전화 통화 버튼을 누르는 순간 다시 이어질 것이다.

산속 둘째 날 고라파니에서 새벽 5시에 일어났다. 푼힐전망대에 오르려는 것이었다. 1시간을 넘게 새벽길을 걸어 푼힐에 오른다. 푼힐은 3,193미터의 산인데 우리나라에 없는 산 높이다. 힐은 언덕이라는 뜻이라고 한다. 산에 대한 이름도 령, 고개, 재의 높이에 따라 부른다. 해발 3,193미터의 산은 이름을 겨우 얻어 힐로 가졌지만 안나푸르나나, 마차푸차레, 에베레스트 등 해발 4,500~5,000미터의 높은 산 앞에 즐비한 산들은 'NO NAME' 이름도 못 얻고 서 있다.

우리네 사람들 같으면 소외감에 젖어 눈물짓겠지만 산은 그렇게 여여하게 이름 없이 그 자리를 지키고 서 있다. 첫날 포카라에서 마차푸차레의(6,700인지 900인지 정확한 기억 없음) 장한 모습에 반하면서 입산을 시작했다. 네팔에서는 마차푸차레는 거룩한 성산이라 등반을 금지했다.

푼힐전망대 가는 길에 숱한 조랑말 행렬을 만났다. 자동차라는 문명의 이기가 못 들어오니 조랑말이 목에 건 방울을 찰

랑이며 등짐을 지고 돌계단 계곡을 오르내리는 모습은 장관이기도 하지만, 말똥을 밟지 않으려 정신 차리고 걸어야 했다.

새벽 동터 오르는 푼힐 전망대에서는 왼쪽으로는 릴라기리 아라는 설산이 장엄하게 서 있고, 오른쪽으로는 안타프로나 싸우스와 어깨를 나란히 히운추리가 코앞에 있다.

아침에 고라피니를 출발 셋째 날을 걷기 시작한다. 산언덕을 오르려니 숨이 차기도 한다. 산에는 우리나라에서 천리향이라고 꽃가게에서 파는 나무가 몇 아름드리로 커져 고목으로 서 있기도 쓰러지기도 한 열대림 계곡을 한나절 넘게 걸었는데, 3천몇백미터에서 계곡 밑바닥까지 떨어졌다가 다시 타다파니(2,590미터)에 올라야 했다.

타다파니에서 촘롱(2,170미터)을 향해 걷는 길은 주민들이 사는 그림 같은 마을길을 지나는데 세상에서 가장 아름다운 길이다. 촘롱에서는 김치찌개를 먹을 수 있었는데 집에서는 너무 시어 먹지 못할 김치가 입맛을 차리게 한다. 촘롱에서 강바닥으로 떨어지는데 또다시 끝 모를 돌계단을 밟고 내려와야 했다. 돌아오는 길에 세어보니 2천3백 계단이었다. 나이 오십을 넘어 비로소 내려가는 길이 결코 쉬운 길이 아니라는 걸 온몸으로 느꼈다. 내려가는 길이면 무얼 하나! 곧 또다시 오르는 길이 다가오는데. 우리네 인생길도 이러한 게 아닐까?

올라가면 내려오고 올라가면 행복해 허구, 내려오면 불행해 허구 참 딱하다. 그냥 여여하게 걸어가면 될 것을 거의 매일 산속을 걸으면서 하나의 두려움, 내 몸에 사고가 나면 어쩌지? 며칠을 걸었는데 사고라도 난다면? 부질없이 일어나지 않을 앞날, 내일에 대한 걱정도 해보았다.

첫날부터 마차푸차레를 시작으로 거의 매일 안나프로나 싸우스와 히운추리는 장한 모습을 보여주었다. 날은 운 좋게도 좋았다. 롯지(잠자고 밥 먹을 수 있는 게스트하우스)에서의 잠은 낯설기도 하였지만 춥기도 했다. 지금 우리들이 누리는 21세기문명은 원터치시대지만 히말라야는 그 문명을 거부하고 있다. 깔끔 떠는 우리들이야 하루라도 못 씻어 안달이지만 물 소비를 어쩌랴. 마지막 히말라야 롯지 데우랄리에서 1박, 마차푸차레 베이스캠프(MBC) 3,700미터를 지나 안나프로나 베이스캠프(ABC) 4,130미터에 도착해 밤을 지낸다. 역시 전기는 시간이 되어야 들어온다. ABC에서 본 하늘의 별, 만년설, 한낮 2~3시 낮에 나온 반달 하늘은 쪽빛 하늘이랄까? 흰색이 진해지면 푸르러지고 더 진해지면 파래지고 파랑이 진하면 검어진다. 히말라야 ABC의 하늘은 검은 하늘이었다. 새벽별(금성), 일명 개밥바라기는 랜턴을 킨 것 같은 착각이 들 정도였다. 태초에 하나님이 보시기에 좋았던 세상이 이랬을 것이다. 인간의 손때가 하나도 안 묻은 하늘 땅!

아 여기가 하나님의 속살, 하나님의 자궁, 그래, 모든 생명은 산(하나님의 자궁)에서 나온다. 이 설산이 네팔을 먹이고 세계를 살린다.

우리의 60년대 하늘도 이랬다.

별이 쏟아질 것 같은 하늘! 악한 우리는 하늘을 가리었고, 꿈! 안 목사는 꿈을 꾸었다.

한바탕의 꿈!

끝이 없는 길!

수년 전 선배 목사님 부부와 히말라야 안나푸르나에 간 적이 있다.

12일 동안 산에서 9일 밤을 잤다. 그때 느낌은 '여기를 또 오냐'였다. 청정지역을 오염시킨다는 생각도 들었다. 하지만 6년이 지나니 그때 힘들었던 일을 까마득하게 잊어버리고, 지난 12월 12일, 고향마을 동생 현섭이와 둘이서 네팔행 비행기에 올랐다.

카트만두 장캠프에서 1박, 다음날 네팔 국내선 비행기 야티항공으로 포카라로 향했다. 이때는 맨 오른쪽에 앉아야 창으로 들어오는 히말라야산맥의 설산 풍경을 볼 수 있다. 맨 동쪽편 칸첸중가에서 에베레스트, 마차푸차레,……

포카라 공항에 내려 짐을 찾는데, 기계나 지동차로 운반하는 게 아닌 커다란 짐수레에 사람이 끌고 온다. 낯선 풍경이지 싶다가도 이게 답이다 싶다.

그렇지 않아도 거의 기계화로 가동되는 공장에서 사람들은 밀려나고 쫓겨나고 일자리를 빼앗겨 비정규직이나 알바로 일할 공간을 찾지 못하고, 죽음으로 내몰리고 있다. 밀려오는 4차 산업으로 국내에서 10년 안에 1,800만 개 일자리가 인공지능이나 로봇이 대체될 수 있다는 연구결과가 나왔다고 한다. 2025년 취업자 2,561만 중 1,807만 명(71%)이 일자리 대체 위험에 직면할 수 있다는 이야기이다. 이런 이야기를 듣고 나니 산업의 기계화를 반길 일만은 아닌 것 같다.

포카라에서 택시로 나야폴까지 1시간 반, 택시비가 2천 루피인데 더 달라 하기도 한다. 영리한 포터가 1,800루피에 흥정해서 나야폴로 향하는데 눈앞에 다가오는 마차푸차레는 장관이고 금세 손에 닿을 듯하다.

"현섭아, 한나절이면 갔다 오겠지?"

"그럼 한나절이면 충분하지"에서 "금방 갔다 오지"로 바뀌어 간다. 이렇게 시각은 직선이고 곡선을 무시하고 만다. 왔던 경험으로 우리는 저 산을 5일 동안 걸어야 된다. 직선은 굽이치고 내려갔다 올라가는 걸음은 생략한 채 뻗으려 한다. 우리네 삶이 이렇게 굴곡이 많은데 오늘 대한민국은 곡선의 부드러움은 생략한 채, 세계 1등을 향하여 오직 직선이다.

포터가 1,800루피에 흥정해주어 내린 뒤, 200루피를 보너스로 주었다. 첫날은 힐레에서 자기로 했다. 좀 더 가면 디케퉁가에서 자기도 한다. 롯지(잠자는 집)라야 우리나라로 치면 헛간이다. 물론 좀 더 좋은데도 있지만 벌어진 틈 사이로 밖이 보이기도 한다. 이튿날 오를 계단은 6천 계단이라 들었다. 한국인이 헤아렸다나? 또 오게 되면 헤아리겠다던 그 계단, 쑥대하나 꺾어 들고 1백 계단 오르면 하나 꺾어 주머니에 넣고, 중간에 오른쪽을 보면 안나푸르나가 빼꼼 하얀 얼굴을 내밀어 유혹한다. 거기에서 차 한 잔을 마시고 거스름돈을 받지 않고 그냥 나오니, 주인 할머니의 원더풀!

첫 계단을 밟기 시작하여 4천 4백 계단을 오르니 1차 끝이고, 한나절 올라 점심이다. 울레리(1,960M)를 지나 면타리에서 점심 뒤, 오후 5시에 고라파니(2,750M)에 도착해 바라본 안나푸르나의 석양이 장관이다. 사진에 못 담은 아쉬움을 달래고 비수기라서 우리가 롯지 한 채를 독점했다.

이튿날 새벽 푼힐에 올라 아침을 맞이하는데 그보다 더 높은 산들도 이름이 없는데, 오직 푼힐(3,193M)만 전망대로 이름이 있다. 푼힐에서 맞는 해돋이는 탄성을 지르게 한다.

마차푸차레, 안나푸르나, 릴리기아, 올레리기아(서쪽)에 비치는 아침 햇살은 온 산을 황금색 불길로 뒤덮는다. 셋째 날부터 계곡을 걷게 되는데 천연자연의 힘이다. 뒤돌아보면 걸어온 길이 보이지 않아 내가 걸어온 길이 맞나 싶기도 하다.

촘농(2,170M)에 가면 '어서 오십시오. 반갑습니다. 김치찌개, 백숙 있습니다.' 한글 간판이 반기는데, 군둥내 나는 김칫국에 참치 통조림 몇 조각 넣고 끓이면 김치찌개, 김치볶음밥도 된다. 재미있어 김치볶음밥을 시켰다. 한국에서는 버릴 것 같은 김치. 그래도 김치이다.

전에 세어보았던 3,200계단을 내려가니 세 살배기 어린 여자아이가 "나마스떼" 하기에 사탕을 두어 개 꺼내니 하나 더 달라고 한다. 할머니 몫까지. 얼마나 귀엽던지. 시누와(2,340M)에서 4일째 잠자고, 데우랄리(3,230M)에서 1박, 마차푸차레 베이스캠프(3,700M)에서 점심을 먹고 ABC로 향하는데, 고작 해발 430M를 2시간 넘게 걸어 안나푸르나 베이스캠프(4,130M)에 안겼다. 처음 왔을 때 하나님의 자궁으로 느꼈던 바로 거기에 섰다. 한층 더 감격해 바라본다. 쌓여있는 만년설, 계곡 만년설은 녹아내리느라 비명을 지르고, 5년 전 발을 닦을 때는 물에 얼음이 데그럭, 데그럭 했는데 오늘은 얼지 않았다.

전에는 식당에서 밥 먹을 때 추워 못 먹어 식탁에 두꺼운 커튼을 치고 식탁 밑에 가스버너를 켜고 돈을 받았었는데, 이번엔 그것 없이 먹었다. 온난화 덕인지, 어떻게 이해해야 할지 모르겠다.

둘째 날, 440계단을 오르던 날 한국인 부부가 고라파니에서 내려왔는데 “힘드시겠어요”라고 하던 부인의 말이 귓가에 남았다. 자기들은 ABC에서 반대로 오고 있고, 우리는 그쪽으로 가고 있고, ABC에 오르기는 한 길이고 똑같은데 무슨 고생? 그 말에 약간은 언짢았다. 똑같은 길인데, 자기는 내려가기에 쉽다는 말인 모양이었다. 일본인 다섯 명을 만났다. 기껏 한두 마디로 일본어 깜깜인 내가 그들을 활짝 웃게 했다. “니 빠나 몬로데스네!” 가장 일본적이라는 “야! 아름답다”는 말에 작은 채마 전 찍고 있던 두 여인이, 따뜻한 햇볕에 감은 머리 말리던 아가씨도, ABC 내려오는 길에 만났던 젊은 청년은 머리에 하트모양을 하며 코리아 사랑을 외친다.

히말라야로 가는 서울의 한 걸음부터 ABC까지 그 누가 날 대신하여 걸어줄 수 없는 길, 오직 내가 걸어 발걸음 떼어야 하고 떼어야 가는 길!

하루 1만 3천 걸음에서 많게는 3만여 걸음(하산 시)까지 나는 걸었다. 우리네 삶도 다른 누가 아닌, 목사나 스님도, 정치인, 하나님도 아닌 내가 살아야 한다. 내 인생은 예수님, 부처님도 아닌 나의 것이다.

집을 떠나는 순간부터 돈, 버스, 비행기, 밥, 물(네팔에서는 식당에서 물을 안 준다), 홍차, 밀크티 아니면 생수도 사마셔야 한다. 안나푸르나 산행은 돈에서 돈으로 끝나고, 계단에서 시작하여 계단으로 끝난다. 9일 밤을 산에서 지내며 걸은 계단은 약 10만 계단이다.

누군가 첫걸음을 걸었고, 산속마을 사람들끼리 다니던 그 길을 이제는 여행자들에게 내어주고 있다. 하늘길도 누군가의 한 걸음부터 시작이다. 그는 그의 걸음으로 그의 길을, 난 나의 걸음으로 나의 길을 끝없이 걸었다. 히말라야 안나푸르나(4,130M)의 비를 머금은 먹구름은 무거워 산을 못 넘고, 새하얀 깃털 같은 흰 구름만 겨우 넘는 산, 가진 것 모두 내려놓고 가벼워져야 넘을 수 있는 산에서 내려와 오늘도 걷고 있다.

하늘 가는 길!

강정 평화를 품다!

지난 4월 23일에서 26일까지 제주 강정마을에서는 〈강정 국제평화 영화제〉가 열렸다. 우리 모두가 알고 있는 제주 해군기지의 국가 폭력에 맞불을 놓아 처음으로 강정의 평화를 노래한 강정 국제평화 영화제는 서귀포시의 문예회관이 대관을 내어 주지 않아 서귀포 성당에서 개막식을 열었는데 1천 명 가까이 평화를 잇겠다는 사람들이 몰려들었다. 영화제를 개최하는데 주축이 된 양윤모(영화평론가) 씨는 고무되어 있었다. 일본군 성 노예 할머니들의 삶을 그린 '귀향'을 시작으로 수십 편의 영화가 상영되었는데 그중 '무죄'라는 다큐 영화가(김희철 감독) 가장 아팠다. 진도에 살고 있던 박동운 님의 일대기를 찍은 영화인데, 대한민국이라는 국가가 그 나라의 구성원인 국민을 아끼고 돌보는 게 아니라 정통성 없는 권력을 유지하기 위해 국가 폭력과 고문을 통해 간첩으로 조작, 그 가정이 망가지고 철저히 파괴되어가는 과정을 그리고 있었다. 34살에 다섯 살 된 아들을 두고 단란한 가정을 꾸리고 마냥 행복하기만 했던 그는 진도에서 살다가 어느 날 갑자기 안기부에 끌려가 모진 고문 끝에 간첩으로 둔갑되어 18년 감옥살이를 하게 된다. 한 인간의 영혼이 국가가 저지른 폭력에 의해 파괴되고 유린되는 '무죄'를 증언하러 박동운 님은 진도에서 강정까지 와 주셨다.

유학생 간첩단으로 조작되었던 황대권, 황인오 씨와 간첩조작으로 엮여 7년을 감옥에 있었다는 양홍관 님은 당시 당했던 고문을 떠올리기도 싫다고 했다. 잡혀가면 군복으로 갈아입히고 때리고 밟고 물고문에 전기고문까지 온갖 고문(일제 잔재)을 당했다. 양홍관 씨는 발가벗겨진 알몸으로 3일 동안 고문을 당했는데 정형근이 막대기로 성기를 때리고 나머지 사람들은 달려들어 발로 밟는데 고환이 터지는 줄 알았다고 했다. 정통성이 없는 국가가 그것을 덮으려고 제 나라 국민을 잡아 와 족치고 때리고 고문하여 숱한 간첩단을 만들어 낸 것이 대한민국의 민낯이다. 박동운 님이 자기 잘못도 있다기에 왜 그게 본인 잘못이냐 물었다. 힘들겠지만 내 탓이다,라는 자책에서 속히 해방되시라고 했지만 결국 가정은 깨져 이혼하고 새색시와 같이 살고 있다. 무죄 판결을 받았지만 국가는 그 삶을 보상은커녕 돈 몇 푼으로 때우는 척하더니 급기야 가지급이라 하여 쥐

꼬리만 한 보상금을 되돌려 달라 하더란다. 인혁당 사건도 그랬다. 지급기간을 6개월로 줄이다가 이제는 3개월로 줄여 결국은 국가 폭력에 대한 사과는커녕 보상금을 다시 환수해가는 야만 짓거리를 저지르고 있다.

간첩! 대한민국에서는 한 사람, 한 인간이 아니라 뿔 달린 마귀요 악마가 됐다. 정통성 없는 국가권력을 유지하기 위해 한 인간에게 씌워진 간첩이라는 낙인은 영혼을 갈기갈기 찢다 못해 가족과 일가친척까지 말살했다. 이게 과연 돈 몇 푼으로 보상될까. 강정마을은 마을 주민들이 당했던 국가 폭력에 맞서, 국제평화 영화제로 국가 폭력으로 망가진 영혼들을 품어가기 시작했다.

평화를 위한 발걸음 행복하여라

강정 생명평화대행진! 작년에는 제주시청을 출발하여 한라산 중심도로를 중심으로 걸었고, 올해는 동진과 서진 두 팀으로 나누어 걸었다. 첫날 비행기표가 안 되어 저녁에 강정 삼거리 식당엘 갔다. 식당에는 식당지기 김종환 님을 비롯 강정 해군기지 반대로 네 번이나 감옥살이했던 양윤모 님, 일본 오키나와 평화시민 연락회 대표인 도시야마 마사히로 씨와 그 동행인들이 담소를 나누고 있었다.

첫날은 그렇게 지내고 이튿날 문정현·규현 신부님과 강정 해군기지 공사 정문 앞 11시 미사에 참석했다. 공사 정문에는 예전에는 덤프트럭만 뻔질나게 드나들더니 이제는 기초공사가 끝나고 마감 무렵인지 목재 차량 및 다양한 차들이 수없이 드나든다.

정문 앞에 플라스틱 의자를 놓고 앉아 미사를 보는데 경찰들이 떼로 몰려와 네 명이 한 사람을 들어내는데 그 모습이 가마에 태우듯 해 웃음이 나왔다. 한 명 한 명 다 들어내면 공사장 차량이 나가고 들어오고 끝나면 또다시 의자 들고 제자리로 가고, 11시부터 12시까지 한 시간 넘게 미사 보는 동안 서너 번은 그랬다.

'안 되면 되게 하라'는 군대 법칙일 뿐, 생각은 없고 단지 일을 먼저 저지르고 보는 사람들, 이성은 마비되고 양심은 지옥 전당포에 맡기고 오직 총칼, 포로 무차별 사람을 죽이는 일을 직업으로 가진 사람들에게 종교의 자유나 양심의 자유는 거리가 멀어도 한참 멀다.

참가비 전일 6만 원, 1일 1만 원, 올해는 동진 250명, 서진 250명 총 500여 명이 참가해 걸었다. 둘째 날 바람은 없어도 구름이 껴 견딜만했는데 셋째 날은 제주도 70년 만의 최고 온도라는데, 바람 부는 섬 제주에 바람은 고요하고 햇볕은 모자 없는 사람 대머리 만들기에 충분했다.

어젯밤 인사 나누었던 도시야마 마사히로 씨는 한쪽 다리에 장애가 있어 휠체어를 타고 같이 걷는데, 이 땡볕에 무엇 때문에 여기까지 건너와 저러는가 싶다가도 그래 평화지 싶었다. 우리의 평화도 평화지만, 세계 평화! 그걸 깨는 미 제국에 맞서 일본 오키나와나 우리의 강정이나 모두 세계 평화를 위한 것이었다. 2년 전에는 미국 하와이에서 건너와 강정에 머물며 평화를 노래한 여인들이 있었다. 평화를 노래하는데 국경이 필요하며 나이가 필요할까.

오전 10시가 넘어가니 아스팔트 길에서 올라오는 열기로 숨이 헉헉 막혀오지만, 힘겨워하면서도 잘도 걷는다. 날씬한(중1 정도) 아이에게 물으니 힘이 든단다. 너무 더운 관계로 성산포까지 걸으려던 방향을 살짝 틀어 성산포 중학교 그늘에 들어 점심을 나누는데 한 아이 엄마가 아들에게(초등 4~5) 내년에는 서진에서 걷자 하니 아이는 싫다 한다. 엄마 아빠의 손에 잡혀 멋모르고 따라나선 아이도 있을 거라는 생각을 하는데 엄마 말 "그럼 너 혼자 일주일 동안 집에 있을 거야?" 순간 이게 아동폭력 아닐까? 아님, 저 아이가 커서 성인이 되면 오늘을 기억하고 강정 평화를 떠올릴까 생각했다.

대한노인회나 친정권 집회에는 일당을 받기도 하고, 알바로 참가한다는데, 강정 생명평화대행진은 자발적으로 참가비까지 내가면서 잠자리는 학교 강당이나 마당의 텐트이고 씻지도 못하고 잠은 제대로 잘 수도 없다. 사람으로 최소한의 문화생활과는 거리가 멀어도 너무 먼 원시적 생활을 하면서도 즐거워하는 이들, 올해로 여섯 번째 맞는 강정 생명평화대행진에서 '생명의 강정, 함께 살자, 모두의 평화'라는 주제로 걸었다.

강정 마을 삼거리식당 앞에 컨테이너로 꾸며진 평화마을은 스산하기만 하고, 민주와 투쟁으로 감옥살이 여러 번 하신 문정현 신부님은 국가보상비로 강정에 멋진 평화센터를 짓고 '강정 생명평화센터'에서 '성 프란치스코 평화센터'로 이름을 다시 지으셨단다. 문규현 신부님께 인사 건네며 '저는 교황을 싫어하는데 이번 성 프란치스코 교황님은 예수님의 환생하신 모양'이라고 하자 '나도 그래'로 답하는 거리의 문 신부님! 해군 관사도 뼈대는 다 올라갔고, 강정 초등학교에는 해군기지 반대하는 마을의 아이들 보다, 마을의 평화를 깨고, 군홧발로 밟고 들어온 해군의 자녀들이 더 많겠지?

세계문화유산에 등록된 제주 평화의 섬에 아! 군사기지라니, 그것도 미 제국의 해군기지. 일제 때는 일 제국주의의 전쟁기지가 되었더니, 지금은 미 제국의 군사기지로 떨어지는 제주 강정아 서러워 마라. 여기 이렇게 참가비까지 내며 제 발로 걸어와 너를 기억하고 생명평화, 세계평화를 외치며 걷는 이들이 있으니!

거기에도 미국이 있었네

생각지도 않게 캄보디아를 가게 되었다. 다녀왔던 이들에게 들은 얘기도 있고, 앙코르왓 사원이 볼만하다는 귀띔도 있었다. 캄보디아 하면 내게는 역사나 문화보다도 '킬링필드!' 가 떠올랐다. 폴포트가 사회주의 나라 만들겠다면서 200여만 명 민간인 학살이라는 만행을 저질렀던 킬링필드.

일요일 오후 6시 30분 인천국제공항을 떠나 5시간 뒤 씨엠립 국제공항에 내렸다. 국제공항이라고 하지만 아주 작아서 큰 항공기가 이착륙할 수 없어 작은 국내선 비행기 정도 뜨고 내릴 수 있는 공항이었다. 도착하자마자 공항 직원들에게 여권 심사 통과하는데 팁(1인당 1불)을 주는 것부터 배웠다. 아내와 둘이 개인 출발했기에 경황이 없어 팁을 안 주었더니 거의 끝 무렵에 가서야 우리 여권을 찾을 수 있었다. 접수 순서에 관계없이 팁을 안 주면 뒤로 밀려 제일 마지막에 도장을 찍어

주었다. 캄보디아에서 출국할 때도 1불을 주었다. 안 줘도 된다고 들었지만 1불을 달라는 말이 안쓰럽게 들려 건네고 말았다. 공항 직원인 공무원에게 건네는 팁은 국가에서 주는 월급이 적어 일어난 일이라지만 국제적인 망신살이다. 캄보디아에 대한 이미지를 공항에 내리자마자 뇌리에 각인시키니 개선되어야 할 문제이다.

이튿날 쁘레야코, 바콤, 반데스레이 사원 등을 돌아보았다. 쁘레야코는 브라아만 계급, 신성한 성체, 아름답다는 뜻을 품고 있는 불교사원으로서 힌두교가 지배하면서 불상 파괴는 물론이요, 사자상의 꼬리란 꼬리도 모조리 파괴해놓고 사자머리의 목이 잘려 몸통만 남은 석상들이 볼썽사납기도 했지만, 앙코르왓이나 모든 사원들이 900년 전에 세워졌다니 참 오랫동안 버티어 왔다는 사실에 놀라웠다. 거대한 문화의 역사와 걸맞지 않게 파괴되고 자연스레 세월과 함께 무너져 내리는 걸 보면서 삶의 무상함을 다시 느낄 수 있었다.

반데스라이 사원에서는 당시 조각술의 백미를 맛볼 수 있었다. 반데는 성체, 스라이는 여인. 여인의 아름다움처럼 아름다운 곳이라 붙여진 이름이라고 한다. 조각술의 아름다움이 눈에 들어오기보다는 이 사원을 조각하느라 가족을 떠나 강제 동원된 조각사들의 애환이 보이고 들리는 것 같아 맘이 그랬다. 모든 사원 둘레에는 해자를 파놓아 물이 고여있었는데 사원 크기에 따라 해자의 크기도 달랐다. 해자는 전쟁 시 적의 접근도 어렵게 하는 이유도 있지만, 성의 사원 자체가 우주의 중심이라는 깊은 뜻도 담고 있다. 우주의 중심은 나의 입장에서 보자면 내가 서 있는 이곳, 나 자신을 곧 우주의 중심으로 본다. 어디 다른 곳이 우주의 중심은 아닌 듯하다.

세계 7대 불가사의라 일컫는 앙코르왓 사원도 무너져 내리는 중이라고 한다. 태국의 침공, 베트남의 침공 등 이웃나라들의 많은 침략을 받은 캄보디아의 역사는 우리 한반도와 흡사했다. 중앙탑의 높이가 18m. 그 높이 꼭대기까지 섬세한 조각들은 사람들을 압도하지만 앞서 얘기한 대로 가족 곁에서 쉬지도, 가족들을 보지도 못하고 강제 동원되어, 성의 사원을 짓다가 죽어간 이들의 고통이 더 다가왔다. 구약성경에 바벨탑 이야기가 있다. 인간의 언어가 하나라 말이 잘 통해 야훼를 대적하려 하늘까지 닿는 탑을 쌓기 시작하는데, 야훼가 그런 인간의 힘을 감당키 힘들어 인간의 언어를 흩어버리고 바벨탑을 무너뜨리는 이야기이다. 앙코르왓 사원을 보면서, '인간이 이런 일도 벌일 수 있구나. 과연 인간이 곧 신'이라는 게 실감 나게 와닿았다. 현대적인 중장비가 없던 900년 전에, 이 불가사의한 사원을 37년에 걸쳐지었다는 게 믿기지 않았다. 영화 '툼레이더'의 배경이 된 타프놈사원(보지는 못했다)과 앙코르 톰을 보면서 잘 보존되어야 할 문화재산과, 한편으로 흐르는 세월의 역사 앞에 사람들이 저지른 권력의 오만함이 하릴없이 무너져 내리는 것을 보면서 새삼스러웠다.

은사시, 백양나무처럼 껍질이 은색으로 반짝이는 스펑나무는 가지도 없이 수십 미터까지 커져 나무뿌리가 앙코르 톰 사원 벽을 구렁이처럼 칭칭 뿌리로 감아 무너뜨리고 있었다. 한편은 무너져 가는 걸 뿌리가 감아 늦추기도 하는데 나무뿌리가 성 담장을 그대로 타고 땅에 닿아 보아뱀 같았다. 통곡의 방은 어머니께 불효한 왕이 어머니 제사를 모시려고 지었다고 한다. 손뼉을 쳐도 소리를 질러도 반응이 없었는데 가슴을 치면 아주 크게 울려서 신기했다.

어디를 가든 늘 현지인들의 언어와 말, 짧은 시간에 다 외우지는 못해도 인사말 정도는 알고 있는 게 거기 살고 있는 이들에게 예의가 아닐까? 아침인사는 아룬쑤어쓰데이, 자주 쓰이는 인사말 섭섭하이, 쑤워쓰다이는 안녕, 지랄은 매우 정말이었다. 그러니 우리말 욕설에 가까운 지랄이 쉽기는 했다. 그래야 인사말 정도이지만 70~80% 이상이 문맹이다. 사원 가는데 곳곳마다 구걸하는 아이들과 여인들이 아기까지 안고 나와 1달러를 외친다.

위로 태국, 우측에 베트남, 남한의 1.8배의 땅, 인구는 1,500만 정도. 겨울은 없고 더울 때와 아주 더울 때만 있는 곳에 폴포트는 공산국가를 세운다면서 자기 뜻에 반대하는 지식인들이나 배운 이들을 무차별로 총으로 쏘고, 어린아이는 거친 나뭇잎이 달려있는 팜나무에 던져 죽였다. 킬링필드에 동원된 군인이 어린 소년병들이었으니 그들도 폴포트의 억지 강권에 못 이겨 저지른 학살이다.

어림잡아 200여만 명이나 학살을 저지르고도 전범 처리가 안 된 채, 별장에 숨어 지내다가 심장병으로 죽을 수 있었던 것은 그를 보호해주는 미 제국주의가 버티고 있어 가능했다. 미국이 월남전 때 캄보디아를 전략기지로 땅을 빌려달라 했는데 캄보디아 국왕이 거절한 데서 이루어진 복수를 폴포트가 대신한 것이다. 왓트마이 사원에는 신문 잡지에서 사진으로 보았던 그때 그 학살의 현장에서 발굴된 해골과 뼈들을 사방에서 볼 수 있는 유리관에 보관해 역사를 증언하고 있다. 남자 해골과 여자 해골 색이 다르고, 아이를 해산한 여인의 뼈 색도 달랐다.

미국의 식민지 노예가 된 대한민국은 그들의 조종에 따라 춤추고 있는데 6·25 동족상잔도 모자라 친북, 종북에 색깔을 덧칠하고 있으니 이념을 버려야 민족의 앞날이 보이고 통일이 보일 것이다. 씨엠(태국)립, 씨엠립을 물리치다. 태국을 물리치고 세운 나라 캄보디아!

혁명의 역사를 기억하라!

양심수후원회와 오감시롱이 함께하는 역사기행은 통한이 서려 있는 공주·부여를 찾았다.

올해는 동학혁명 120돌, 육십갑자를 두 번째 지나는 갑오년이기에 의미도 깊다. 도착시간이 늦어져 점심 먹고 난 뒤 공산성에 올라 노중선 선생의 이야기를 들었다. 노중선 선생의 고향은 공주시 우성면이고, 공주성에서 금강 건너로 내려다보인다. 고향을 찾아 준 손님이라며 점심을 사주셨다. 갑사에 잠깐 들러 단풍도 보았다. 갑사는 공주시 계룡면에 위치하고 있는데 그곳을 지나면 영철이와 혜영이의 죽음이 떠오른다.

80년대 계룡면 금대리가 고향인 이가 서울에 올라와 맞벌이하면서 지하 셋방에 살았는데 아이들에게 점심상 차려주고 밖에 나가면서 위험하니 밖에서 자물쇠를 잠갔다가 어린아이들이 성냥불 그어 타죽었던 사건이다. 가수 정태춘 님의 애절한

노래 많이도 들었다. (우리들의 죽음)

갑사에서 나와 부여로 향하는 고개가 우금티(우금치)다. 고종이 뒷 부정세력으로 의지한 중전 민씨와 친척인 여흥 민씨 일가의 뜻만 높았던 시절의 갑오 농민혁명은 부정부패한 관료들과 외세 침탈에 저항하고자 농민들이 일으킨 혁명이다. '척양척왜' 1894년 1월 10일 전라북도 고부군의 농민들이 들고일어나 조병갑을 물러나게 한다. 조병갑은 쌀을 만석이나 지을 수 있는 만석보를 쌓아 놓고 물세를 걷어 농민을 수탈하던 자였다.

농민군의 1차 봉기는 3월 20일이었다. 이때 농민군은 전주성을 점령하여 5월 8일 관군과 전주화약을 맺고 폐정개혁안 실행을 약속받았다. 9월부터 2차 봉기를 하게 되고 공주성 점령을 목표로 북상하던 농민군은 무기라고는 겨우 대나무를 깎아 만든 죽창 정도였다. 고종의 관군과 일본군이 연합한 군에게 1만여 명이 무차별 살육당했던 자리가 우금티였다. 겨우 500여 명만 간신히 살아 목숨 부지한 그 고개 밑에 동학혁명기념탑이 세워졌는데, 역설적이게 군사쿠데타로 역사를 난도질한 박정희가 동학혁명을 이루었다며 세운 탑에 그의 글씨가 그대로 남아 있다. 어디 그뿐인가. 파고다의 삼일문 현판, 충남 예산의 윤봉길 의사 사당 현판도 박정희 글씨다.

외세 척결을 외치던 백성을 외세인 일본군과 연합하여 살육

했던 조선 정권에 무슨 말을 할 수 있을까? 농민군이 하도 많이 죽어 논에 피가 홍건했다니 상상이 안 간다. 논을 논배미라 부르는데, 피가 많이 고여 피배미, 송장이 많이 쌓여 송장배미라 불렀다. 그곳에서 해마다 제사를 올렸는데 관의 눈치를 살펴야 해서, 뱀이 많이 나와 농사하기 힘들어 뱀을 위하는 제사라 둘러댔다 한다.

동학혁명 때는 전국에서 30~40만 명이 희생되었고 고종 정권은 청나라까지 외세를 끌어들여 농민군을 죽이려 했다. 그 빌미로 1885년 청·일 양국이 군대 철군을 약속한 톈진조약 위반이라며 반발하고 일본군이 조선에 들어와 난을 일으켰다. 뮤지컬에서 명성황후로 불리는 민비는(당시 군 사관청의 최고 책임자) 청나라에 원군을 요청하며 농민군을 '습성이 사납고 성질이 교활하다'고 썼다. 군대를 도성까지 끌어들인 일본은 한밤중에 고종을 위협하고 결국 조선 군대를 해산시켰으니 무엇을 더 말할까. 그런 정권이 외세와 싸울 생각은 안 하고 제 나라 백성인 농민군을 외세와 합작하여 쓸어버린 아픈 역사가 지금까지 이어지고 있는 것을 바라보고 있자 하니 마음이 허하다.

거듭된 패배에 농민군을 해산하고 도피하던 전봉준은 12월 2일 순창군 쌍치면 계룡산 밑 피도리에 들렀다가 옛 부하 김경천을 만난 게 화근이었다. 그의 고발로 녹두장군 전봉준의 생애도 마감되었다.

다음날은 찬란한 백제의 문화가 서려 있는 부여에서 기행이 진행되었다. 숙소에서 부여읍내로 들어가면서 지나는 길에 금강의 시인 신동엽 시비를 보고 문학관에 들러 신동엽 시인과 마음으로 교감을 나누었다. 백제 때는 신라가 외세인 당과 합작하여 백제를 멸망시키고 당나라의 종으로 살아 조선시대까지 이어졌지 않았던가. 신라의 천년이 찬란하다고? 고구려의 그 넓은 땅까지 잃어버리고 신라 천년을 내세운다. 어디 천년뿐인가. 지금의 박근혜 정권까지 그 나물에 그 밥이다. 지역 색깔 논하는 게 아니라 박정희 때부터 내리 전두환, 노태우, 김영삼, 이명박까지 이들이 쌓아온 기득권 지키기에 신물이 나기만 한다. 박근혜 정권은 제 나라의 군사작전권까지 미 제국인 외세에게 영구히 가져다 바쳤으니 더 무슨 말을 할까. 정림사지탑에는 백제를 멸망시키는데 공을 세웠던 소정방이 탑에다 백제멸을 뜻하는 글씨까지 새겨놓았다니 비운만 감돌았다.

장소를 옮겨 더 잘 꾸며진 국립부여박물관의 금동 향로는 압권이었다. 향을 피우면 연기가 피어올라 맨 위 봉황까지 연기로 뒤덮이게 연기 구멍을 낸 정교하고 세심함에 놀랐고, 옹관으로 된 항아리형 널도 직접 만져볼 수 있었다. 점심 식사를 하고 나서 낙화암과 고란사가 있는 부소산성을 향했다. 배호의 '백마강' 노래가 들릴 듯했다. 단풍객들로 붐비고 낙화암에는 백제 멸망의 한이 서려 있는데, 그저 눈으로 보는 구경거리가 되어 버렸다. 건너편에서 배를 타고 와 고란사와 낙화암만 스치듯 보고 가는 그들의 목소리가 달갑지는 않았다. 능산리 고분군에 들러 어린 시절을 기억하며 고분군 앞 잔디밭에서 굴렀다. 김래곤이가 먼저 구르고 내가 굴렀는데 워낙 가파르고 깊어 어떻게 되는 줄 알았다. 하늘이 뱅뱅 돌고 어지러워 한참 만에 일어날 수 있었다.

역사를 기억하지 못하면 또 그와 같이 당하는 법. 역사로부터 배운 게 없으니 오늘도 외세인 미 제국에게 나라의 군사주권까지 내어주고 있다. 그럴 바에는 군대는 왜 있는 거지? 국방비는 왜 수십조 원씩 써야 하나, 국방부를 아예 해체해버리면 어떨까. 지금이라도 눈을 들어 하늘 보고 그대와 내가 몸담아 사는 여기에서 무슨 일이 일어나고 있는지 눈 크게 뜨고 보아야 한다.

바람 부는 섬에서 바람을 기다리다

평화와 생명은 사람이 지키고 보존해야 하는 하늘의 명이다. 헌데 인류의 발걸음은 그렇지 못하고 늘 힘이 센 쪽이 약한 쪽을 사정없이 짓밟는 역사를 이어왔다. 늘 힘이 문제다. 나도 남자이지만 남자가 싫다. 약자를 보호하고 보듬어 같이 더불어 살기보다는 늘 힘을 앞세워 전쟁을 일으키거나 힘없는 여인들을 해코지하는 일이 한두 번인가.

2014 강정 생명평화 대행진에 참여했다. '기억하자 저항의 역사! 중단하라 제주해군기지!'라는 기치를 걸고 7월 29일부터 8월 2일까지 걸었다.

첫날 삼거리식당에 들렀다가 시간을 잘 몰라 서둘러 1시 도청 앞 기자회견장에 갔다. 오후 1시 30분부터 걷기 시작했는데 땡볕에 아스팔트 길이라 더위가 장난이 아니다. 걷는 중간 천주교 강우일 주교께서 같이 합류하셨고 우리 후원회 간사였던 송지영도 만났다. 쉬는 시간 그녀가 먼저 말을 거는데, 몇 년 만이고 얼굴에 살도 통통해 처음에 못 알아보았다.

영모원은 제주 4·3사건 때 희생된 넋을 기리는 추모공원인데 가해자의 비가 희생자의 비 건너편에 있는 게 아닌가. 설명을 들었더니 경찰군인들도 실은 피해자일 수 있다는, 현 여건상 그럴 수밖에 없었다는 얘기이다. 하기는 명에 죽고 사는 경찰군인이 무슨 죄가 있으랴만 그래도 무기 없는 양민학살 동참은 아픈 현실이다.

첫날은 항파두리까지 13km를 걸어 야영이다. 제주 민중 저항의 역사 해설은 역사교사모임에 속해 있는 제주여중 교사 송승호 선생께서 해주셨다. 항파두리는 몽골의 침입을 겪은 고려 때 삼별초가 진도에 거점을 잡고 있다가 관군에게 뼈저린 패배 뒤 제주도에 건너와 고려군을 물리치고 제주 항몽의 근거지인 항파두리성을 쌓았단다.

첫날 13km 걷고 나니 왼쪽 다리에 통증이 와 걷기에는 역부족이다. 강정 마을회관에 와서 잠을 잤다. 아시다시피 제주 강정의 미 해군기지 건설 중인 중덕 마을과 마을 앞 범섬과 법환마을을 잇는 삼각지대는 태풍이 한반도를 지나는 첫 관문이다. 2012년 태풍 볼라벤에 케이슨 6기가 완전 파괴되었고, 작년에는 태풍이 없다가 지난달 7월 9일 태풍 너구리로 인해 해군기지 남방파제 끝부분의 케이슨 3기가 자리를 이탈하거나 훼손되었다. 너구리는 2012년에 볼라벤에도 못 미치는 위력이고 순간 최대 풍속은 19.5M/sec에 불과했는데도 말이다.

케이슨은 배를 묶어두기 위하여 콘크리트 기둥을 세우고 그 속에 모래와 물을 채우면 무게가 1기당 1800t이고 다 채우면 4000t이 넘어가는 기둥이다. 1기 파손에 1기가 비틀리고 1기는 내부 격차가 상당 부분 손상되어 국민 세금을 150억이나 바닷속에 가라앉혔다니 어쩌면 좋을지.

해군기지 바로 울타리 넘어 활동가들이 밥 먹는 삼거리 식당의 김종환 님은 진짜로 할배가 되었다. 봄에 결혼한 딸이 아들을 낳아 할아방이 되신 종환 씨는 처음 1년은 망설이다가 반대 투쟁에 뛰어들어 7년 반째 식당을 하고 있는데 술힘으로 버티어 왔고, 전국에서 종환이 삼촌이라며 인사해주어 힘이 되었단다. 삼거리 식당 주변이 많이 바뀌었다. 컨테이너 7개가 들어와 강정 평화마을을 꾸미느라 공사가 한창이다. 활동가들이 머물 곳이 마땅치 않아 식당 곁에 평화마을을 꾸리는 거란다. 7년이 넘는 투쟁에 종환 씨는 관광비자도 나오지 않다가, 오키나와 미 해군기지 방문 비자가 나왔는데 3일짜리였다. 그런데도 비자 나왔다고 그리 좋아한다. 평화마을에 사용할 장판을 살 겸, 종환 씨 비자도 찾고 서귀포 장판 가게에 들렀는데 여사장님이 장판을 거저 주기에 물으니 강정사람이란다. 오는 길에 종환 씨가 잘 가는 동환 식당 들러 점심을 먹는데, 주인께서 강정에서 음식을 10인분 배달시키면 20인분이나 가져다 주는 식당이란다.

활동가 중 민우를 처음 만났는데, 처음부터 강정에 있었단다. 뒤에서 보이지 않게 일하다 보면 눈에 잘 안 띄는 법, 늘 사진기 앞에 서려는 이들과 너무 다르다. 민우는 같은 활동을 하던 여인과 결혼해 아기 낳고 강정에 둥지 틀었다. 꽁지머리 민중이는 짝지 따라 외국에 나갔더니 이번 생명평화대행진에 참석해 싱글벙글 신이 나 있었다. 사랑은 역시 사람을 웃게 만들고 행복으로 이끈다. 참 귀여운 민중이 강정의 보물이다. 강정에는 오미자라는 활동가들이 있는데, 모두가 예명을 쓰기에 밝힐 수 없고 5명이 단짝인데 김 군(여)이 3개월 제주 감옥에 있을 때 번갈아 가면서 단 하루도 면회를 쉰 적 없다니 유명세를 탈만하다.

상처받은 구럼비 바위만큼이나 마을 주민들과 활동가들의 상처도 컸다. 강정에 오래 머무르려 순천에서 아들 데리고 왔던 가심청은 고개를 절레절레 흔들며 '내가 이 강정에 왜 왔지?' 싶다. 사실 나도 갈 적마다 조금의 상처를 느낀다. 하지만 어쩌랴 상처가 많은 곳에 위로가 되어야지. 위로받으려는 마음은 순진함이다. 종환 씨와 며칠 지내면서 아, 치료는 여기가 받아야 한다는 생각에 가슴이 아린다. 7년, 8년이 넘는 세월을 무지한 군대 마귀와 싸우고 있으니 그 상처가 오죽하겠는가.

세월호 가족도 정신 치료가 필요하지만 강정 역시 절실하고 쌍용차가 그렇고 용산, 밀양이 그렇다. 국민을 보호하고 지켜야 할 국가가, 국민이 쥐여 준 권력으로 제 국민을 갈가리 찢어 상처를 내어놓으니 대한민국은 더 이상 국가가 아니라 했다.

권력 주위에 맴도는 이들과 대기업 상위 3%만을 위하는 정치와 그 언저리 모리배들이 지배하고 있는 여기는 더 이상 나라가 아니다. 3%만 살고 그들만 국민이고 나머지 97%는 비국민인 여기가 내 나라는 아니다.

태풍 너구리 덕에 국민 세금 150억 날아갔지만 얼마나 통쾌하던지 인간의 무모함과 우리 군의 우매하고 무지몽매함이 속살같이 드러나는 강정 해군기지에서 우리는 바람만 기다렸다. 태풍이 강하게 불어 튼튼한 파이프로 지은 비닐집 삼거리 식당의 지붕이 날아갈 정도의 바람을 기다린다.

이제 인간의 힘으로 막아내기 어려워 자연이 해결해주는 수밖에 없어 보이지만. 아직 끝난 것은 아니다. 거기에는 평화지킴이들이, 생명지킴이들이 있다. 위로의 편지라도 같이하자. 맘들은 있겠지만 교통비가 부담이다. 으이구 가난한 우리네 삶들! 바람이나 기다리자!

국가폭력만 있었네!

지난달 10월 16일 노수희 범민족 남측본부 부의장님과 함께 우도에 갔다. 우도가 고향이었던 고성화 선생의 묘지에 가보고 싶다 하시기에 동행했다. 고성화 선생은 1916년 우도에서 태어나 평생을 민족의 고난과 함께 걸었다. 그가 남긴 회상기 『통일의 한길에서』를 읽으면 그가 걸으셨던 길이 민족의 현대사임을 알 수 있다. 노수희 부의장님이 감옥에 계실 때에 고 선생께서 돌아가시어 옥에서 잠을 못 이루셨단다. 제주는 섬 전체가 살아있는 역사이다. 삼별초에서부터 일제 항일운동, 4·3까지. 삼별초가 몽고와 항쟁하다 제주에서 끝났다는 사실은 재작년 '강정생명평화대행진' 참가 때 알았다. 삼별초가 성을 쌓고 항쟁을 하던 '항파두리'에서 하룻밤 머물 때 알았다.

우도는 해녀들의 항일이 거셌다. 기념비 앞에 서 있는데 동네 할망이 자신의 부모였다며 관심 가지고 말을 건넨다. 관광객이 많을 때는 3천 명이라지만 그 누가 있어 항일의 아픔에 관심을 가질까. 일제 강점기 제주는 섬 전체가 일 제국 군대의 군사기지였다. 우도봉에 올라 검벌레 쪽으로 내려오니 일군이 조선의 제주시민을 강제 동원해 강제 노력으로 뚫어 놓은 굴이 있다. 유사시 경비행기나 고속정을 숨겨두었다가 곧바로 바다로 나가 자살하는 가미가제 특공대를 위한 토굴로 송악에도 십여 군데 있다. 우도 성당 선교사와 털보(박종준)의 후덕한 품에 이틀 밤 잘 잤다. 해와 달 그리고 섬의 주인장 김광석 님께서 흔쾌히 전 한 장, 돔 튀김 한 마리를 마련하고, 묘지까지 안내해주어 고성화 선생 묘에 가니 노 부의장께서 대성통곡하신다. 같이 금강산 갔을 때, 고 선생께서 버스에 내리자마자 엎드려 통곡하셨다는 말씀과 함께. 한 민족이 두 동강 난 채로 70년 세월이니 통곡하지 않으면 민족의 양심이 아니다.

3일째 제주 범민련 식구 김남훈 님이 성산항까지 마중을 나와 시내로 갔다. 그곳 식구들과 저녁 환담을 나누고 강정으로 갔다. 노수희 님이 제주에 '전국 노점상 연합회'를 꾸리러 왔다가 공항 봉쇄와 여객 터미널 봉쇄에도 어느 선장님의 도움으로 군산을 거쳐 서울에 왔었다는 경험담과, 그곳 식구들에게 북쪽 경험담을 잠깐 나누었다. 강정에 가니 거리의 신부 문정현 신부님이 화들짝 놀란다. 옥에 갇혀 있을 때, 강정 지키느라 면회 못 가 미안타는 말씀과 깊은 포옹을 나누시고 신부님과 저녁을 나누었다. 신부님 말씀!

"교회가 걸레야! 다 망하는데 교회는 안 망해!"

오늘의 교회가 '하나님의 정의를 잃었고, 예수의 가르침은 쓰레기통에 버리고, 오직 자신들만의 유토피아를 꿈꾸며 현실의 삶을 외면하는데 대한 질타였다. 당시 사회로부터 버림받아 설 자리가 없던 암하렛츠(흩어진 사람들) 창녀, 죄인, 병든 자, 정신병자들과 어울리며 곁을 지켰던 예수. 오늘의 기독교는 그 예수를 무덤에 묻고 오로지 가진 자의 편에서 배부르게 살아가는 목사, 신부, 그 교인들…….

강정에서 김영태 님을 만나 대정읍으로 갔다. 김영태 님은 제주에 잠시 머물려다 16년째 살고 있다. 노래 부르는 가수인 그니에게 CD 한 장 선물 받고 대정에 있는 알뜨르 비행장으로 가는데 "백조일손 묘지"를 먼저 안내한다. 언젠가 왔었던 이곳 알뜨르 비행장은 대만과 중국을 폭격하기 위한 일본군의 전초기지인데 격납고가 십여 개 남아 있다. 그 옆에 섯알오름에 제주 4·3 때의 아픔이 고스란히 담겨 있어 김영태 님이 챙겨 온 과일과 막걸리를 따라 올리고 참배했다. 일제가 조선 독립군이나 항일 인사 잡아들이려 만들었던 법 '예비검속', 그 예비검속으로 137명이 학살당한 곳이 섯알 오름이다. 예비 검속은 일제 치하인 1941년 5월 5일 제정 조선 정치범을 탄압하던 구금형으로, 1백 37명이 끌려가며 자기의 생사를 알리려 고무신

짝도 벗어 놓았단다. 고양시 금정굴 학살 때도 그랬다. 그렇게 예비검속으로 재판도 없이 죽여 비행장 귀퉁이 탄약고 구덩이에 쌓아두고 시멘트로 봉했다. 7년 동안 유족은 접근금지였다. 시신을 발굴해보니 누가 누구의 뼈인지 구분이 안 돼 다 같이 모시고, 학살당한 후손들 모두가 조상으로 모시고 일손 한 손이 되겠다는 참 뼈아픈 "백조일손 묘지"이다. 5·16 쿠데타 당시 파괴한 묘지석을 찾아 모아서 유리관에 보관하고 있다. 제물을 챙겨와 고맙다는 내 말에 김영태 씨는 이곳에 올라올 때마다 늘 그렇게 하고 있어 당연히 마련했단다. 오기 전 문 신부님께 섯알오름 가겠다 말씀드리니 "그곳엔 갈 때마다 달라"하셨다. 신부님 말씀대로 몇 해 전 우리 가족과 함께 들렀을 때와 다르다.

아, 일 제국주의의 폭력도 모자라 이승만, 박정희, 박근혜 국가의 폭력! 정부는 그 나라 국민을 보호하고 돌보는 게 책무이거늘. 그 국가는 되려 민중들에게 국가 폭력만 돌려주었다. 이 땅 남쪽 나라! 평화는 오간 데 없었고 단 하나 오로지 국가 폭력만 있었네. 내가 백남기다!

추석맞이 양심수 면회 공동행동을 다녀와서

사람에게 자유는 하늘이 내려준 선물이다. 이 선물을 권력자들은 늘 민에게서 빼앗아 감옥에 가두고 곤장을 치고 고문을 일삼아 권력을 유지해왔지만 인류 역사상 그렇게 유치한 권력이 그다지 오래간 적은 없었다.

지난 8월 25일(월)~29일(금)까지 양심수후원회와 구속노동자후원회(구노회), 민가협, 국가보안법 피해자 모임, 촛불 연대 등등 사회단체가 추석맞이 양심수 면회 공동행동을 했다.

활동 목적이야 너무 뚜렷하지 않은가. 추석에 가족들과 함께 오순도순 지내야 할 사람들이 철창에 갇혀 있으니 그들에 대한 예의와 위로라면 위로요, 힘이 될는지 모르겠으나 힘이 된다면 되어주자는 취지다.

첫날 서울구치소에 모여 11시 기자회견 뒤 우린(2조) 이상호 씨를 면회하고 안양, 수원을 거쳐 대전으로 향했다.

안양에서는 김근래 씨를 면회했는데, 교도소 직원들이 한 가족마냥 베푸는 친절에 아주 편히 얼굴을 볼 수 있었다.

수원교도소는 전에 이석기 의원 면회 시 너무 규율에 갇혀 재미없다 싶었는데, 이번에는 많이 누그러졌다. 이유야 빤한 것, 통합진보당 내란 음모 사건 재판에서 내란 음모와 RO조직이 없어 무죄판결의 결과이다.

대전에 도착해서 대전 양심과 인권 나무 식구들을 만나 저녁을 같이했다.

둘째 날 대전교도소 앞 기자회견을 하고 용산참사 사건으로 억울하게 옥에 갇혀 있는 전국철거민연합(전철연) 남경남 의장과, 소위 있지도 않은 왕재산 사건으로 감옥에 있는 이재성 씨를 면회했다. 면회 인원은 많고 1회 5명으로 한정되어 한 번에 모두가 함께할 수는 없었지만, 공안 주임의 배려로 만족해야 했다.

두 팀으로 나누어 1조는 청주 강영준 님 쪽으로 갔는데 다행히 1조는 교도소장과 면담을 하였다. 오랜 옥고를 치르고 나오신 양원진, 박희성 선생님들의 옥살이 체험담에 소장이 많이 호응했다니, 여기에도 연륜의 힘이 작용했다.

두 팀이 전주에서 만나 콩나물국으로 점심을 하고 전주교도소로 향했다. 총무과에서 담당 교도관과 커피 한잔하고, 내란 음모에 대한 설명과 역대 권력으로부터 전남 소외와 민주화에 대한 이야기를 나누었다. 장시간 접견은 곤란하다면서도 넉넉한 시간과 배려가 있어 행복한 면회를 가질 수 있었다.

전주에는 인도 유학 중 북에 갔다 왔다는 이유로 국가보안법에 얽혀 갇힌 이병진 님과 왕재산 사건의 이상관 씨가 있다. 두 분 다 그렇게 반긴다.

독방에 갇혀 있으니 말도 잊혀질 것이다. 대전에서 남경남 씨는 오랜 독방생활에 말이 잊혀지고 사람들 이름도 그렇고 대화할 시간이 필요하다고 하신다. 운동시간에는 운동하기에 바빠 말을 주고받을 시간이 없다 한다.

전주로 가는 중 한상렬 목사께서 구속되었다는 소식에 알아보니 국가보안법으로 3년 이상 옥살이하면 끝나는 게 아니라 보호관찰법이라고 자기 자신의 움직임을 늘 경찰서에 보고하게 되어 있단다. 21세기 대명천지에 한 목사님은 여기에 걸려 덕진 경찰서 유치장에 갇혔다. 일정 때문에 유치장에서 면회를 하고 광주로 향했다.

광주교도소에는 범민련 의장 이규재 선생(78세)이 계신다. 성동구치소에 계실 때 찾아뵙고 광주로 가신 뒤 첫 면회다.

몇 개월 전 밭에서 일하던 중 지역번호 061로 전화가 와 받으니 이 선생님의 목소리라 얼마나 놀랐던지 옥중에서 하신 전화였다. 모범수 2~3급이면 한 달에 두 번 전화를 할 수 있다. 만나 뵈니 건강하시어 다행이었지만, 70이 넘으신 노구를 감옥에 가두고 만기 출소로 끝내는 이 정권의 막장 모습이 보인다.

감옥이 어디인가? 자본주의를 지키고 권력을 지켜내기 위해 양심을 말하고 지키면서 살아가면 가는 곳이다. 권력은 예나 지금이나 늘 가진 자, 힘 있는 자의 편이지, 가난하고 가진 것 없는 이들의 편에 선 적이 없다.

재벌들이 부라는 부를 몽땅 가지고 거기에 저항하거나 부당하다 말하면 옥에 가야 하는 이 아픈 현실. 정치적으로 해결해야 될 것도 고소고발하여 법에 떠밀고, 법관은 정치적으로 잘 판결하여 권력을 편하게 한다. 내란 음모도 아니요, RO도 실체가 없으니 감옥에 가두기는 가두어야 하겠기에 "선동죄"란다. 선동죄 9년…… 이석기 전 의원.

그렇다. 이석기 의원뿐 아니라 우리 모두는 선동해야 한다. 우선 나, 자기 자신부터 선동해야 한다. 현실에 안주하지 말자고, 시대적인 양심을 가지고 살자고. 후배들 후손들에게 이런 세상 물려주지 말자고 선동하고 세월호 특별법 제정하여 친일 후손들이 똘똘 뭉쳐 있는 현 권력과 기득권을 끝장내고 모두가 평등하게 누리고 사는 세상을 만들자고. 없는 자, 가난한 이들이 더는 소외당하지 않는 세상을 만들자고 선동해야 한다.

민족의 뿌리를 찾아서

1) 카레이스키(고려인 일컫는 러시아 말)

러시아 하바롭스크 박물관에는 고려인 독립운동 역사가 기록과 영상으로 전시되어 있다. 2014년(작년) 한인들의 러시아 이주가 150년 되던 해였다. 러시아의 마지막 왕조 로마노프 300주년 기념행사(1914년)에 조선 소년단이 흰옷을 입고 단체 체조 비슷한 공연이 있었는데, 1917년 레닌 볼셰비키 혁명 이래 1920년 6월에서 7월 폐막된 축제에 태극기가 보인다.

이동휘(고려인 대표)와 레닌의 만남에서 김 아다냐 씨가 통역을 맡았다. 그의 유창한 러시아어에 레닌이 고려인 중 그대와 같이 러시아 말 잘하는 이들의 숫자가 얼마나 되느냐고 묻자 수천 명이라 답했고, 이동휘와 레닌의 대화는 담화시간을 넘기면서까지 이루어졌다. 레닌의 혁명 뒤 러시아에 내전이 자주 일어났는데, 지주들의 반란이었고 5년이나 지속되었다.

1918년 8월에 미·영국군이 러시아에 진출하자, 일본도 7만 대군을 러시아에 진주시켜 1차 세계대전이 일어났다. 힘 있는 나라들이 군대 정비가 덜된 나라들을 집어삼키기 위한 군대 진입은 땅따먹기 전쟁의 시작이었다. 이에 맞서 1918년 10월 4일 연해주에 고려군이 일본 군대와 싸우기 위해 형성된다. 1920년 1월 4일 일본군의 현금수송마차를 탈취하는 사건이 간도와 함경도 회령 근처에서 일어나는데 일본 경찰을 사살하고, 현금 15만 원을 탈취했는데(영화 좋은 놈 나쁜 놈) 당시 소총이 30원이었으니 5천 명을 무장시킬 수 있는 군자금이었다. 지린성 용정시에 기념비가 서 있다.

엄인섭이라는 일본 앞잡이의 밀고로 임국정, 한상훈, 진홍섭, 윤준희, 박웅세, 김준, 최계림이 잡혔는데 그중 최계림만 탈출하였고, 그 돈으로 체코제 총을 구입할 수 있었다. 체코는 오스트리아+헝가리 식민지로 300여 년간 지내다 1918년 독립을 쟁취했다. 체코군단의 험난한 투쟁 결과였고(7만여 명의 군대) 시베리아 횡단 철도를 완전 장악하였기에 체코에서 연해주 독립군은 무기를 수입해 무장을 할 수 있었다. 유격대원이 총 500정을 구입할 수 있었고, 하바롭스크에 약 4,000명의 고려인이 거주하고 있었다.

체코 혁명의 건국 공훈자 라돌라 가이다 장군이 상해임시정부를 찾아와 안창호 등과 회의를 하고 크리스마스 선물을 소중하게 간직하겠다며 가져갔다고 한다. 청산리 전투의 이범석 장군(북로군)의 부대도 체코군단 무기로 승리할 수 있었고, 독립군 대장 한창건(1892~1938), 한상걸 형제의 항일투쟁을 정작 그의 손자는 동화 속 주인공의 신화적 인물로만 생각하고 실존 인물인 줄 잘 모른다고 한다.

1919년 17개 독립군 부대가 불과 4년 만에 36개 부대로 4~5천 명으로 늘어났고, 1915년경 블라디보스토크 신한촌에는 고려인 집단 거주지에 1만 500명, 1930년경에는 20만으로 늘어났고, 고려인 교육기관 사범대도 세우고 1937년에는 라디오 방송도 시작했다. 하지만 스탈린의 독재 정책에 18만 고려인이 연해주에서 쫓겨나 중앙아시아로 강제이주당했다. 1937년 9월에 기름지게 해놓은 농사의 벼 타작도 못하고 짐짝처럼 열차에 실려 가다가 죽으면 시신을 창밖으로 버려 묻어주지 못했다고 하니 땅 빼앗기고 나라 없는 민족의 설움이다. 70년 동안 기름진 땅을 가꾸었던 고려인들의 아픔은 곧 우리의 아픔이다.

스탈린은 서쪽으로 히틀러의 진입, 동쪽으로 일본 군대 진입에 긴장했다. 괴뢰국 만주를 앞세운 히로히토(1901~1989)의 중국 침략, 이런 세계 전운에 스탈린은 폴란드 장교 2만여 명과 고려인 공식 2,000여 명(현재 6,500명 넘게 밝혀졌는데) 모두 총살했고, 3년 뒤 폴란드 장교 학살의 구덩이 발굴로 암

매장이 밝혀졌다. 스탈린 옆에서 나란히 사진을 찍었던 고려인 미하일 김도 1938년 5월 스탈린에 의해 일본 간첩 누명을 쓰고 사형당했다.

스탈린은 소비에트 공격 때 고려인이 일본인과 내통한다고 총살했다. 아, 민족의 한! 조국을 빼앗긴 일군과 가장 치열하게 싸워왔던 조선 독립군들을 일본 간첩으로 내몰아 살해한 사건이었다. 중앙아시아로 쫓겨난 고려인들은 1937년 10월 9일에서 1938년 4월 10일까지 원동에서 움막을 짓거나 토굴을 파서 연명하였다. 연장 하나 없이 쫓겨났던 이들은 갈대만 무성한 허허벌판에서 손으로 갈대를 뽑아 벼를 심었다. 1935년~1937년생이 가장 많이 죽었다고 한다.

이주 3년 만에(1940년) 벼농사 첫 수확으로 먹고사는 문제를 해결하자 일제와 같이 여기에서도 한국어를 못 쓰게 금지했다. 한국말 제제 없이 마음대로 써온 중국 동포와는 달랐다. 후루쇼프 소련공산당 서기장이 방문하고 브레즈네프까지 찾았다니 고려인들의 위상을 실감했다. 1945년 소련 함대가 청진항에 상륙하는데 유일한 고려인 정산진이 함께 했다. 정상진은 소련군이 고려인들을 일본과 내통한다고 군에도 안 받아주어 군동원부에 8번이나 찾아가 싸우게 해달라고 간청하여 겨우 참가했다. 1945년 8월 13일부터 6일간의 치열한 전투 끝에 8월 18일 일군의 항복으로 청진이 해방되었다. 조선인이 간혀 있던 수용소문을 여는 열쇠를 같은 민족인 정산진에게 배려해 주어 해방의 참맛을 보았다. 2009년 정상진은 민주평통자문위원으로 남한을 방문했었고, 현재 고려인은 러시아 21만, 카자흐스탄 11만, 키르키스탄 2만, 우크라이나 1만 등 대략 50만 명이 살고 있다. 카레이스키! 가장 어려웠던 시대 누구보다 더 뜨겁게 조국을 사랑한 사람들이다. 기억하자.

2) 위안부 귀향(鬼鄕)

1992년 최초로 김학순 할머니의 증언으로 물밑에 나온 일본군 성 노예! 김 할머니의 증언은 생리 때도 가리지 않고 일본군을 받았다고 한다. 짐짝 취급해 끌어다가 자기네 맘대로 쓰고 싶으면 쓰다가 쓸모없으면 버려졌다고 했다. 20만 명이 넘는 조선 소녀들을 공장에 가자고 속여 강제로 트럭에 싣고가 내려놓은 곳이 중국 목단강 위안소였다.

할머니들은 마음의 상처가 얼마나 크면 어깨가 결리다 해서 어깨에 손을 대니 자기도 모르게 무의식적으로 마치 전광석화처럼 남자의 손을 치우시더란다. 머리에 폭행을 당해 상처가 심한 강일출 할머니, 끔찍한 전기고문까지 당했다는 이용수 할머니, 몸의 칼자국(일군이 찌름), 마음의 상처, 몸의 상처까지.

미술치료를 하면서 강일출 할머니가 그린 그림은 가슴이 메어지게 한다. 불에 태워지는 처녀들이 그려져 있다. 강 할머니는 16세 때 고향인 경북 상주의 집 마루에서 놀다가 끌려갔다. 집안이 가난하지도 않았다. 중국 목단강 위안소에서 모진 경험을 하다가 장티푸스에 걸려 소용이 없게 되자 치료한다며 트럭에 태우더란다. 도착한 곳은 병원이 아니라 조선 소녀들이 총살당해 불에 태워지는 현장이었고, 트럭에 실려 있는 할머니 차례였는데, 일본군과 조선독립군의 교전으로 가까스로 살아났다.

아침 8시부터 시작하여 저녁 8시까지 일본 군인들을 받아야 했는데 마치 화장실에서 볼일 보는 것처럼 줄을 서서 기다렸다가 쉬지 않고 달려들었다는 김복동(90세) 할머니의 증언에 입이 다물어지지 않는다. 할머니는 열네 살에 끌려갔다. 중일전쟁에 참여했던 전 일본군 마쓰모토 마사아요시의 증언은, 니이치 니쿠란 27을 말하고 니쿠는 1을 말하는데 1명이 27명을 상대했다는 얘기라고 한다. 앞의 병사가 끝나면 곧바로 다음 병사가 들어가서 해가 지면 일어서질 못했단다. 14세에서 16~17세, 요즘 나이로 초등 5학년생 정도로 아직 초경도 경험하지 못한 아기들, 어떤 소녀는 하루 만에 자궁이 파열되고, 몇 개월 뒤 거의 파열되었지만 거부하면 칼로 찌르고 전기고문까지(오늘의 대공수사는 일군에게 배운 그대로)했다. 현재 위안부 할머니 238명이 등록되었고 53명이 살아계신다.

하시모트 도루 오사카 시장이 2013년 5월 14일 기자회견에서 "총알이 날아오는 전쟁터에서 목숨 걸고 맹렬히 전투에 임하는 군인들에게 정신적으로 고양된 집단이 휴식과 같은 위안부 제도가 필요하다는 것은 누구나 알 것입니다. 현재 일본군이나 일본 정부 자체가 폭행이나 협박으로 위안부를 삼기 위해 여성을 납치했다는 사실은 증거로 입증된 바가 없습니다. 그 점을 분명히 해야 합니다"는 망언을 했다. 일본 총리 아베 신조는 2007년 의회 답변에서 "관헌이 집에 들어가 유괴하듯이 여성을 연행한 그런 강제성은 없었습니다. 확실한 증거를 가진 증언은 없다"고 했다. 이런 일본 정치가들에게 분노한 김복동 할머니는 일본으로 건너가 기자회견을 하면서 "증거가 없다고 해서 내가 왔다. 내가 바로 그 증거. 내가 살아있는 증거다"라고 했다.

세종대 교수로 있는 박유하는 『제국의 위안부』라는 책에서 "노예적이긴 했어도 기본적으로 군인과 동지적 관계" "자발적 매춘부"로 매도했다. 이런 작자를 대학의 교수로 쓰고 있는 학교는 어떤 곳인지. 서울동부지법 민사 21부 고충정 판사는 34곳 삭제 명령의 판결을 했다니 좀 다행이기는 하다. 이런 위안부 할머니들을 기리는 영화 귀향(鬼鄕, 귀신 혼이라도 고향으로 모신다는 뜻)을 조정래 영화감독이 만드는데, 1억을 후원하겠다는 사람을 만나 "사기꾼이라는 등" "거짓 영화 찍어 현혹하지 마라"고 읍박질당했다고 한다. 영화감독들조차 '이런 영화 한국서 틀기 힘들다'고 해서 이런 사실을 유튜브에 올려 국민지원 모금을 했다. 응원 문자 한 통에 1백 원씩 보름 만에 첫 모금 1천만 원을 만들고, 3년 동안 1억 3천, 종료까지 2억 5천만 원이 넘었는데 이런 피 같은 돈으로 귀향을 찍고 있다.

나라를 빼앗긴 민족의 가슴 찢기는 설움, 고통, 갈기갈기 찢겨진 가슴, 우리에게 민족은 무엇인가? 나는 어디에서 왔으며 어디로 가고, 어디에 서 있는가!

3부
광야에서 바람을 기다리며

광화문이 법정이다

광화문 촛불의 의미를 아는가?

여지껏 이 나라는 국민의 머슴인 대통령이나 소위 고위 관료들이 지배해왔다. 그들은 국민의 입장이나 백성들 편에 서기보다는 자신들의 몸보신과 영달을 위해 국민 위에 군림하면서, 국민들의 소리를 듣고 그들의 아픔을 어루만지거나 보듬기는커녕, 오히려 국민을 편 가르기 해 관리하였다. 그리고 헌법에 명시되어 있는 집회와 언론의 자유마저 재갈을 물리려 '집회 신고제'까지 만들어 참여자들에게 소환장을 보내고 범칙금까지 물려가며 길들여왔다. 국민의 명을 듣고 국민의 명에 따르는 게 아니라 되려 명을 내렸다.

광화문 촛불은 이제 그 명을 거부하고 있다. 명령하지 말고, 국민들의 명을 들으라는 명령이다. 그 명을 듣기 싫으면 나가라는 얘기다. 안 나가면 끌어내려 쫓아내겠다는 것이다. 철벽

같이 다듬어졌던 잘못된 오욕의 역사를 끝장내고, 정치 모리배들에게 맡겼던 국가 운영을 이제는 우리가 하겠다는 것이다

박정희 5·16 장학금 받고 검찰총장, 법무부 장관까지 했던 김기춘이 공안검사 시절 얼마나 많은 간첩을 조작하고 고문해왔던가. 그런 그가 블랙리스트까지 만들어 1만여 명에 이르는 문예인들에게 '좌'라는 낙인을 찍어오다 1월 17일 피의자 신분으로 특검장에 들어가는 모습이라니, 늦어도 너무 늦었다.

광화문은 시민법정이다. 광화문 구치소에는 벌써 박근혜, 김기춘, 황교안, 최순실 등이 갇혀있다. 국가를 개인이 쥐락펴락, 대기업의 돈까지 뜯어내고, 모른다고 발뺌하는 뻔뻔함이란 인간도 아니다. 털끝만큼의 양심이 남아있다면 참회의 모습을 보이련만 카메라가 없을 때 되려 헌법재판관에게 따지듯 대든다 하니, 그가 이 나라의 법과 국민을 어떻게 대해 왔는지 가늠된다. 제 권력 누리려고, 이 삭풍이 부는 겨울에 얼마나 많은 양심수와 노동자들을 감옥에서 떨게 했는가. 헌재 법정에 나온 최순실은 따뜻하고 두툼한 점퍼를 입었다. 이게 대한민국의 법이다. 이렇게 관대한 법이 있는 줄 이제 알았다.

쌀값 십구만 원까지 올려주겠다던 박근혜는 작년 가을 십만 원까지 쌀값을 내렸다. 쌀값 보장하고 먹고살아야겠다고 보성에서 상경 시위한 백남기 농부 죽음에 대해 사과 한마디 없이 어떻게 대했던가. 거기에 분개한 정원 스님은 세월호 1000일

되던 날 소신공양하셨다. 살아있으면서 생명 어쩌구 변명하지 마라. 이런 시국에 죽지 못해 살아있음이 부끄럽다.

이 나라의 주인이 백성이거늘 이 나라의 법은 백성을 보살피고 보호하는 게 아닌, 늘 가진 자들과 권력자들에게 유린되고, 천하지대본인 노동자, 가진 것 없는 서민들에게는 하늘 높은 곳에 있었다.

광화문 법정은 너와 내가 없다. 우리 모두가 주인이요, 함께하는 살아야 할 동무다. 거기에는 무한 경쟁도, 일등 꼴찌 없이 함께 동행이다. 보수 진보도 없다. 그냥 '우리'다. '대동 세상'이요 극락이고 하나님 나라다. 정치 모리배는 나서서 깝치지 말라. 이제는 광화문 촛불이 주인이다. 헌재와 특검팀은 더 이상 권력의 눈치 보는 것에서 벗어나 이 땅의 최고 권력인 국민의 소리를 들어라. 광화문 법정에 구속된 내란 음모자들 당장 구속하라. 그들을 끌어내어 광화문 법정에 세워라. 박근혜와 한통속이었던 새누리당은 속히 해체하고 소속 의원들은 조금의 양심이라도 있다면 정계를 떠나라.

다시 한번 광화문 법정은 말하고 있다. 나오라고, 청와대를 떠나라고 명령한다. 아니면 끌어내겠다고 내쫓겠다고 명령하고 있다. 시민, 국민의 명령, 하늘의 명령이다.

어둠이 빛을 이겨본 적 없다

어둠이 빛을 이겨본 적 없다. 작은 촛불이 모이고 횃불이 되었다. 작은 물방울 하나 떨어져, 모이고 모여 시내를 이루고 큰 강을 이루듯, 아주 작은 그대의 촛불이 어둠을 밝혔다. 친일분자에게서 친미로 말을 갈아탄 이 땅의 지배세력이 콘크리트처럼 견고해 보였어도 촛불 하나가 금을 내기 시작하여 균열을 내고, 70년 지배세력의 허구를 온 세상에 드러냈다.

민심과는 반대의 길만 고집하여 제주 강정에 해군기지 세우고, 세월호 침몰 당시 침실에 누웠던 박근혜. 세상에, 제 나라 백성들이 물에 빠져 죽어가고 있는데 인간의 탈을 쓰고 할 짓이 아니다. 박정희가 군사독재에 반대하면 무조건 간첩으로 조작해 감옥으로 보내고 사형장의 이슬로 사라지게 하였듯, 박근혜는 대선 불법 무마하려 이석기 내란 음모 사건을 조작해 감옥에 가두고 통합진보당을 강제 해산시켰다. 그것도 모자라 한국 사회 전 분야에 걸쳐 블랙리스트를 만들어 관리해 왔다니 벌어진 입이 다물어지지 않는다.

위안부 할머니들과 한마디 상의 없는 한일 위안부 합의(2015.12.28)는 무효화해야 한다. 박근혜가 추진했던 한국사 국정교과서, 사드 배치는 논의할 일고의 가치 없이 폐기처분해야 한다. 국가를 파탄 내어 국회에서 탄핵까지 받았는데 자숙하거나 뉘우치는 기미는 털끝만큼도 없이 오로지 제 변명만 하는 박근혜는 속히 감옥에 넣어야 한다.

자신에게 분노하자. 불의한 권력에 순치되어 살아온 자신에게 말이다. 우리의 분노는 모든 불의를 불태울 것이다. 우리가 바라는 정권은 야당도 아니다. 오랜 역사를 통해 보아도 이 땅을 지켜온 것은 인간, 사람대접을 받아보지 못한 우리네 무지렁이들의 힘이었다. 뭉치고 연대할 때 이기게 되어 있다. 나와 너, 우리가 한 몸, 한 생각으로 동무해 나갈 때 민족의 희망이 있다. 개성공단 열고, 금강산 관광 열어 우리 민족끼리 자주 평화 통일 세상 열어야 한다.

그날이 다가와 가슴이 벅차오른다.

박근혜를 구속하라!

지난 주말 저녁(12일) 100만 개의 촛불이라지만 필자의 생각에는 더 넘으면 넘었지 모자라지 않았다. 1987년 6월 항쟁에도 함께 했던 나로서는 경악! 그 자체였다. "이게 나라냐?" "박근혜 퇴진" "새누리당 해체" 이들 민심의 현주소는 분명했다. 박근혜는 "끝"이었다. 단순한 정치적 구호가 아니다. 박근혜는 더 이상 대한민국호라는 배를 이끌 선장이 아니라는 것이다. 박근혜 퇴진은 이 땅 남쪽 나라 온 백성의 뜻이다. 민중의 뜻이고 명인 동시에 하늘의 뜻이고 하늘의 명이다. 2선 퇴진이 아닌, 참고인 신분도 아닌, 대한민국이라는 나라를 송두리째 밑바닥까지 거덜 낸 몸통이라는 얘기다.

제 아비 박정희가 그랬듯 재벌들을 독대해가며 돈을 뜯어내고, 재벌들에게 노동자 가족을 사지로 내모는 '비정규직 강화'는 물론이고 '성과급제'를 일방적으로 몰아붙여 해고를 쉽게 만들어 선물할 참이었다. 박근혜는 비선 실세에 대한 지적만 나오면 '근거 없는 모략'이라 일축했다. '사태의 엄중함을 깊이 인식'한다면서 왜 청와대를 떠나지 못하는가. '국정 공백'을 염려하는 듯하지만 박근혜 정권 들어서서 국정은 없었다. 입만 열면 '애국'을 내세우며 국가와 결혼했다는 민망한 말까지 서슴지 않으면서, 누군가 입바른 소리를 하면 '배신'이라는 낙인을 찍어 내쫓았다.

우리 현대사에서 헌정 중단 사태는 여러 번 있었다. 60년 박정희 5·16쿠데타, 80년 전두환 군사쿠데타는 권력자들의 집권 욕구, 내란이었지만 그 반동의 역사에서 87년 6월 항쟁으로 민주주의를 발전시켜 온 것은 이 땅의 민중이었다. 아는 것은 단 하나 '짐이 곧 국가'라는 전근대적인 봉건시대의 유물을 제 애비에게서 고스란히 물려받은 박근혜는 자신에 대한 비판을 "국가에 대한 비판이 도가 넘었다"고 보는 자가당착에 빠져 있다. 두 번의 국민 사과 담화문에는 진정한 사과는 없고 자기 변명만 늘어놓으니 온 나라가 들불처럼 들고일어나 촛불을 밝히는 것 아닌가. 곧 3차 담화가 있을 것이라고? 3차 담화는 필요 없다. 박근혜가 청와대에 있는 게 국정 공백이다. 이 엄중한 국민재판에 무엇을 머뭇거리는가?

친박들은 쇄신, 단합, 재건을 얘기하는데 이들이 진정 사태를 제대로 보고 있는지 묻고 싶다. 친위 근위대로 자처하면서 박근혜 지키기에 몰두한 '개'들이다. 처음부터 끝까지 박근혜는 아는 게 없다. 2014년 통일 대박을 외치고, 다보스 포럼, 독일 드레스덴 선언까지 뇌까리더니 갑자기 군사작전하듯 '개성공단 폐쇄'를 하는 게 아닌가. 그 뒤 문화, 영화계는 어땠는가. 부산국제영화제에서는 '다이빙 벨' 상영을 못 하게 하고, 부산행, 인천상륙작전, 연평해전 등 제 입맛에 맞는 영화만 극장가에 내걸지 않았던가. 새누리당 원내대표 정진석은 '행정 마비'를 말하고 있지만 박근혜 정권 내내 국정과 행정은 동작을 멈추고 있었다.

촛불이 말하듯 박근혜는 더 이상 대한민국의 대통령이 아니다. 대통령이라는, 국민이 위임한 권력을 가지고 제멋대로 가진 자들과 대기업의 편만 들고 노동자는 '헬지옥'으로 몰아넣었다. 더 말해 무엇 하랴. 새누리당도 해체하고 새누리당 국회의원들은 정계를 떠나라. 더 머뭇거리지 말고 국가를 거덜 낸 박근혜를 구속하라! 이게 민족이 사는 길이고 이 땅의 법이 살아 있음의 증거다. 통합진보당 해체 취소하고 그 사건으로 차가운 감옥에 갇힌 이들을 나오게 하고 박근혜는 제 스스로 감옥을 삶의 체험 현장으로 삼아 걸어가라. 민주노총 위원장 한상균을 석방시키고 그의 수번 120번을 대신 달아라!

사드정국 제대로 보자

이 땅 한반도는 지정학적 위치 때문에 청나라와 일본의 전쟁 때에도 강대국의 힘에 밀려 뜻하지 않은 피해를 당했다. 러시아와 일본의 전쟁 때에도 그랬고, 미 제국주의와 소련의 냉전 시대의 산물이 바로 6·25 동족상잔이요, 현 남과 북의 분단이다.

분단의 원흉이 미, 소임은 우리가 잘 안다. 한 민족, 한 동포, 한 나라였던 한반도를 38선을 그어 남과 북으로 갈라놓고 남은 북을, 북은 남을 서로 증오하며 적대시하게 만든 최장본은 미 제국이다. 그런 분단의 원흉에게 제 나라 전시군사작전권까지 맡기고, 미국의 조종에 꼭두각시 노릇 하고 있는 게 남쪽의 정권이요 권력 아닌가.

세상에 제 민족 제 형제 동포끼리 싸움질시켜 수백만 명 죽게 하고 이 땅의 허리를 잘라놓은 미국을 혈맹이라니. 세상이

웃고 있다. 일 제국주의를 패전시키기 위해 미국이 인류 역사상 원자핵폭탄을 민간인에게 터트린 나라가 선한 나라일 수 없다. 일본 제국주의가 세계대전을 일으켜 난동을 부리고 인간 이하의 짓거리를 했어도 죽음의 타깃은 일본 수장인 천황이나 군대이어야지 민간인 피폭은 아니지 않는가. 그런 미국이 이 땅의 지정학적 위치를 이용해 남한에 사드를 들여놓고 중국과 러시아를 견제하려는 것은 누구나 다 아는 사실이다.

박근혜 그녀는 한반도 지도까지 걸어놓고 "사드 배치 외에 북한의 미사일 공격으로부터 국민을 보호할 방법이 있다면 제시해 달라"는 허무맹랑한 말을 했다.

남북 적대관계가 아닌 남과 북의 평화모드 아닌가? 더 이상 민족공멸의 길인 남북대결의 정치판을 걷어치우고 그녀가 말한 '통일 대박'을 만들어내려면 개성공단 열고, 금강산 관광 재개하고 끊임없이 남북 대화의 장을 열어야 한다.

지난 수십 년 사드가 없어 이 땅에 전쟁이 없었는가? 사드 없이 지내왔지 않은가. 그런데 왜 뜬금없이 국민이나 지역주민과 아무런 상의 한마디 없이 이 땅에 화약고를 자청하는지 묻고 싶다.

김관진 청와대 안보실장은 7월 14일 국회운영위원회에서 "한국 사드 배치 판단은 미국이 한다"라고 말했다. 자존심도 없는가? 이 땅이 누구 땅인데 미국이 판단한단 말인가?

사드 배치로 한반도는 동중국해와 남중국해에 이은 제3의 전선이 되었으며 미·중 사이에 전쟁이 나면 가장 먼저 터지는 화약고를 만들면서 국익이고 애국이란다. 그런 능력이 안 되지만 만약, 만약에 북이 쏘아 올린 핵미사일을 맞추기라도 한다면 우리 민족은 공멸한다.

사드 배치로 동북아평화가 깨지는 건 기정사실이다.

한반도는 동북아 전쟁의 진원지이자 막대한 피해지역이 될 것이다.

쑥맥! 사드가 아니라 햇볕정책이다. 쑥과 보리도 구별 못 하면서 박근혜는 그 자리에는 왜 앉아있는가. 고춧가루인지도 모르고 "이게 뭐지요?" 하니 가관이다.

그녀는 제 나라 전시작전권도 없이 별만 헤이는 똥별들을 물리치고(군피아) 군 출신들을 버려야 산다. 괴담론이란 말을 입 밖에도 꺼내지 말라. 국론 분열시키는 책동이 자취를 감추지 않고 있다며 "모든 불순 세력들이 가담하지 않게 하는 것이 중요하고 그것을 철저히 가려내야 한다"고 말했다(7월 21일 국가안전보장회의).

국론 분열의 근원지는 그녀이다. 사드 배치를 당장 그만두어라! 더 이상 국론 분열시키지 말고 청와대를 떠나라.

어둠의 터널을 뚫고

큰일 났다.

박근혜 정권이 작년에 통일 대박이라고 헛소리하더니 1년 만에 우리 민족의 마지막 평화의 안전판인 개성공단을 군 특공대 군사작전 하듯 폐쇄해버리고, 우리가 몸담아 사는 이 남쪽 나라에 미 제국주의 군사무기인 사드를 배치하겠다고 한다. 겉으로 경제, 민생 떠들어도 현 정권의 속셈이 고스란히 드러났다. 개성공단에 입주했던 업체는 물론이고 협력업체가 5,000곳이 넘는다 하니 거기에서 일하던 노동자 가족은 마른 날벼락을 맞은 셈이다. 중국은 남한에 사드 배치하면 우리가 살고 있는 남쪽에 포탄으로 공격하겠다고 한다. 이제 중국과도 일전을 각오해야 할 판이다.

박근혜의 속셈은 북과 전쟁까지 불사해가며 이 민족을 전쟁의 불바다로 끌어가는 것이다. 심지어 "북 정권까지 변화시키겠다"며 한 발 더 들어가 북 체제 붕괴까지 언급하는 오만방자가 하늘을 찌르고 있다. 거짓말로 국민을 우롱하고 속이는 전술로 이 나라 백성을 노리개로 삼고 있다.

먹고 살게 해달라는 농민의 아우성은 물대포로 제압하고 죽음을 가까이 한 농민에게 사과 한마디 없다. 이 모든 일을 저지르는 박근혜의 머릿속에는 올해 국회의원 총선만 있다. 의석 과반수를 넘겨 영남 패권을 영구히 이어가겠다는 속셈이 깔려 있다.

양심의 뜻을 같이하는 동지들! 좀 더 크게 눈을 뜨고 역사를 직시해야 한다. 이 땅의 주인은 박근혜 정권이 아닌 우리들이다. 그대, 그리고 나이다.

어두운 터널을 뚫고 나아가야 한다.

이게 아닌데!

이게 아닌데!

아직도 귓가에 쟁쟁하게 들리는 그녀의 목소리! "내가 이럴려구 대통령이 됐나." 자괴감이 든다는 그녀는 제 아비처럼 혼자 다 해먹으려구 대통령자리에 올랐다. 온갖 부정을 저지르고. 이명박 국정원 댓글 달기의 도움까지 받으며 청와대를 차지한 그녀가 한 일은 국가를 파탄 내고, 모든 권력의 힘을 제 한 몸에 칭칭 감는 것이었다. 이유는 간단하다. 1961년 박정희의 군사쿠데타 뒤 대한민국은 박정희 한 사람을 위해 존재하는 국가가 되었다. 백성들은 오직 박정희 한 사람만 바라보고 살아야 했다. 열 몇 살에 청와대에 들어간 박근혜의 눈에는 대한민국이 곧 박정희요, 이 나라는 제 애비의 것이요, 우리는 제 애비가 가난의 노예에서 해방시킨 박정희 백성이었다. 박근혜가 청와대에 들어서는 순간, 제 애비에게 물려받은 가계에 들어선 것이다. 한마디로 대한민국은 박정희 개인의 나라였다. 그걸 깨야 한다. 박정희 신화의 그 단단한 껍질을 깨고 국가가 주인이었던 옛것을 깨부수고 우리가 주인이라는 것을 알아야 한다. 여지껏 국가가 우리에게 명령했던 것 집어치우고, 이제 우리가 국가권력에게 명령을 내리겠다고 손에 든 게 '촛불!'이다. 가련한 이 땅의 민초, 민중들! 국가가 있다지만 민초들을 지켜줄 힘이 없다. 전쟁만 나면 일어나 의병이 되어 껍데기뿐인 나라를 지켜주겠다고 초개같이 목숨을 던진 영혼이 있어 역사를 이어왔다.

이 땅의 짧은 역사는 용산 땅이 말해주고 있다. 1595년 임진왜란 때 왜군 일본 놈들의 후방병참기지였다가 1882년 임오군란 때는 청나라 주둔지, 1884년 갑신정변 일본군 주둔지, 1910~1945년 일제 조선군 본부였다가 1953년 미 군정 3년이 끝나고 2018년 지금까지 주한미군본부~ 아! 지긋지긋한 외세의 발자국! 우리나라는 아직도 독립된 자주국가가 아니다. 미제국주의 식민지 1번지이다. 세계 악의 축인 미국과 견고한 동맹이라! 세상에 협력할 나라가 없어서 일본과 협력을 해? 일제 36년 조선의 청년, 소녀, 민초들이 어떻게 살아왔는데. 의용군으로 끌려가 개죽음당한 소녀 얘긴 굳이 하지 않아도……

외세에 의해 동강 나 분단된 이 땅에 살면서, 제 민족, 제 동포는 적으로 삼고, 그것도 모자라 외세와 손잡고 발맞추려고 푸틴에게 원유공급 중단해 달라고 했다. 그런 대통령 바라고 촛불 든 게 아닌데! 비록 미제의 식민지로 70여 년 살았지만, 이제는 아니다. 우리끼리, 우리 민족끼리 손잡고 걷자. 그 길만이 우리 민족이 살길이다. 그게 통일이다. 외세의 힘이 아닌 우리 동포, 형제끼리 하자. 그 추운 한겨울 복판에 촛불을 들었는데, 애석하게 청와대에만 들어가면 사람이 변한다!

민심은 하늘이다

민심은 천심, 하늘의 마음이라지만 사실 믿지 않았다. 민심은 오염될 수 있고, 이 땅에서는 권력의 세뇌에 늘 오염의 극치를 달려왔다. 우리는 60년도 4·19를 거쳐, 80년 5월 광주, 87년 6월 항쟁을 지나왔다. 이명박 쇠고기 촛불집회 때, 시청 앞 광장에 서서 느꼈던 게 '이걸로 모자라는데'였다.

'독재 타도 직선개헌'

87년 6월 항쟁의 구호였다. 전국에서 특히 필자가 참여했던 서울 도시는 그야말로 해방구였다. 그때 해방과 자유를 경험한 우리는 독재가 무섭지 않았다. 독재시대에는 투사를 키웠고, 이 땅에서는 이승만, 박정희, 전두환, 노태우 정권까지 숱한 죽음이 바닥에 깔려 있다. 그 죽음의 초석 위에 내가 서 있다. 독재가 아무리 발악을 해보아도 흐르는 민심 앞에서는 속수무책이다. 그 과정에 긴 시간이 걸리고 많은 사람의 희생이 있어 그렇지 제방이 홍수에 무너지듯 밀려오는 거센 민심을 감당하지 못하기 마련이다.

김대중 전 대통령과 노무현 정권의 참여정부가 들어서면서 민주적인 정부에서 민주주의가 꽃피워 열매를 맺어야 하는데 그러기에 너무 짧은 시간인가? 오히려 대학에서부터 정치투쟁은 사라지고, 민주주의 가장 기본인 '나의 참여'가 없어졌다. 오로지 좋은 대학에 가 좋은 직장(기껏해야 삼성, 대기업)에 들어가는 게 생의 목표가 되었다. 사회정의, 사회도덕은 쓰레기통에 넣어두고, 오로지 '돈, 돈, 돈'이 최고 덕목에 오르게 되었고 지독한 개인 이기주의에 사로잡혀 있었다.

이번 20대 총선은 민심이 잘 드러난 아름다움의 극치였다. 청년 실업률이 12%가 넘고, 젊은이들은 최소한의 인간적인 삶마저 포기해야 하는 삶의 벼랑 끝에 몰린 백척간두 앞에서의 투표였다. 아직 희망을 내놓기엔 이르지만 우리가 80년 5월, 광주에 세상의 눈을 떴고, 87년 6월 항쟁으로 주인의식을 가졌듯, 이번 20대 선거 반란을 경험한 이들은 대단한 정치적 자각을 했다. 권력은 민심이 정치에 무관심할 것을 요구한다. 하지만 내가 태어나 살아가는 것 자체가 정치이기에 정치에 대한 무관심은 "죄"이다. 앞서 말한 김대중, 노무현 10년 동안의 대학 탈정치화야말로 지금 이런 모습을 가져왔다.

민주주의가 뒤로 밀려나고, 이명박과 박근혜는 박정희 시대

유신의 부활로 달려왔다. 박근혜는 목표가 제 아비의 복권임을 자기 입으로 밝힌 바 있다. 여기까지 이르게 된 것은 박근혜도 문제이지만 우리의 정치적 무관심이 크다. 정권의 입맛에 따라 민의를 담은 정당이 해체되고, 민의가 뽑아놓은 국회의원직이 박탈되어도 가만히 눈뜨고 보았던 우리의 무능 때문이다. 민심이 가장 적절하게 표출되어 드러난 20대 총선을 경험한 야권은 아직도 정신 못 차리고 있다. 민생을 얘기하면서 권력에 대한 욕심만 드러내고 있다.

박근혜 정부는 세월호 사건은 민생이 아닌지 2주기 기념식을 모두 외면했다. 우리의 정치 참여가 절실하다. 무능한 야당이 그나마 체면치레 한 것은 테러방지법 직권 상정에 반대하는 무제한 토론(필리버스터)이었다. 무려 9일 동안 계속된 토론 기간에 국회의원 20명이 참가해 테러방지법의 독소조항을 낱낱이 밝혔지만 더 민주에 들어온 김종인의 막무가내로 토론의 장은 끝났고 새누리당의 폭거로 통과되고 말았다.

정부가 입법예고 한 테러방지법 시행령을 보면 '중앙 및 지역 테러 본부장의 요청에 따라 군 대테러 특공대 등을 민간시설에 투입할 수 있도록 했고, 국가 정보원 지부장이 지역 테러 대책 협의회 의장을 맡도록 하는 내용도 넣었다. 무소불위의 권력을 국정원에 넘겨줌으로 그렇지 않아도 극심했던 국정원의 정치개입과 민주주의, 인권 위협을 제도적으로 보장하는 내

용투성이다.'

김종인 더불어민주당 대표가 필리버스터를 중단시키면서 "총선에서 야당이 국회를 지배할 수 있는 의석을 확보하면 테러방지법의 인권 유린 가능성을 제거하는 수정안을 통과시키겠다"고 했는데(가능할지 의문이지만) 수정은 무슨 수정 아예 없애야 한다. 이번 총선 참패 뒤, 박근혜는 그것을 인정하기 어려웠는지 머뭇거리고 있다가 겨우 입을 떼어 한 말이 "국민의 민의가 무엇인가를 생각하는 계기가 되었다"고 했는데 생각의 주체인 자신은 쏘옥 빠져있었다. 하고 싶지 않고 인정할 수 없으면서 교묘한 말 늘어놓기로 초점을 흐리고 있다. 총선 뒤 꼬박 5일 만에 국민에게 내놓은 말이다. 박근혜는 자신의 독선과 아집으로 망쳐놓은 대한민국의 현실을, 제 자신의 잘못을 인정할 수 없다는 것이다. 선거 바로 코앞에서 탈북자 사건 보도에 온몸을 던지던 언론! 총선 끝나니 아예 무소식이다. 이제 북풍도 먹히지 않는다는 것을 알았을까?

다시 얘기하자. 세월호 특별법 수정, 테러방지법 폐지, 역사교과서 국정화 폐지는 20대 국회에서 가장 최우선으로 처리해야 한다. 이것이 이번 총선에서 드러난 민심이고, 하늘의 명이다. 하늘의 명을 따르는 게 살길이건만 깊숙한 늪으로만 빠져드는 정치 권력들은 민심에 귀나 열어 둘지 모르겠다.

대한민국은 세월호

대한민국호는 지금 난파선이다. 선장은 2015년 4월 16일 기울고 있는 대한민국호를 버리고 도망쳤다. 파국으로 치닫는 있는 이 나라, 민초들의 삶이 말이 아닌데 국정은 마비이다. 대통령은 나라에서 일어나는 일이 잘 풀리도록 하는 조정자요 해결사여야 한다. 하지만 세월호 침몰 당시 청와대는 민경욱 대변인을 통하여 청와대는 컨트롤 타워가 아니라 선언했다. 정말 상식이 거꾸로 선 말이다. 청와대가 뭐 하는 곳이며 한나라의 대통령이 왜 존재해야 하는가.

이번 이완구 총리 사건, 고故 성완종 씨의 돈줄 노릇에서 드러나듯 새누리당과 청와대는 비리의 온상이다. 비리 공화국이다. 성완종 한 사람에게 그 숱한 정치인들이 흡혈귀가 피를 빨아먹듯 고혈을 빨아대어 피가 고갈되어 죽은 사건이다. 대통령부터 선거부정에서 시작했으니 알만하다. 사회에는 그 사회에 맞는 상식이라는 게 있다. 그런데 이 나라에는 상식이 무너진 지 오래전이고, 상식을 말하는 사람은 바보요 왕따이다. 지금 이 나라에는 답이 없다. 대통령이 상식이 없고, 상식이 없는 대통령에게 국민은 믿음이 없다.

그의 사회, 복지, 정치, 교육, 경제(경제민주화) 등 국정 모든 분야는 약속 어기기와 말 바꾸기의 연속이다. 화려한 그의 말솜씨와 말 바꾸기는 따를 자가 없는 것 같다. 헌데 사람들은 그런 말의 요술에 속아 넘어간다. 박근혜 2년이 지난 지금 '무능 정부'라는 한마디로 정리되겠다. 하지만 약삭빠르게 공권력을 앞세워 세월호 인양하여 침몰의 진실을 캐내라는 집회에는 물대포와 최루탄으로 응수한다.

아, 그리운 최루탄 냄새! 1980년대, 전두환 군부 독재 시절 6월 항쟁 무렵 그 냄새가 얼마나 지독하고 마시면 가슴 뻐근하고 심장이 터질 것 같았던가? 낮에는 바람의 방향을 피할 수 있어 덜했지만 밤에는 심장이 멎는 줄 알았다. 그 최루액과 물대포의 재등장이라니. 물대포와 최루액으로 죽은 이들의 영혼을 애도할 시간조차 허락되지 않는다. 우리는 죽음의 아픔조차 나누어서는 안 된다.

박근혜 2년을 통해 보여준 것은 대통령에 대한 절대 맹종이다. 법치를 말하지만 짐은 곧 국가요 법이라는 어느 독재자의 말처럼 내 말 안 들으면 국민이 지지하는 정당도 해산하고, 내란 음모도 꾸미고, 압수수색과 구속의 연발이다. 북으로 보내는 삐라 전단은 표현의 자유요, 박근혜 실정을 비판하고 국민들의 소리를 들으라는 전단에는 주동자 색출이다. 끝까지 찾아내어 비방 명예훼손, 심지어 전단지 뿌린 이가 타고 다니던 오토바이를 불법 개조했다고 법으로 걸고넘어진 위대한 경찰이다.

여기서 한발 더 나아가 '세월호특별조사위원회'를 '세월호조사방해위원회'로 만들었다. 박근혜가 발동하는 대통령령인 세월호 특별법 시행령은 '세월호 조사 금지법'이 되고 말았다. 유족들과 사회시민단체들이 반발하자 박근혜 산성을 광화문 네거리에 쌓아놓고, 물대포에 최루액 살포로 대응한다. 선장이 대한민국호를 떠나 없는 자리에 국민을 보호해야 할 경찰은 기차 행렬처럼 모든 경찰차를 동원해 차벽을 설치했다.

4·19는 어떤가? 이승만 정권이 좌익으로 몰아 민족의 양심세력을 싹 쓸었어도 3·15 부정선거에 들고일어나 독재정권을 몰아낸 혁명이었다! 정부까지 인정하고 기념식에 참여해왔는데 올해는 6·25 참전용사, 상이군인 출신들 30여 명이 몰려와 기념행사 방해까지 책동했다니 어안이 벙벙하다. 도무지 지금 여기 대한민국의 현주소가 어디인지 알 수가 없다. 박근혜 정권은 국가 유지나 국가를 위한 걸음은 한 걸음도 안 걸으면서 오로지 제 몸뚱아리와 주머니 챙기기에 여념이 없고, 국가를

해체하는 팀웍으로 가고 있다. 이들이 반국가 단체이다. 옛 통합진보당은 아니다. 반국가 단체는 북쪽과 손 맞잡고 민족 자주 통일하자는 범민족 연합이나 코리아 연대, 양심수후원회, 평통사 등등 시민사회단체의 민족 양심이 아니라 대한민국이라는 국가를 해체하고 있는 이명박, 박근혜 정권이다.

사법의 칼날은 이들에게 향해야 된다. 박근혜가 한 일이 있다. 국민을 순수한 국민(제 말 잘 듣고 잘 따르는), 불순한 국민(사회 양심세력)을 나누고, 자식을 가슴에 묻어 속이 타들어가 아무것도 남지 않은 세월호 유가족들도 순수한 유가족과 불순한 유가족으로 나눈 일이다. 그녀가 학창시절 수학 공부는 어땠는지 모르겠으나 나누기는 공부를 좀 것 같다. 그리고 아버지 박정희가 일본 군 장교 출신이라 그런지 군사작전 하듯 유족을 몰아가고, 국민들 이간질 시켜 각개격파하고 배후에 누가 있는지를 밝힌다. 국민의 자발적 걸음을 그렇게 왜곡하고 있다.

대한민국에는 대통령이 없다. 기울고 있는 대한민국호를 버리고 떠났다. 대통령이 떠난 난파선 속에서 우리가 알아서 기어 나와야 한다. 우리가 스스로 주인이 되어 살아남아야 한다. 기어올라 뱃전에 앉으니 가슴이 먹먹하고 그저 멍! 하다. 그가 대한민국이라는 배를 버리고 도망친 이유가 있겠지. 1년이 지났으면 잊을 만도 한데. 웬만한 건 금방 잊어버리는 우리들 아닌가? 그런데 잊기는커녕 상주를 대신 자청한 국민들이 시청 광장, 광화문에서 대규모 추모제를 열었다. 얼마나 두려웠으면 박근혜 산성으로 막았다. 명박 산성이 건설 사장다운 투박하고 촌스러운 컨테이너라면, 박근혜 산성은 청와대 경험이 있어 그런지 더 세련된 개조형이다. 머리 아프겠지? 잊어야 하는데 안 잊고 자꾸자꾸 하나둘씩 광장으로, 세월호 진실 인양하라 모여들고 있으니 얼마나 신경 쓰이고 머리 지끈거리겠는가? 지난 18일 전철을 타고 시청광장으로 가면서 가방과 머리띠, 가슴에 달린 세월호 상징 노란 리본을 여럿 보았다.

2,000년 전 신약시대 예수는 정치범으로 몰려 사형을 당했다. 국민 선동죄(이석기 님과 동료들에게 덧씌운 죄), 내란 음모죄로 십자가에 달려 하릴없이 죽어간 예수! 그 시체를 무덤에 묻으면 끝날 줄 알았는데 아니었다. 스승이 십자가에 달려 죽자 겁에 질려 모두 도망쳤던, 얼마나 다급했던지 알몸으로 도망쳤던 이들이 3일 뒤 예수가 다시 부활했다는 허무맹랑한 유언비어를 퍼뜨렸다. 그 후, 하나둘 모이기 시작했고 그들은 드러내놓고 예수를 믿을 수 없어(붙잡히면 죽었으니) 물고기를 그려 그 상징을 보고 예수의 사람인지 서로 확인하고 만났다. 그게 오늘날 교회의 시작이다. 오늘의 교회는 예수와 전혀 관계없고, 아무 상관 없는 곳이 되어 자본주의보다 더 철저한 자본주의 숭상자가 되었다. 예수, 하나님의 자리에 돈을 앉

혀놓고 숭배하고 있다.

초대교회 로마제국주의 식민지 속에서 진실을 인양한 게 예수의 부활이라면, 오늘 세월호의 인양은 미 제국주의 식민지 대한민국 진실의 인양이다. 초대교 사람들이 숨 못 쉬던 때의 물고기 로고와 지금 여기 대한민국의 노란 리본이 닮았다. 세월호의 진실도 물속에 가라앉아 있고, 예수 부활의 진실도 갈릴레이 바다에서 시작되었다. 물고기와 노란 리본을 보러 광화문으로 가보자. 주말에 꽃구경을 가자. 좋지만 진실을 살리자는 사람들의 꽃구경! 서울 시청 앞에서, 광화문에서 만나자. 가슴에서 마음으로~ 그것으로! 그것이면 충분하다.

그녀의 말, 막말!

그녀는 2015년 9월 4일 중국 공산당 기관지 국민일보에 '역사를 인정하지 않는 것은 손바닥으로 하늘을 가리는 것'이라고 적었다. 말만 놓고 보면 진리요 버릴 게 없다. 2015년 8월 5일 철책선 지뢰 사건 후 남북 공동보도문에 대하여 그녀의 원칙이 통했다고 언론은 원칙의 승리라고 칭송이 자자했다. 현대판 용비어천가를 부르는 언론이 그녀의 치마폭에서 놀아나고 있음을 잘 보여주고 있다.

지뢰 사건이 터지자 청와대에 보고가 안 된 것은 물론 우왕좌왕이었다. 이래서 어떻게 전쟁을 할 수 있는지 아리송한 이 나라 아닌가? 목함지뢰가 북쪽에서 사용한다는 사실 말고 철책 폭파가 누구 짓인지 명확히 밝혀지지도 않은 상태에서, 그녀의 원칙이랄 게 하나도 없는데(모르니 고집 피운 것밖에는) 원칙이 통했다고? 9월 1일 국무회의실에 들어가 보자.

“어렵게 이루어낸 이번(남북) 합의를 잘 지켜 간다면 분단 70년 계속된 긴장의 악순환을 끊고 한반도 평화와 통일을 위한 협력의 길로 나아갈 수 있을 것.”, “이산가족 만남을 시작으로 남과 북의 이산가족들이 교류할 수 있는 통로를 활짝 열어가야 할 것.”

8월 27일 창조경제 혁신센터 페스티벌 격려사로는 “노동개혁은 누구도 거스를 수 없는 국민들의 요구이며, 스스로 개혁하지 않는다면 모두가 자멸할 수밖에 없는 상황.”, “난관 극복을 위해서는 창조경제에서 그 해답을 찾아야 한다”고 했다. 창조경제에 대하여 아는 게 있으신지? 있으면 안 아무개에게 귀띔해 주었으면 한다. 창조경제는 실체가 없다. 창조경제라는 말만 있지 실체가 없는데, 말잔치로 국민들을 속이려 한다. 있다면 가난한 노동자의 노동력을 착취해 가진 자와 대기업의 배를 불리는 것이다. 그녀의 노동개혁이라는 게 아들(청년들)의 일자리가 없으니 아버지가 빨리 은퇴하라는 압박인데, 위에 돌을 빼 밑에 고이기다. 국가 경제는 중소기업이 탄탄하게 살아있어야 하는데 현재 중소기업의 줄도산에는 관심하나 없으면서 창조경제라? 창밖에서 참새 부부가 헛웃음 질을 하고 있다. 쓸만하고 알토란같은 중소기업은 대기업의 협력업체라면서 기술 빼내어다 자기 것 만들고, 하청업체라며 제때 돈을 안 주기가 예사이다. 중소기업은 나라 경제의 허리다. 무너지면 중소기업이 하던 모든 부품을 외국에서 수입해다 써야 한다. 그런데도 대기업 중심의 경제를 창조경제라? 나라 망하는 지름길이다.

지금 30대 재벌 사내 보유금이 710조 원이다. 천문학적인 숫자라 수학에 무능한 이 사람은 계산을 못 하겠다. 이렇게 상상할 수 없는 돈을 쌓아두고도 임금 삭감이라는 자본의 갑질이 심각하다. 위에서 얘기했지만 부모와 자식(청년)을 일자리 경쟁으로 내모는 패륜의 정치를 그녀는 창조경제라 우긴다. 비정규직만 850만, 최저임금 6,030원의 절망 시대가 우리가 몸담아 살고 있는 대한민국호의 현주소다. 2014년 7월 박근혜 정권은 과도한 재벌 사내 보유금이 한국 경제에 걸림돌이 되므로 '가계로 흘러 들어갈 수 있도록 하겠다'고 발표했다. 그러나 지난 1년간 재벌 사내 보유금은 더 늘어났을 뿐, 투자나 가계 소득으로 전환되지 않았다. 지난달 코리아 블랙 프라이데이라고 야단법석 떨더니, 일산의 경우 롯데기업만 100억이 넘는 수익을 올렸고(면세로) 주위 옷 가게는 문을 닫고 쉬었다. 이게 그녀의 창조경제다. 이런 사실은 덮어두고 말과 입으로만 서민경제, 민생 살린다고? 막대한 재벌 사내 보유금은 그대로 놔둔 채 또다시 서민 노동자에게 고통을 전가하고 있다.

2008년 이후 장기 침체에 놓여있는 한국경제는 아무리 '경제 활성화'를 외쳐도 꿈쩍하지 않는다. 원인을 파악조차 못 하고 입으로만 외쳐대니 그럴 수밖에. 1998년 이후 17년 동안 노동자는 거리로 내쫓기고, 임금 삭감 강요당하고, 비정규직 일자리를 찾아 헤매고 있다. 그것도 모자라 이제는 정권과 자본에서 자식들 앞길을 가로막는 몹쓸 부모라고 몰아가고 있다. 이게 창조경제의 현 주소이자 실체다.

지난 9월, 70차 유엔총회에 참석해 한 말은 더 가관이다. 새마을운동 고위급 특별행사에서 선친께서 새마을운동을 추진하시는 모습을 보면서 어떠한 성공 요인들이 어떻게 선순환 구조를 구축해서 국민과 나라를 바꾸어 놓는지를 경험할 수 있었다고 고백한다. 그녀는 아버지의 군사독재를 리더십이라 추켜세운다. 성공 요인 중 하나로 신뢰에 기반을 둔 국가지도자의 리더십을 꼽았다. 관료들의 부정부패를 철저히 차단해 국민들이 정부를 신뢰할 수 있도록 만들었고, 정치적 인기에 영합하지 않는 순수한 열정으로 도시와 농촌이 더불어 잘 사는 나라를 만들기 위해 헌신했다고 하는 말에는 벌어진 입이 다물어지지 않는다. 한국은 한 세대 만에 절대빈곤에서 벗어나 산업화와 민주화를 달성한 경험을 갖고 있다고 이야기한다(민주주의가 뭘 말하는지 알고나 하는 말인지). 정부의 리더십이(독재) 효과적이고 신뢰할 수 있는 제도를 구축하려면 정부의 주도적 역할이 더욱 중요하다고 개발독재의 정당성을 강조했다. 박정희는 72년 새마을운동(실은 북쪽의 천리마 운동과 일본 명치

유신을 베낀 것) 올 10월 유신의 이념을 구현하는 실천도장이라고 했다.

온 나라를 갈등과 혼란의 구렁텅이로 몰아넣은 한국사 국정화를 두고 그녀는 불필요한 국론 분열이 일어나서는 안 되며 국민 통합의 계기라고 한다. 미꾸라지 한 마리가 온 물을 흐린다더니 그녀가 그렇다. 2005년 1월 신년사에서 역사에 관한 일은 역사학자가 판단해야 한다. 어떠한 경우든 역사에 관한 것을 정권이 재단해서는 안 된다고 했다. 국론을 갈기갈기 찢고 나라를 분열과 혼란으로 밀어 넣은 장본인의 입에서 나온 말이기에 더욱 혼란스럽다.

무능으로 파탄시킨 민생과 해결해야 할 국정과제가 산더미처럼 쌓여있는데 엉뚱한(교과서 국정화) 일에 국력을 낭비하고 있다. 국민과 권력의 공존, 상생이 아니라 대치 상황을 스스로 만들어 자초해 놓고 화합, 협조해 달라? 대한민국의 확고한 역사관과 자긍심 심어주는 노력이란 막말에는 실소를 금하기 어려울 뿐이다. 그녀 때문에 세계에서 몇 안 되는 독재 후진국 수준 추락에서 오는 국민들의 모멸감과 수치심, 그리고 여기에서 오는 이 절망감을 그녀가 가져가기를 바란다. 국정화를 하지 않으면 문화적으로나 역사적으로 다른 나라의 지배를 받을 수 있다는 뚱딴지같은 말에 무슨 답을 해줘야 하는지. 그래서 대한민국의 전시 군사작전권을 미국에게 영구히 바치고

(아, 이 순결함!), 일제 36년도 모자라 미국의 식민지로 전락하여 살아가는 게 국정화의 목표이겠지.

권력자가 독단과 아집에 사로잡혀 역사의 시곗바늘을 거꾸로 돌리려는 것이 어떤 결과를 가져오는지 이미 그녀의 아버지가 증명한 바 있다. 10·26이라는 역사가 생생히 증명하고 있건만 그녀만 모르고 있다. 10월 26일은 일요일, 10월 27일은 필자의 군 휴가 출발 날이었다. 김지태 씨의 부산일보를 강탈한 박정희는 영남대까지 삼키고 육영장학재단을 만들고 제 부부 이름으로 정수 장학회를 만들었다. 그 장학금으로 학교를 다닌 김기춘은 박정희 군부독재의 장학생 노릇을 지금도 톡톡히 잘하고 있다.

그런 제 아비를 부정부패 차단시킨 영웅이라고 추켜세우는 박근혜는 정말 유체이탈(유체는 형체, 실체가 있지만 실체를 떠난)의 달인이다. 그녀 곁에 머무는 공직자들, 모두가 그녀를 본받아 유체이탈의 달인들로 오염되었다. 그렇기에 지금이라도 우리는 "인간이 역사로부터 교훈을 얻지 못한다는 것이 가장 중요한 교훈"이라는 영국 작가 올더스 헉슬리의 말을 되새김질하는 국민들로 거듭나야 한다.

악마들이 지배하는 세상!

지난 2015년 11월 14일 시청 앞에 갔다. 그날은 민중총궐기 대회가 있던 날이다.

몇 년 전 광우병에 걸린 미국산 소고기까지 수입하려던 이명박 정권에 대한 저항이 있었을 때, 그 저항이 두려워 컨테이너로 광화문 네거리에 높게 쌓아졌던 산성은 이명박으로 끝인가 했다. 그런데 이번에는 이명박보다 더 독한 박근혜 산성에 막혀 7시간 동안의 대치 끝에 또다시 좌절을 맛보아야 했다. 전두환 군사독재 시대에 덕수궁 돌담 벽에서 맞았던 최루액을 섞은 물대포에 한 농민이 1미터 남짓 밀려 넘어졌다. 구조하려 일으켜 부축하는 동안에도 물대포는 멈추지 않았다. 4·19혁명 당시 한강 인도교로 건너려던 시위대에 소방차 동원하여 쐈던 물대포는 애교였다. 최대 10미터 높이에서 물을 뿌릴 수 있는 물대포였다.

인간이라면 양심이 있을 것이고, 정의가 무엇인지 알 수 있으련만, 군사쿠데타 독재에 맞서 싸우는 정의에 떨쳐 일어난 국민들에게 물대포를 쏘아대는 그들이 사람일까 하는 생각이 들었다. 아무리 경찰이라는 공직에 있다 하지만 인간으로서 양심이 있는 것이고, 무엇이 옳고 그른지 알 수 있으련만 정의보다는 제 하나의 공명심에 빠져 시위대에 물대포를 직사하는 그들은 인간이기를 포기한 불의한 권력의 하수인일 뿐이다.

소방에 대해서 문외한인 우리들이 알 수 있겠는지 모르지만, 살수차가 뿌릴 수 있는 수압은 15바(bar)로 1제곱센티미터당 15kg의 무게가 전해지는 것과 같다고 한다. 화재 진압 때 쓰는 소방호스(평균 수압 10바)의 1.5배 세기란다. 국가인권위원회는 2008년 촛불집회 당시 "살수차를 사용할 때 압력이나 최근 거리 등 구체적인 사용 기준을 명시한 법적 근거를 마련하라"고 경찰청에 권고했지만 당시 경찰은 수용 불가였다. 헌법재판소도 2011년 결정문에서 "경찰관 직무집행법에서 살수차를 위해성 장비의 하나"로 추가한 뒤 "경찰장비는 필요한 최소한도에서 사용해야 한다"고 규정했다. 그런데 경찰청은 최근 살수차 3대를 교체해 달라며 국회에서 "살수차는 인권보호 장비"라고 주장했단다. 악마가 된 경찰 수뇌부는 국민들의 보호는 안중에 없고 오로지 불의한 권력에만 개처럼 충성하면 승승장구한다는 사실을 너무나 잘 알고 있다. 인천공항공사 사장으로 간 김석기(용산참사 진압 명령자)의 행적이 그것을 잘 보여주고 있다.

미국 백악관과 영국 엘리제궁 앞은 집회시위가 빈번하지만, 대한민국은 청와대 100미터 이상 접근 가능하다는 것마저도 헌법문에만 존재하고 청와대 앞을 지나치려면 가방 뒤짐은 물론이고 옷 주머니 뒤짐까지 당하는 슬픈 나라가 되었다.

어떤 게 폭력일까? 경찰은 서울광장에서 예정된 본 대회가 열리기 한 시간 전부터 일대 차도를 완전히 봉쇄하고 곧이어 태평로와 광화문 광장 쪽 인도에 한두 명이 드나들 정도의 숨구멍(사실은 숨 막혔지만) 정도의 보행통로만 남겨놓고 우물 정자 모양으로 차벽을 만들었다. 보기만 해도 답답하고 숨 막히는 현실이다. 민중대회 집회를 법이 명시한 대로 자유롭게 두었다면 폭력이 나왔을까? 집회 결사의 자유를 차벽으로 막는 것보다 더 큰 폭력이 어디에 있을까? 기다렸다는 듯, 교활하기 이를 데 없는 황교안은 경찰폭력에 맞아 쓰러진 농민이나 공권력의 폭력에는 한 마디의 사과도 없이 "폭력시위 용납 못해." "단호한 대응." 지시만 했다.

지금 박근혜 정권의 실체를 보자. 제 나라 국민에게는 독재자로 군림하고 있으면서 노동자 농민의 아픔을 보듬기는커녕, 노동자 해고를 더 쉽게 만드는 노동법을 만들고 있다. 그것도 모자라 한국사 교과서까지 제멋대로 '국정교과서'도 만들고 있다. 대통령의 직무가 '보국위민' 아닌가? 그런데 대통령이 되려고 국민들의 삶을 나락으로 떨어뜨리고 편 가르고 분리시켜 이간질하고 싸우게 만든다. 조신시대부터 국가나 권력이 국민들에게 해준 게 뭐가 있나? 상놈 양반 나누고 노론 소론에서 남인 서인까지, 조정의 힘이 없어 상황 판단(정세)도 못 하다가 청나라에 무릎 꿇었다. 청나라에 잡혀 끌려갔던 처녀들에게 '환향년'이란 노예표나 붙이지 않았나? 외세 척결을 외쳤던 동학군을 학살한 조선의 말로는 일제 36년의 지배 속에 고조선의 역사까지 싹 지워지지 않았던가?

그 일제의 앞잡이였던 박정희의 딸 박근혜와 김용주의 아들 김무성, 이들은 이제 힘 있는 미 제국주의에 빌붙어 이 나라의 군사작전권까지 거의 영구히 가져다 바치고 공권력인 경찰을 동원해 국민의 삶을 짓밟고 있지 않은가? "국가에서 나에게 무엇을 해주길 바라기보다 내가 국가에게 무엇을 할 것인가." 박정희가 많이 들려준 외국인의 말이다. 국민을 세뇌시키고 제 잘못 덮으려고 써먹은 말이다.

국가라는 기구가 왜 존재해야 하나? 존재의 가장 기본이 앞서 말한 '국민보호' 아닌가? 이승만, 박정희, 전두환, 노태우, 이명박, 박근혜까지 국민은 안중에 없고 오로지 힘 있는 외세에 빌붙어 자기를 대통령 만들어 국민들의 은공을 악으로 갚고 있지 않은가? 그래놓고 이제 기다렸다는 듯이 '폭력시위 엄단'이라는 공안정국을 조성하여 이 난국을 호도하고 있다. 이승만, 박정희, 전두환 시절 많이 들어와 익숙해진 '집회시위와의 전쟁'을 선포했다. 황은 17일 국무회의에서 14일 열린 민중총궐기대회를 "사전에 준비된 불법 폭력시위"라고 규정, 법무부와 검찰 등에 "불법필벌의 원칙"에 따른 엄정 대응을 주문했다. 물대포, 경찰봉, 최루액으로 무장한 경찰과 맨몸의 시민들 중에 누가 더 폭력에 가까운가? 이명박, 박근혜 정권이 언제 집회를 평화적으로 보호한 적 있는가? 경찰의 방해받지 않고 자유롭게 우리들의 의견을 피력하고 싶은 마음이 간절한 국민들의 소망을 박근혜는 단 한마디라도 들어준 적이 있던가?

박근혜 정권은 2년 정도 남았다. 이들은 이미 민중궐기대회가 열리기도 전에 '폭력시위'라는 덫을 놓고 이 방향으로 국민들을 몰아가고 있다. 박근혜 정부는 청년실업, 빈민 사회복지, 역사 교과서 강행 등 각종 정책실패로 식물상태 아닌가? 황교안의 "국격을 떨어뜨리는 후진적 형태"라는 대목에서는 어쩌면 박근혜와 똑같은 유체이탈 화법인지 기가 막힌다. 북쪽의 국정교과서를 따라 하는 박근혜와 황교안을 국가보안법으로 다스려야 하지 않을까. 북쪽의 주체사상 언급만 해도 국가보안법에 걸려 감옥인데, 박근혜는 북쪽의 정책을 그대로 따라 하고 있으니 그야말로 종북에 빨갱이 아닌가. 박근혜를 국가보안법으로 다스려야 나라가 편해진다. 박근혜가 북에 가

(2005년) 김정일을 만나는 건 되고, 국민들이 자주 민족 통일 운동하는 건 감옥행인 이 나라는 사람이 다스리는 나라가 아니라 악마들이 지배하고 있는 게 분명하다.

이 땅의 주인은 바로 그대요!

대한민국 헌법 제1조 1항은 '대한민국은 민주공화국이다'를 선언한다. 민주공화국이란 권력이 정권에게 있는 게 아니라 국민(국민)에게 있음을 선언하고 있다. 대한민국의 주인은 권력이 아닌 국민이라는 이 간결한 선언에 모든 게 들어 있다. 이 선언 앞에 정부는 말할 것조차 없고, 의회(국회), 사법부(법원)도 국민들의 직접 통치의 한갓 도구(수단)에 불과하다. 그러니까 그런 장치들이 민주, 공화에 어긋나거나 거스를 경우 언제든 회수될 수 있는 것이다. 그런데 이 땅의 역사는 어떻게 흘러왔던가.

이런 합법적 가치를 부정하고 군사쿠데타로 두 번씩이나 군홧발에 짓밟혀 부정당해 왔다. 대한민국이 민주공화국이라는 대한민국 헌법 1조 1항이 부정당하고 이승만의 장기 독재, 박정희의 군사쿠데타 18년 집권, 전두환 7년으로 설 자리를 잃고 그 대신 '유신헌법'과 '한국식 민주주의'로 둔갑되고 부정선거와 탈법행위로 짓밟혀 왔다.

일제에 나라를 빼앗기자 전 재산을 팔고 가족을 앞세워 조국을 찾고자 독립운동에 온몸을 던진 올바르고 정당한 삶은 지워지고, 독립군 잡으려던 일본군 장교(박정희) 일제 앞잡이들만 살아남은 가치 전도가 극치에 이른 오늘의 대한민국은 망해가던 조선의 말년과 닮아도 너무 닮았다.

해방된 뒤 전도되고 왜곡된 역사를 다시 세우지 않고서는 이 땅에 앞날은 없다. 여기 대한민국의 현주소를 그려보자. 이 땅에서 권력을 잡은 자들이 이명박을 앞세워 이승만을 건국 대통령으로 내세우려는 노림수를 보자.

식민시대는 친일 매판 세력이었다가 해방 뒤에는 친미와 분단 고착화 세력으로, 제대로 된 정통성이나 정당성도 없이 군홧발로 탄생된 세력들로 헌법을 철저히 짓밟은 자들의 삶이었다. 헌법을 내세워 쿠데타를 합리화하려 국민 학살(인혁당 살인), 장준하 선생 죽음, 테러와 불법 투옥에 고문학살까지 갖은 방법으로 이 땅의 주인을 탄압하고 죽여 왔지 않은가. 내란의 수괴 박정희, 국가를 훔친 큰 도둑놈이 숭상 받고 있는 이 땅은 내 나라가 아니다. 박근혜를 떠받들고 있는 이들의 얼굴을 보면 정권의 실체가 보인다.

유신시대 열혈청년 장교였던 남재준 전 국가정보원장, 유신

헌법 초안을 만들고, 유신정권 7년 동안 4년 반이나 중앙정보부 대공수사국장을 지낸 김기춘 전 비서실장은 이석기 내란 음모 사건과 조작간첩(유우성 서울시 공무원) 사건을 조작했다. 그 유명한 부산 초원복집 사건의 장본인 김기춘은 김영삼 시절 부산지역 기관장들 다 불러 모아 "우리가 남이가"로 불법 대선에 개입하고, 박근혜에 안겨 청와대 비서실장으로 화려한 부활을 했다.

박근혜 정권 국무총리를 지낸 정홍원은 초원복집 사건 담당 부장검사였고, 김기춘과 각별한 인연으로 국무총리가 되었으니 정당한 판결을 했으면 원수지간이었을 것이다. 국무총리에서 낙방한 이완구는 전두환 쿠데타 5공에서 국보위 내무분과위 실무자로 삼청교육대 설립에 핵심적 역할을 했던 인물이다. 내 고향 충청도는 그런 이완구를 충청대망론으로 포장했다.

삼청교육대! 방귀 뀐 놈이 뭐 한다구 군사쿠데타로 국가 훔친 도둑놈이 되레 수많은 사람을 잡아 가두고 죽였다. 필자가 군대 복무 때 눈으로 확인한 사건을 통해 그들이 얼마나 비참하게 동물 취급받던지 지금도 모습이 눈에 선하다.

황교안은 법무장관 시절 박근혜 대선 불법 수사에 박차를 가하던 채동욱 총장을 찍어내고, 선거법 위반으로 구속되어 있는 원세훈 전 국정원장 수사를 방해하고, 통진당 해산을 헌법 수호라며 박근혜에게 꼬리 쳐 결국 지금의 국무총리 자리에 올라있다.

현 교육부 장관을 맡고 있는 황우여는 어떤가? 70년대 명동 사건, 76년 3월경 천주교 정의구현 사제단과 개신교 목사들, 김대중 문익환 목사 등이 참석한 3·1 민주구국선언과 학림사건 때 민주인사들을 감옥으로 줄지어 보낸 담당 판사다. 이명박 시절 김황식 전 총리는 김대중 내란 음모 사건에서 법정 최고형이 유기징역일 수밖에 없는데도 김대중에게 사형을 내린 판사였다.

이승만을 제1건국의 아버지로 추켜세우려는 현 집권세력의 실체가 이렇다. 이승만은 누구인가? 6·25 동족상잔이 나자 수도 서울 사수라는 라디오 방송을 거짓으로 틀어놓고 대구까지 도망갔다가 너무 멀리 도망쳤나 싶었던지 대전으로 올라왔고, 남하하는 국민군을 막으려 피난민으로 뒤덮여 있는 한강 다리를 폭파시켜 얼마나 많은 피난민을 수장시켰던가. 그 뒤 서울을 수복한 뒤에는 다리가 끊겨 건너지 못하고 남아 있던 사람들에게 미안해하기는커녕 부역자와 공산주의라는 누명을 뒤집어씌워 얼마나 많이 살해했던가.

이렇듯 한국전쟁은 반민족적인 친일파에게는 박정희를 비롯한 하늘이 내린 축복의 비였다. 보도연맹 뜻도 내용도 모르는 사람들을 꼬드겨서 보도연맹에 가입하면 살 수 있는 보증수

표라 속이고 도장을 받아 무차별 학살했다. 박정희는 남로당 군조 직원 417명의 명단을 넘겨주고 살아남아 6·25 때문에 승승장구했다. 아, 비련의 이 땅 역사여! 이제 그들이 공안세력이라는 새 옷으로 갈아입었으나 기억하고 잊지 말아야 한다.

영화 '변호인'의 소재가 된 부림 사건의(이제야 모두 무죄 판결 났다) 실제 검사였던 최병국은 대검 공안부장으로 전두환, 노태우 등은 성공한 내란이라고 봐주고, 1996년 한총련 사건 시위자인 대학생을 5천 명 이상 연행해서 단군 이래 최대로 구속했다. 그 뒤 3선 의원으로 한나라당 정책위의장을 지냈다. 한총련 연행 당시 연세대에 모여 있던 학생들에게 퇴로를 열어주지 않고 전기와 물까지 끊었던 악한이었다.

부산 중심으로 조작되었던 부림 사건(노무현 변호사가 변호했던)에서 자주 나와 영화 강 검사의 실제 인물이라 할 고영주는 민주노동당 시절부터 민노당 해산을 주장했고, 통진당 해산의 기획자였다. 지금 세월호 특별 조사 위원회에 새누리당 쪽 위원으로 나가 있다니 할 말이 없다.

역사와 삶은 저절로 나아가지 않고 저절로 좋아지지 않는다. 새누리당에 앉아 남쪽 역사를 흩트려버리고 제 배 채우기에만 급급한 저들의 역사를 끝내지 않고는 이 땅에 희망은 없다.

2000년 북으로 가시었던 이종환 님(부평이 고향)은 왜? 남로당에 가입했냐는 나의 질문에 친일에 멸사봉공 외쳤던 황국

신민을 자처했던 놈들이 반성과 사과는커녕 되려 독립운동 했던 민족주의자들을 잡아들이고 고문하는 남쪽의 이승만 정권이 싫어서였다고 말씀하셨다.

이 땅에는 민족이라는 언어가 실종되었다. 남북이 한민족이라는 것도 거짓으로 입으로만 뇌까려야지 실제 몸으로 인정하고 통일이나 민족운동을 하면 바로 종북딱지를 붙여 잘라버린다.

대한민국의 헌법은 불가침의 기본 인권 확장과 보장(제10조), 법 앞에서의 평등과 차별 불가(제11조), 고문 불가 신체의 자유(제12조), 거주이전, 직업선택 및 주거의 자유(제14~16조), 사생활과 통신 비밀의 보장(제17, 18조), 양심과 종교의 자유(제19, 20조), 언론과 출판 · 집회 결사의 자유(제21조), 학문과 예술의 자유(제22조), 법률에 의해 재판받을 권리(제27조), 근로의 권리(제32조), 근로자의 단결 · 단체 교섭권 및 단체 행동권(제33조), 인간다운 생활권(제34조), 양성평등권 및 모성권(제36조) 등이 보석처럼 박혀있지만 역대 박정희부터 현 박근혜에 이르기까지 이런 자유가 있었던가?

지금 새누리당이 감싸고 있는 국정원은 2012년 박근혜 대선 당시 도감청 장비는 물론 해킹 장비까지 들여와 국민을 감시하고 있지만 박근혜는 눈썹 하나 까딱하지 않고 버틴다. 버티면 이긴다는 유체이탈의 달인이라 그런 모양이다. 여기 이 땅 남쪽 나라의 주인은 친일에서 친미로 갈아탄 박근혜 정권이 아니요, 바로 그대, 바로 당신, 참사람이다!

아직 늦지 않은 친일분자 정리

올해 8월은 대한민국의 머리끝에서 발끝까지 애국주의로 미화된 태극기가 뒤덮여 휘날렸다.

서울 시내 덩치 큰 건물은 아예 건물의 한쪽 면을 잃어버렸다. 기차역 대합실에도 큰 통에 태극기가 꽃다발로 꽂혀 '국기사랑, 나라사랑, 애국'을 노래하고 있었다.

이 모두가 박근혜의 국제시장 영화 본 뒤에 현지지도(영화 속 부부는 애국가가 나오자 싸움도 멈추고 손을 가슴에 얹는 애국을 하더라) 하신 덕분이다. 참 웃긴다? 친일분자, 그것도 독립군 잡는 부대, 만주 군관학교를 혈서까지 쓰고 입학하여 일본군 장교가 된 박정희의 딸이 강요하는 애국이라니? 어떤 애국인지 알만하다.

지난 8월 17일은 민족의 스승 고故 장준하 선생의 40주기 추모식이 파주시 탄현면에서 있었다. 일본 천황에게 목숨 내놓고 개같이 충성 맹세한 박정희와는 정반대의 길을 걸으신 민족 지도자이다. 일본군에게 끌려갔으나 탈출하여 600리 길을 걸어서, 제비도 넘기 힘들다는 험산준령을 넘어 상해 임시정부 광복군의 편입 소위로 임관했다. 1945년 8월 18일 한국광복군 정진 대원 이범석, 김준엽, 노승서, 장준하는 C-47 수송기에서 뛰어내리면서 광복군과 임시정부가 함께 여의도에 착륙했다. 하여 대한민국 헌법 전문이 생겨났다. '유구한 역사와 전통을 자랑하는 우리 대한민국은 3·1 운동으로 건립된 대한민국 임시정부의 법통을 계승하고……'

일제에게 땅을 송두리째 빼앗긴 조국은 독립군들(광복군, 의열단……)에게 고단하고 목숨을 내어놓는 애국심 말고는 다른 복은 주지 않았다. 장준하 선생은 박정희와 섞일래야 섞일 수 없는 이물질 같았다. 물과 기름처럼 친일분자와 독립군은 피부터 다르다. 조국의 독립을 위해서 이름조차 기억 못 하는 숱한 항일투사들이 있어 오늘의 우리가 살아있다.

1973년 일본 명치유신을 그대로 베껴 옮긴 박정희의 10월 유신을 반대하지 않을 수 없었던 장준하는 1974년 헌법위 초법인 대통령 긴급조치 1호 위반 혐의로 징역 15년을 받았다. 그후 심장 협심증 및 간경화로 12월에 집행 정지 출감했지만 포천군 이동면 약사봉 아래서 의문의 사고사로 발견되었다. 2011년 8월 폭우로 선생 묘 뒤편 옹벽이 무너졌다. 2012년 8월

1일 묘소를 이장하면서 37년 만에 선생의 두개골에 명확한 타살 흔적(두개골 함몰)이 발견되고, 2013년 3월 26일 유해 정밀 감식 보고에서 명백한 타살에 의한 사망이라는 결과가 발표되었다.

누구의 짓일까? 의열단장 약산 김원봉은 악덕 친일 경찰 출신 노덕술에게 치도곤당하다가 북으로 갔다. 현 대한민국의 친일 전통은 이승만부터 시작하여 박정희, 이명박, 박근혜, 김무성까지 친일로 뼛속까지 채운 사람들로 이어지고 있다. 이승만은 고종의 미국 파견을 고종황제의 심부름으로 온 것이 아니라 일진회(일본 숭배하는데 제일)의 자격으로 왔으며, 국적 표시난에도 조선이 아닌 일본(JAPAN)으로 썼다. 이승만은 미제국을 등에 업고 친일분자들로 정부를 꾸렸다. 김창룡, 노덕술 등 친일 앞잡이가 아니면 이승만 정권에서 붙어나기 힘들었다.

민중의 혁명인 4·19로 민주주의가 싹틀 무렵, 박정희의 군홧발에 민주의 싹은 유린되고 짓밟혔다. 18년간 일본 군대식 병영국가로 전락된 대한민국은 얼마나 세뇌와 황국 신민 교육이 잘 되었는지, 그래도 박정희가 먹고살게 해 주었다며 까놓고 박정희 교인인 것을 자랑스럽게 말한다. 한결같이 그들 입에서 앵무새처럼 망설이지 않고 튀어나온 말이다.

"우리(일본)는 패했지만 조선이 승리한 것은 아니다. 장담

하건대 조선인들은 옛 조선의 찬란하고 유구했던 영광을 100년이 지나도 찾지 못할 것이다. 일본은 조선 민족들에게 총, 칼, 대포보다 더 무서운 것을 심어놓았다. 대일본제국의 식민교육, 이것이야말로 그들이 서로 평생토록 이간질하며 노예적 삶을 살게 할 것이다. 보라! 실로 조선은 위대했고 찬란했으며 찬영했지만 재조선은 식민 사고와 노예 사상으로 물들어 정기를 다 잊어버렸다. 한국은 결국 신민 교육의 노예로 전락할 것이다."

조선 총독부 아베노부유키 총독이 패망 후 조선을 떠나며 남긴 말이다. 읽는 그대의 마음은 어떤가? 그러니 박근혜의 동생 근령이가 일본 언론과 인터뷰에서 "성 노예(위안부) 문제를 천황이 네 번이나 사과했으니 더 따지지 말아라. 신사참배 반대는 내정간섭이다. 천황의 은혜에 감사한다"라고 당당하게 말했다. 박근혜는 제 동생의 의도와 너무 똑같고 제 대신할 말해 주었다는 듯 입 다물고 있다.

김무성의 가계도 들여다볼까? 아버지 김용주는 경북도의원으로 1941년 12월 7일 대구 욱정 공립학교에서 열린 조선임전보국단 경북지부 결성식에 참석해 '황군장병에게 감사의 전보를 보낼 것'을 제안, 10월 3일 매일신보 2면에서는 '징병제 실시에 보답하는 길은 일본 정신문화의 양양으로 각면에 신사神社와 신사神祠를 건립하여 경신숭조 보은 감사의 참뜻을 유감

없이 발휘하도록 하여야 하며 미, 영 격멸에 돌진할 것을 촉진 해야 한다'고 했다. 그는 일본이 패망하자 적산 기업인 광주 방직을 불하받아 나눈 뒤(미 군정청의 신임을 받아, 조선 우선주식회사 관리인으로 왔다가 미 군정 통역관 출신 김형남과 불하받음) 50년대 대규모 기업 23곳 가운데 10곳을 불하받아 재벌로 성장했다. 김무성 안의 화려한 혼맥은 정치, 법계, 언론계로 넓혀지는데 누나 김문희(용문학원 이사장)는 현영원(신한해운 회장)과 결혼, 매형 현영원의 아버지 현준호는 일제 강점기 호남은행을 설립할 정도의 갑부로 반민특위에 기소되었다. 둘째 딸 현정은이 현대그룹의 회장으로 김무성이 외삼촌이다. 김무성 형 김창성은 아버지로부터 기업을 이어받아 박근혜가 2004년 여의도 천막당사 이후 염창동에 들어갔는데, 그 건물주가 김창서이고 박정희 기념사업회 이사를 지냈던 인물이다. 김무성 부인 최양옥(명지대 문화예술 대학원 교수)은 최치환 전 의원의 딸인데, 최치환은 서울시 경찰국장을 지냈고 이승만 비서관을 하다가 5대 때부터 국회의원을 5번이나 했던 인물이다. 이렇게 보면 김무성이가 미국에 가서 참전군인 묘지에 큰절을 하며 '우리나라를 살려주신', '중국보다 미국'이라며, 늘 힘 가진 자를 쫓는 전형적인 한국 수구꼴통 박근혜 정부와 새누리당의 모습을 보여준 것이 당연하다.

조선 때는 중국을 추앙하고 섬기다, 일제에 빌붙어 온갖 영화 다 누리고, 해방되자 미국 편에 서서 그들의 권력을 유지해 왔다. 변신에 변신을 또봇처럼 하는 게 자연스러운 그들. 온갖 현란한 지정학적 위치와 상황논리로 들이대 왔다. 그들에게 미국은 곧 자기들의 이익을 보장해주는 하나님의 정의이다. 힘 있는 권력에 복종하는 것은 그들의 몸속에 배어있는 DNA의 속성이다. 이런 일제 잔재, 친일분자를 처단하지 않고서는 우리 민족의 앞날은 없다. 독일과 프랑스의 끝없는 나치에 대한 심판이 있었기에 오늘의 독일이 있는 것이고, 일본 역시 과거 전쟁 당사자들에게 역사 심판이 없었기에 아베가 저 지경으로 날뛰는 것이다. 아직도 늦지 않았다. 대한민국에서 친일 청산하지 않고서는 이 나라의 미래가 안 보인다. 아무리 외쳐도 불법이 아닌 '친일청산' 우리의 숙제로 남아있다.

"친일파 문제를 덮어 둔다면 또다시 나라가 위기에 처했을 때 누가 독립운동을 하고 나라를 위해 목숨을 바치겠는가." 장준하와 함께 일본군에서 탈출해 김구 선생 경호 대장을 맡았고 1999년~2002년까지 14대 광복회장을 지냈던 윤경빈 선생의 말씀이다.

역사를 모르면 또 당한다

대한민국의 역사를 보면 이것이 나라인가 싶다. 하나의 국가가 형성되려면 땅이 있고, 국민이 있어야 하고, 국민들을 다스릴 법이 있어야 하는데 대한민국 역사에서는 법이 제대로 작동한 적이 없다.

의열단장을 했고 청산리·봉오동 전투에서 일본군을 대패시켜 이 나라의 독립운동에 혁혁한 공적을 남긴 약산 김원봉(영화 암살에서도 나옴)을 친일 앞잡이 경찰 노덕술이 붙잡아 치도곤 했는가 하면, 이승만 정권은 미 제국주의가 앞세운 꼭두각시(괴로 정권)였다.

그는 자신을 대한민국의 국부(나라의 아버지)라고 추켜세우고 우상화하다가 3·15 부정 선거가 들통 나서 4·19혁명으로 쫓겨난 인물이다. 친일 세력을 앞세워 철저하게 미국의 의도대로 민족주의자들을 암살하여 죽이다가 제 자신이 이 땅에서 쫓겨났다.

이런 그를 건국의 아버지로 만들려는 움직임이 이명박 때부터 제2의 건국절 하면서 시작되었고, 박근혜 정권에 와서는 노골적으로 교과서까지 국가가 정해주는 국정교과서를 사용하려는 대대적인 활동을 하고 있다.

정부, 여당이 역사 교과서 국정화를 조금씩 내비치더니 국정화 방침을 정하고 발표 시기를 조율 중이라는 말까지 흘러나왔다. 이 사안은 이미 여론 수렴이라 할 것도 없이 끝났다.

부정투표에 자신을 우상화하다 들통나 쫓겨난 인물을 국부로 내세우는 것도 우습기 짝이 없지만 4월 혁명 때 불의에 저항해가며 목숨을 잃은 이들은 무엇이며, 4·19 국립묘지에 묻혀 있는 선혈들은 무엇이란 말인가요?

지난 9월 2일 서울대 역사 전공 교수 34명과 초·중·고교 역사교사 2,255명이 국정화 반대 의견을 밝힌 데 이어, 4일에는 독립운동 단체들도 가세했다.

전국 17개 시·도 교육청 가운데 10곳의 교육감이 8일 국정화 추진 중단을 요구하는 공동성명서를 냈고, 9일에는 교육감 4명이 추가로 동참했다. 이날 원로교수, 교수, 강사, 대학원생 등 역사 연구자 1,167명도 실명을 내 반대 선언을 했다.

나는 박정희 시절 국정교과서를 가지고 배웠다. 군사쿠데타로 헌법을 유린하고, 군홧발로 짓밟은 5·16을 혁명으로 배웠다. 10월 유신은 한국적 민주주의로 듣고 배워 박정희 아니면 누가 이 나라의 대통령을 하냐며 학교를 다녔고, 신실한 박정희 교의 신자로 커왔다.

세상에 눈을 뜨고 보니 거꾸로 된 역사였다. 있어서는 안 되는 악의 체제 전체주의 체제였다. 온 국민을 하나의 생각만 하도록, 생각의 뇌를 깍두기로 잘라 만드는 전체주의는 악마적이다. 내가 목사이면서 이 나라의 개신교를 가장 싫어하는 이유도 여기에 있다. 모든 신도들이 같은 신앙고백을 해야 된다는 전체주의는 하나님의 나라와는 정반대에 있다.

박근혜 정권과 박근혜가 역사 교과서를 국정으로 하려는 속셈은 너무나 확연하고 명백하게 드러난다. 그들 아버지들이 저질렀던 친일의 역사를 지우개로 지우려는 속셈이다. 박근혜가 유엔 연설에서 박정희의 리더십 내세우며 새마을운동을 얘기했지만, 새마을 운동으로 농촌 공동체는 무너졌다.

농어민의 자식들이 서울로, 도시로 몰려와 공순이 공돌이로 자본주의의 노예로 전락했고 그들이 살던 곳이 달동네 철거촌이었다. 내가 살고 있는 동네도 그랬다가 가난한 이들은 또다시 쫓겨나 변두리로 변두리로 밀려났다.

일본 아베 정권이 우리 대한민국을 거들떠보지 않는 이유도 박정희가 만주군 일본 장교였기 때문이다. 사실 그 시절 경험한 선생님들 말씀을 들어보면 만주군은 군인 취급도 안 했다고 한다. 하기는 독립군을 잡는 적국 일본의 군대였으니.

조선 땅 만주에 일본이 괴뢰국을 세워 독립군 잡으려고 만든 부대인 만주군관학교를 졸업하고 제 동족인 독립군을 13명 잡았던 박정희를 얼마나 우습게 볼 것인가. 일본 정치 그대로 베껴다 명치유신을 10월 유신으로 국민교육헌장까지 글자 몇 개 바꾸어 썼으니…… 그런 그를 먹고살게 해주었다고 추앙하는 대한민국을 볼 때 얕보고 깔보지 않으면 비정상이다.

철저한 일본인으로 살았던 박정희는 술 취하면 청와대에서 일본 장교 복 입고, 일본 칼 차고, 일본 군가를 불렀다는 얘기를 들었다. 이런 친일과 18년 군사독재의 역사를 세탁하려는 무리의 세력이 벌이는 '국정화'는 시대착오적인 발상이다.

헌법재판소는 1992년 국정교과서 제도가 합헌이라고 하면서도 '한국사는 국정 체제가 바람직하지 않은 과목'이라 못 박은 바 있다. 대한민국 헌법 제1조에 당당하게 나와 있는 대한민국 임시정부의 정통성까지 지우려는, 아! 친일분자의 자식들을 오히려 이 나라의 역사에서 지워야 한다.

이 나라가 이렇게 정체성이 없는 것은 과거사 정리가 안 되어 그렇다. 이승만 시절에 만들었던 반민족 행위 특별조사 위원회가 제대로 가동되었다면, 그래서 이 땅의 민족정기를 바로잡아 세웠다면, 지금이 어느 시대라고 박근혜가 설쳐대겠는가?

역사학계의 문제점도 심각하다. 지난 9월 16일 겨레 얼 살리기 국민운동 본부에서 한국학 중앙 연구원 명예 교수인 박성수 선생은(서울사대 역사학과 출신 학계 원로) 스승 격인 '친일 사학자 이병도(1896~1989)'의 죄를 만천하에 고하고 이를 바로잡아야 한다고 했다.

"나도 이병도 선생의 『국사대관』을 보고 공부했다. 그런 선생님을 비판하자니 나도 말문이 열리지 않았다.", "일제의 조선 합병 목적은 이 지구상에서 조선인을 지워버리기 위해 뼛속까지 일본인으로 만들어버리는 것이다. 그 때문에 자기들 천황을 신으로 모시라고 신사를 150군데나 지어놓고 참배를 시켰고, 한일 병합 이후 가장 먼저 모든 고서를 압수해 불태워 버렸다. 단군을 없애고 그 자리에 천황을 세운 것이다. 그리고 조선사를 뜯어고치는 작업을 개시했다. 이완용의 조카인 이병도는 그의 도움을 받아 1925년 조선사편수회에 들어가 '고조선 2000년사'를 말살하는 작업에 20년간 종사했다."

『조선사』가 완간된 36년 일본인들이 청구학회를 조직했을 때, 이병도가 진단 학회를 조직해 맞장구쳤는데 박 교수는 "진단이란 말 자체가 단군 조선을 일컫는데, 진단 학회지에는 고조선사를 연구한 논문은 단 한 편도 싣지 않았다. 그런데도 진단학회는 해방 후 다시 살아나 한국사 연구의 총본산이 되고 말았다"고 말했다.

박 교수는 역사학계 인맥을 봐야 역사왜곡의 실상을 제대로 직시할 수 있다고 한다. 8가지로 산재해 있던 일본의 『서기』와 『고사기』를 하나로 통일해 1대부터 32대 천황까지 '가짜 역사'를 만들어낸 인물이 구로이타 가쓰미인데 그가 한국에 와서 『조선사』 35권을 편찬했고, 그 아래 이마니시에 이어 이병도가 한국 고대 2,000년을 지워버리고 그 자리에 일본 역사를 넣는 작업을 했다는 것이다.

이렇게 사라진 역사를 다시 살려야 될 필요성을 깨닫고 박정희가 한국정신문화원을 창설했지만, 초대 원장 이선근도 이병도와 같은 실제 식민지 사학자였고, 임병한, 고병익 역시 이병도의 제자로 우리 고유국학을 모르는 사람이었다.

"일제는 천황 역사를 조작하고 천황 이름으로 대대적인 군사훈련을 시작했다. 그리고 이듬해인 41년 대동아 전쟁을 일으켰다. 이토 히로부미를 비롯한 명치유신파는 군국주의 일본 천황을 신으로 받들어 모시고, 천황과 관련된 모든 신화를 아무도 부정할 수 없는 사실로 인식시켰다. 황국사관이다. 이들이 국책대학으로 설립한 것이 도쿄제국대학이고, 천황을 위해 만든 게 국사학과다. 이 일제 식민사학이 이병도가 주도한 서울대학 국사학과로 그대로 이양되었다."(한겨레 조 현 기자 글 참조)

윗글을 읽으니 숨이 차다. 이런 역사 속에서 내가 숨 쉬고 있다는 이 사실이 역겹고 어찌할지 모르겠다. 정말 정신 바짝 차리고 눈 크게 뜨고 걸을 일이다.

지금 내가 가고 있는 이 길이 역사임을 알기에, 왜곡된 역사 바로잡아 세우는 일, 그대와 나의 몫이다! 이제 막 태어나 눈을 뜬 우리 손주가 살 세상을 위하여!

매국노들이 지배하는 나라의 노예들!

작금의 나라 돌아가는 꼴을 보면 여기가 인간이 살고 있는 땅인지 아니면 금수들이 사는 곳인지 가늠하기 어렵다. 인간이 살고 있는 땅에서 인간의 냄새는 사라지고 오로지 사람이 아닌 동물들의 모습만 보이는 것 같아 한스럽다. 이승만, 박정희, 전두환 시대의 공통점이 여럿이겠으나 하나를 꼽아 보자면 백성들(국민)은 보이지 않고 독재자 한 사람만을 위한 시대였다. 1인만을 위하여 한 국가가 존재하였던, 오직 박정희 단 한 사람을 위하여 대한민국이라는 국가는 그렇게 작동하고 있었고, 2016년 지금의 대한민국이 또 그렇다.

한 나라의 존재 이유는 자국민의 인간 존엄을 지켜가기 위함이지 권력자 한 사람만을 위함은 아니다. 일제 식민지를 벗어난 지 70년이 넘었건만 아직도 우리는 식민 잔재를 지우지 못하고 일제에 충성을 부추기고, 혈서까지 써가며 일본 천황에게 목숨 걸었던 일본군 장교를 반신반인이라며 섬기다 못해 그의 딸을 대통령 자리에까지 앉혀놓았다.

그 결과를 보고 있는가? 그 아픔을 느끼고 맛보고 있으신가 묻고 싶다. 아버지에게서 보고 들은 게 백성을 밑에서 떠받들고 보살피는 게 아닌, 위에서 제 혼자 천상천하 유아독존으로 군림하려고 하니 나라가 시끄럽다. 또한 한국사를 국정화하겠다는 오만과 아집에서 출발하여 지난 2015년 12월 28일에는 일본군 성 노예(위안부) 문제를 피해자인 할머니들과는 상의 한마디 없이 협상 타결을 발표했다. 그것도 "최종적이며 불가역적"이라고! 조선 처녀들을 속이고 거짓으로 꾀어 일본군 성 노예로 송출에 앞장섰던 면장, 이장, 구장의 부역자들이 처벌받지 않고 고스란히 살아남아 있는 여기. 아! 우리의 나라 대~한민국이 자랑스럽다.

12살 소녀 정소운 할머니, 15살에 끌려갔던 이용수 할머니는 대만으로 끌려가면서 사람을 싣는 게 금지되어 있는 배 밑창 화물칸에서 일군에게 유린당하기 시작했다. 대만 도착 후, 저항하자 전화기 코드로 전기고문을 당해 몇 차례나 실신했었다는 것을 지난 1월 14일 '일본군 성 노예 한일 협의 무효 시국회의'에서 들었다.

"할머니가 끌려가기 3년 전, 1941년 관동군 사령부는 조선총독부에게 도라지 꽃 2만 개를 주문했는데 도라지꽃은 16~19

살 조선 처녀를 부르는 암호였다. 오지 산간까지 이 잡듯 뒤져 가난했지만 건강한 아이를 선별했는데 서울 방산 국민학교 일본인 교사는 제가 가르치던 반에서 어린아이 6명을 보냈다 한다. 군인 29명당 처녀 1명. 한 일본인 노무동원 업자(요시다 세이지)는 1942~1945년까지 제주 등지에서 조선인 5천여 명을 사냥했다고 실토했다. 중국 훈춘으로 끌려간 김군자 할머니는 일본 장교 요구를 거절했다가 오른뺨을 얻어맞아 고막이 찢어졌고, 정서운 할머니는 강제로 모르핀 주사 맞고 하루에 30명, 많게는 100명까지 받아냈다 한다. 모르핀 주사도 소용없다 싶으면 거적에 싸다 내다 버려졌다는 이옥분 할머니의 증언. 중국 무단강 전선으로 끌려갔던 강일출 할머니는 장티푸스에 걸려 고열이 나 받지 못하자 군용 트럭에 실려 산속에 버려져 일본군이 짚으로 덮고 태우려는 순간 천우신조로 조선인이 나타나 목숨을 건졌다. 일본군이 패전하자 증거 없애려 학살은 물론이요, 방공호에 모아놓고 폭탄을 터트렸고, 고향에 보내준다며 배에 실었다가 배를 폭파하기도 했다."(한겨레 참조)

경남 남해 소녀 박숙이 할머니는 조개를 캐다가 끌려갔다. 고향에 돌아와도 청나라에 끌려갔던 조선 처녀처럼 '화냥년'이라는 손가락질뿐이었다. 12살 소녀가 생전 처음 낯선 남의 나라에 끌려가 생전 보지도 못한 일본군에게 짓밟혔던 심정을 우리는 얼마나 공유하고 있는지! 성 노예 문제에 관해 "피해자가 수용할 수 있는 안이어야 한다"고 3년 동안 지저귀던 박근혜는 졸속협상을 "최종적이고 불가역적"이라고 내뱉는다. 아, 그녀는 철면피! 아베는 "성 노예는 전시하에서 보편적인 여성의 인권"이라며 진심 어린 사죄와 책임 의식 없이 문제의 해결이 가능하다고 생각하는 아주 열등한 자이다. 여기에 동조한 박근혜도 우열자다. 이런 우열자들이 일본과 한국을 지배하고 있다.

1213차 수요 집회에 나오신 김복동 할머니는 "우리 할머니들이 아무 힘이 없다고 해서 한마디 말도 없이 두 정부가 오고 가고 합의됐다고 하는데 세상에 그럴 수가 있습니까? 우리는 절대적 반대입니다. 우리는 구걸하기 싫어요. 돈 없이도 살 수 있어요"라고 울분을 토했다.

29일 조태열 외교부 2차관이 연남동 쉼터에 찾아오자 유희남 할머니가 하신 말씀이 크게 울린다. 당시에는 일본의 식민지였으니 아기들을 돌보아 줄 조선이라는 국가도 없었다고 치자. 지금 현재는 자국민을 보호해야 할 대한민국이라는 국가가 엄연히 존재하고 있지 않은가 말이다. 조선이라는 국가가 정치를 잘못하여 꽃다운 처녀 아기들이 사냥당하듯 끌려가 일군의 정액 받이 노릇하다 모진 목숨 끊지 못하고 숨죽여 살아왔다. 역사에 묻힌다 싶어 증언하고, 인간으로서 존재감을 느끼지 못하고 살아온 할머니들에게 박근혜 정권은 합의를 통하여 무엇을 얻었는가.

2015년 12월 29일 아베는 "두 번 다시 이 문제로 일본에 시비 걸지 말 것(불가역적).", 일 대사관 앞 소녀상을 치워라." 합의 바로 다음 날은 "어제로써 모두 끝이다. 더 사죄도 않는다."는 극언을 뱉었다. 이런 안에 '좋다'고 사인한 게 박근혜 정권이다. 열린 입이라고 "정부가 최선을 다한 결과에 대해 무효와 수용 불가만 주장한다면 어떤 정부도 까다로운 것에는 손을 놓게 될 것"이라며 되려 겁을 주고 있다.

아베가 식민지배 사과나 법적 책임, 불법성 인정이 없었음에도 박근혜의 정권은 아베의 사죄와 반성이라고 떠든다. 아베는 일본 정부의 책임 통감은 말하지만 법적 책임은 부인하고 있다. 지난해 6월 12일 워싱턴 포스트 인터뷰 기사에서 박근혜의 뜬금없는 낙관론을 말하고 있다. "위안부 문제가 상당한 진전이 있었고 현재 협상의 마지막 단계에 와있다."

1951년 9월 15일 애치슨 미 국무장관이 시볼드(주일미국대사) 앞으로 시급히 한일관계를 정상화하라는 훈령을 보냈다. 25일에는 총사령부가 재일 조선인의 법적 지위 문제를 한국 외무부와 협의하라고 일본 정부에 지시한다. 애치슨 미 국무장관이 시볼드에게 한일관계 정상화 지시를 내린 1951년 9월 15일은 한일관계와 동아시아 전후 질서를 결정지은 샌프란시스코 강화 조약이 체결된 지 1주일이 지난 시점이다. 원래 그

강화조약에는 한국이 연합국(전승국)의 일원으로 참가하게 되어있었으나 막판에 일본 쪽 요구로 제외됐다.

당시 3억 달러 가이드라인을 제시한 것은 미국이었다. 한일국교정상화는 미국의, 미국에 의한 미국을 위한 정치적 담합이었듯 이번의 '최종적, 불가역적' 담합 뒤에도 한·미·일 3국 군사동맹을 겨냥한 미국의 동아시아 전략이 결정적 영향을 끼쳤다는 점은 50년 전 담합을 그대로 베낀 것이다. 박정희는 1965년 5월 미국 방문에서 협정을 마친 뒤 "국제적 연환을 떠난 우리만의 독존이나 변명은 없다"고 대국민 특별 담화에서 말했고, 박근혜는 지난해 10월 미국으로 건너가 오바마와 정상회담 뒤 아베와 11월에 만났다. 그 뒤 박근혜는 "한일관계 개선과 대능적 견지에서 이해해 달라"고 11월 28일 대국민 메시지에서 말했다.

지난해 박근혜의 성 노예 합의에 대한 미국의 얘기를 들어보자. 백악관 국가 보좌관, "한일 양국의 정부가 민감한 과거사 이슈인 위안부 문제와 관련해 합의를 도출한 것을 환영한다." 오바마, "정의로운 결과를 얻어낸 박의 용기와 비전을 높이 평가한다. 미국은 합의 이행을 도울 것이다. 타결은 북한 핵실험이라는 도전에 대한 한·미·일 공동 대응능력을 강화시켜 줄 것이다." 여기에 반기문까지 찬양하는 것을 보면 역겹다.

역사를 국유화, 사유화할 수 있다고 믿는 박근혜의 무지와 오만이 제 자신은 복면 뒤에 숨고 똘마니들 시켜 협정을 맺게 했다. 애초부터 무효다. 일본군 성 노예 전쟁, 국가범죄는 정당성 없는 권력이 협상하는 게 아니다. 인간에 대한 최소한의 예의라도 갖춘 정부가 여성 인권의 말소를 보전해야 한다. 이 글을 써 내려가며 부끄럽고, 할머니들 이야기를 쓰자니 가슴이 먹먹하고 눈물이 흐른다. 군수품 취급받았던 일본군 성 노예로 끌려갔던 할머니 뵈니 눈부셨다!

가면 벗기기!

어릴 적부터 노래를 참 좋아한다. 노래에는 인생이 담겨있고, 보통 사람들의 삶의 애환을 담아내기도 하며, 노래는 길이기에 그렇다. TV 방송 MBC를 보면 '복면가왕'이라는 프로가 있다. 가면을 쓰고 자신의 정체를 잘 감추고 노래하여 청중들에게 감동을 주는 무대다. 리그전으로 대결을 벌여 떨어지게 되면 가면을 벗고 얼굴을 드러내 청중들에게 감동을 주는 프로인데 재미있어 자주 보게 된다. 이렇게 얼굴에 가면을 쓰고 노래로 사람들을 감동시키는 거야 아름다운 일이지만 또 다른 가면이 있다.

제주 강정마을 미 해군기지 건설 반대 투쟁에 동참하러 갔을 때 거기에 가면 쓴 사람들이 많았다. 누가 누구인지 알 수 없어 답답하게 느꼈지만 그 이유를 금세 알았다. 그들은 미 해군기지 건설을 반대해 공사장 정문을 막고 공사 방해하는 평화 활동가들인데, 경찰의 무분별한 사진 채증에 사진이 찍혀 얼굴이 밝혀지면 무조건 벌금을 내야 하기에 가면을 쓰고 있었던 것이다. 직업도 포기하고 평화 활동하는데 돈이 있을 리 만무하다. 이런 경찰과 정권의 생리를 알기에 2015년 11월 14일 전 국민 민중대회에서 몇몇 사람들이 복면을 쓰고 참여했다. 이들을 일컬어 박근혜는 IS로, 자국민을 테러분자로 낙인찍었다. 제주 강정에서는 약식기소되면 200~300만 원을 물어내거나 구치소에 갇혀 노역으로 갚아야만 했다. 이 썩은 나라 법에서 누가 맨 얼굴로 시위에 가담하겠는가?

자국민을 테러분자로 낙인찍는 박근혜. 그를 이 나라의 대통령으로 인정할 수 있겠는가? 박근혜의 어명이 떨어지기 무섭게 다음날 복면 금기법이 발의되고, 그다음 날 고등법원에서는 얼굴 가린 시위자에게 실형이 선고되고, 그다음 날 법무장관은 복면 시위자의 철저한 색출이라는 폭력을 선포했다. 민중대회를 폭력집회라지만 복면이라도 쓰고, 그렇게라도 하지 않으면 누가 들어주기나 하나? 입 닫고 세월호처럼 가만히 있으라는 것이다. 민심은 정부(박근혜)가 귀를 열고 들으라고 요구하고 있다. 노무현 전 대통령을 대통령이 선거 개입하는 발언을 했다 하며 탄핵했던 이 권력은, 박근혜의 복면 테러(자국민을 IS에)에는 눈감고 귀 막고 있다. 월스트리트저널 서울 지국장이 자신의 트위터에 "한국의 대통령이 마스크를 쓴 자국의 시위대를 IS와 비교했다. 정말이다"고 했다. 마지막 말에 그의 경악이 담겨있다. "농담이 아니라고! 한나라를 책임진 정부의 수장이 자국민을 테러리스트에 빗댔다니까? 정말로 그런 말을 했다니까!" 박근혜의 어명! "특히 복면 시위를 못하게 해야 한다. IS도 그렇게 하고 있지 않나 얼굴을 감추고서"(2015.11.24. 국무회의)

아, 박근혜 정권의 이 파시즘을 어떻게 해야 될까? 주권자인 자국민을 IS에 비유하고 진압하려는 이 정권을! 파시즘이 무엇인가? 독일의 히틀러처럼 인간에 대한 혐오는 바탕에 깔려 있고 국가가 백성들 머릿속을 국정 사상으로 채우려 하는 게 파시즘 아닌가. 절대군주 박근혜와 그를 떠받치는 '국가주의' 광신에 들린 박근혜는 사이비 환단고기를 인용해 '혼'이라는 비과학적 개념으로 제 뜻에 반대하는 자국민을 '혼이 비정상'이라며 사람을 정상과 비정상으로 나누고 있다. 책을 읽어보면 그런 기운이 느껴진다고, '우주의 기운'이. 박근혜의 유일한 취미생활이 국선도라는데 국선도는 그게 아니다.

이제 우리가 가면 쓰는 이유를 설명하고 고백하였으니 그녀의 가면을 벗겨보자. 제 자신이 철저히 가면 속에 숨어 얼굴을 드러내지 않으니까 우리가 벗겨야지 않는가 말이다. 그녀가 제 아비를 복권하려는, 국정교과서를 밀어붙이는 속을 들여다보자. 미래 후손들의 교육에 대한 고민에서의 출발이 아니라, 현 정권 입맛에 맞는 역사 인식을 어떻게 공교육의 현장에서 효과적으로 관철할 것인가로 시작한 것이 국정교과서 개정 작업이다. 교육적 입장과는 무관한 특정 정당이나 박근혜 한 개인의 이해관계에서 출발했다는 사실이 한국사 교과서 국정화 문제의 본질이다. 박근혜는 복면 속에 숨어 국정화 TF 팀까지 운영했는데 이건 군홧발로 철저하게 헌법을 짓밟든 박정희를 그대로 본뜬 헌법 유린이다. "지금 여기 털리면 큰일 나요. 교육부 작업실이란 말이에요." 다급하게 112로 걸려온 전화였다. 상대방은 아홉 차례나 전화 걸어 경찰 출동을 요청하며 "이거(경찰력을 더) 동원 안 하면 나중에 (경찰이) 문책당해요"라며 경찰을 겁박했다. 도종환(접시꽃 당신) 의원 등 야당 의원들이 대학로에 있는 국제 교육원에 설치된 국정화 비밀 TF 팀 사무실을 폭로하고 조사 방문할 때 있었던 일이다(2015.10.25).

현 정권은 이승만을 비롯 박정희(일본 군 장교), 백선엽, 김용주, 현준호, 최치환 등 민족을 반역하고 철저히 친일에 목숨 걸었었고, 이제는 그의 후손들이 힘이 있는 미 제국주의에 빌붙어 먹고 사는데 목숨을 걸었지, 민족의 앞날이나 이 민족의 운명에는 손톱만큼의 관심도 두고 있지 않다. 한 민족, 한 동포(한 뱃속)를, 독립군을 잡으러 다닌 박정희는 1961년 5월 16일 군사쿠데타에 미국이 고개를 갸웃거리자 '반공'을 국시로 정하고 숱한 조작 간첩을 만들어 사형시켰다. 그의 집권 18년 동안 4백 명(413명인지)이 넘는 사람들을 죽였다. 인혁당이 그 대표적으로 모두 무죄로 판결 나고 있지만 한 가족, 가정이 철저히 파괴된 다음 이제 무슨 의미 있을까. 이승만, 박정희와 현재 박근혜 정부까지 철저히 60년 가까이 남과 북을 증오 적대관계로 반공이라는 이념의 요술방망이로 처리해왔다.

김대중 대통령 시절 6·15 남북선언으로 원한 관계에 균열이 생겨나고 개성공단의 화해로 수구세력(제 민족 팔고 분단의 피를 빨아먹고 사는)의 정통성이 무너지기 시작했다. 친일인명사전에 박정희와 김용주가 실리고, 친일분자들이 6·25 때 군과 경찰을 동원해 민간인 학살했던 게 드러나고, 박정희, 전두환 독재정권의 인권유린과 용공조작, 간첩조작의 실체가 드러나 검정 교과서에 실렸다. 수구 세력은 그동안 감추어온 역사가 드러나고 위장해왔던 정통성이 붕괴되기 시작하자 2003년(이명박 시절)부터 역사쿠데타를 시작했다. 철저한 원수, 북이 존재해야 하는데 6·15선언으로 "반갑습니다. 동포, 형제 여러분!" 하니 원수 관계 무너지는 게 두려웠던 것이다. 노무현 정권 때, 남북 교류까지 하겠다고 아이들이 풍선에 꽃씨를 담아 띄웠으니 두려웠겠지. 원한 관계로 만든 백성(국민)들이 애정 관계로 변했으니.

2008년 광우병 소고기 파동은 어땠는가. 국민의 안전한 먹거리에는 안중에 없고 무조건 미 제국 편을 들며 청와대에 앉아 시식하고 "질 좋고 값싸고 맛있다"고 했다. 미국 소고기 반대를 꼴통들은 반미로 들었다. 포천 효순이, 미선이가 미군 장갑차에 깔려 죽어 여고생들이 시위에 나오자 여고생까지 반미로 몰아갔다. 친일인명사전이 나오자 그전까지 일제에 항일로, 민족지도자로, 6·25 때 국가를 지켰다고 위장 교육했던 게 모두 드러났다. 조선일보 만든 방응모, 홍진기가 일제 때 판, 검사였고 4·19혁명 때 발포시킨 장본인이 들통나고, 6·25민간인 학살 20만이 넘고, 제주 4·3 때 약 3만 명 학살이 드러났다. 폭동에서 무고한 민간인 학살과 동아일보 김성수의 친일도 드러났다. 386, 486세대가 대학에 들어가 이런 뒤집힌 역사를 깨닫고 정권에 목숨 걸고 달려들었고, 그들의 아이들이 (현재 20대 후반 30대 초) 권력, 수구세력이 가르치는 역사를 안 믿고 부정하게 되었다. 군사독재에 길들여져 숨죽이고 순치되어 고분고분하던 백성들이 정권의 잘못에 떼로 모여 대들고 있으니 얼마나 두렵고 무섭겠는가.

이들이 국정교과서라는 복면을 쓰고 정체를 숨기는 속내가 드러났다. 이제 우리는 폭력이라고 우기면 순응되어 살 것이 아니라 그들의 가면과 복면을 벗겨내어 민낯을 드러내야 하지 않겠는지. 그대, 그리고 나, 본래 야생마! 길들여지지 않는!

무능 국민, 무능 대통령

대한민국에 산다는 게 참 서글프다. 대한민국이라는 나라의 정체가 뭘까? 거기에 살고 있는 백성들의 정체성은? 도무지 감을 잡을 수가 없고 알 수도 없다. 신라 때는 외세인 당나라 끌어들여 백제를 멸망시켰고, 조선시대는 명나라를 부모의 나라로 섬기다가 청나라에게 무릎 꿇고 절을 올리다가 일제 36년 노예생활을 거쳐 이제 미 제국에게 군 전시작전권까지 기한도 없이 갖다 바치고선 '국가 안보'를 말한다.

일제에게 나라를 송두리째 빼앗기자 가진 재산 다 털어 '독립운동'에 목숨을 걸었던 투사! 그 투사를 잡아 죽이는 일본군의 장교 박정희 때문에 보릿고개 넘기고 먹고 살게 되었다고 신격으로 떠받드는 이 땅의 민초들, 그의 딸이 대통령 되어야 한다고 투표장으로 떼로 몰려가는 그들을 보고 참 섬칫했고 무서웠다. 내 고향 충남 예산 이야기다. 박근혜를 안 찍으면 감옥에라도 가는양 투표장에 가는 그들에게서 광기가 느껴졌다. 살기가 서린 광기를.

박근혜는 정치의 '정'자도 모르는 여자다. 스무 살 초 죽은 제 어미 흉내나 냈었던 그녀다. 18년 동안 청와대에 갇혀 살아 우리네 민초들의 삶과 너무나 멀어 무엇이 무엇인지 잘 모른다. 세월호에서 보지 않았던가 그녀의 실체를. 아직 펴보지도 못한 어린 꽃들이 물속에 잠겨 가는데도 7시간이나 사라졌다가 나타나 하는 말 "구명조끼 입었다는데 발견하기가 어렵냐." 이게 한 나라의 대통령 모습이다. 이제 7시간의 실체가 드러났다.

이번 메르스 사태는 또 어떤가. 환자가 발견되고 13일이 지나서야 현황 파악조차 못 하고 사건만 나면 하는 말이 사태파악 중이다. "알아보고, 논의하고 조기에, 철저하게 종식시키겠다"고 한다. 이미 메르스는 전국으로 퍼져 국가적 재난 사태가 아닌가. 국민들이 얼마나 두려워 떨고 있는지는 아는가. 이런 와중에 메르스 사태를 종식시키려 밤잠을 설쳐도 시원찮을 판에 동대문 패션상가에 가서 요란을 떤 모양이다. 메르스 확산만큼이나 국가의 통제력 상실!

그래서 나는 국가가 없다고 했다. 국가란 정부라는 조직을 세워 정부가 국민을 보호해야 하는데 세월호 사건 때는 "청와대가 컨트롤 타워가 아니다"고 대변인을 통해 떳떳이 말했다.

물론 청와대가 무엇을 할 수 있는 것은 아니다. 청와대에 살고 있는 집주인 대통령, 그는 온 국민의 머슴인데 거꾸로 되어 제 자신이 최고의 지도자요, 왕이요 마법의 공주인 줄 안다. 치졸하게 뒤에서 대통령 흉이나 보자는 게 아니다. 곰곰이 되짚고, 되씹어 보자.

그가 대통령이 되고 한 일이 무엇이 있나? 아 있다. 국민들의 투표로 뽑아놓은 통합진보당 해산과 국회의원직 빼앗은 일이었다. 무능한 국민들은 제 자신이 투표로 당선시킨 국회의원을 지켜주지 못한다. 얼마나 무능한가. 그러니 무능한 대통령이 가능하지. 이승만의 3·15 부정선거에는 4·19가 있었고 전두환의 군사독재에도 6월 항쟁이 있었다. 그때 그 의기와 열기, 의를 위한 분기, 민주주의를 향한 무수한 몸 사름은 어디에 가고 오로지 먹고사는 일에만 모든 걸 다 던져 올인하려는지, 얼마나 더 가져야 되고 부자가 되어야 하는가.

현대인의 병은 너무 먹는 것이 원인이다. 너무 많이 먹어 탈이다. 민주주의는 3권(입법, 행정부, 사법부)의 독립이다. 국회는 국민이 뽑은 국회의원이 국민을 대신하여 법을 세우는 곳인데 박근혜는 "국회법 거부권을 행사하면서 삼권분립의 원칙을 훼손했다"고 했다. 자신이 뭘 말하는지 뜻이나 알고 있는지 모르겠고 제 자신이 곧 법이요. 제 뜻에 맞지 않으면 불법이요. 사라져야 하고 암적인 존재라는 그녀의 독선이 우리의 정치를 짓밟고 있다.

재난관리에 무능력한 박근혜는 제 고집을 관철시키는 것에 목숨을 건다. 제 뜻에 안 따르면 '배신'이라 낙인찍는 오만과 독선은 제 아비를 닮았다. 치유 불능, 무능한 사람은 제 자신이 무능한 것을 모른다. 제 자신이 옳고 잘하고 있고, 안 되고 못하는 것은 모두 남의 탓이다. 대통령이 담화문을 발표한다든가 뭘 하려면 참모들과 상의하고 말투도 선택하고 해서 최종문을 국민에게 보이는 것이다. 그런데 박근혜는 제 혼자 수첩에 적어와 16분 중에 12분 동안 제 뜻 안 받아준 것에(여야 모두) 할애했고, 메르스 사태에 대해서는 일언반구 한마디의 사과도 없었다.

제 잘못이 아니라는 얘기다. 거부권 행사하는 이유를 "정부가 국민을 위한 정책을 펴고자 애써 만든 법안을 국회가 통과시키지도 않는 등 훼방을 놓고, 그것도 모자라 국민을 위해 일하려는 정부의 행정을 국회법으로 일일이 간섭하려 한다"고 내세운다. 입만 열면 국민을 들먹이는데 거기에서 필자는 빼줬으면 좋겠다. 난 그녀의 국민인 적이 한 번도 없었다.

박근혜가 대통령 자리에 오르기 위해 쏟아냈던 말, 1) 경제민주화 2) 사회복지 등등 그녀의 공약은 말 그대로 공약이 되어 휴짓조각이 되지 않았나? 박근혜 하면 떠오르는 언어 오만과 무지와 무능은 그녀 꼬리표가 되었다. 경제를 살린다더니 오히려 죽고 관광객이 없어졌고, 역병으로 죽음의 행렬이 영문도 모른 채 이어지고 있다. 시장이 죽고, 자영업 · 식당이 죽고, 죽고, 죽고, 사회의 활력이 죽었다. 서로 간에 믿음, 국민이 믿어야 할 국가와 정부에 대한 믿음이 죽어가고 있잖은가.

무서운 무능의 독! 이승만 시절 이승만이 방귀를 뀌니까 밑에 있던 관료가 "각하 시원하시겠습니다" 했듯 무능한 지도자 밑에는 아첨꾼들만 꼬여 든다. 지금 이 정권을 보자. 바른 소리, 옳은 말하는 각료는 눈 씻고 찾아도 찾을 수 없고 황교안 같은 교활한 아첨배들만 모인다. KBS 9시 뉴스 앵커였던 민경욱을 보자 예고도 없이 점심 약속 있다고 감추고, 청와대로 스며들어 대변인이 되어서는 "컨트롤 타워가 아니다"로 시작하여 동대문 패션쇼 때는 "대통령 대박"이라는 메르스 난국에 낯뜨거운 홍보를 했다니 과연 아부꾼이란 걸 가르쳐 주고 있다. 황교안은 법무부 장관 때 국정원 댓글을 지시했던 원세훈 수사를 못 하게 지시했고, 통진당 해산 때도 박근혜가 좋아하고 귀에 듣기 좋고 솔깃한 말만 뱉어대더니 박근혜의 치마 속으로 들어갔다.

박근혜의 무능은 아첨자들의 말에 솔깃하여 그들의 말을 진실로 오인하는 데 있고, 제 비위 맞추느라 하는 말들을 진언으로 받아들이는 데 있다. 문제는 국가가 죽고 국민이 죽어가고 있다. 지금 이 나라에는 미래도 없고, 통일 대박도 없고 사람도 없고 아무것도 없다. 무능의 독기 취한 이 나라에 앞이 안 보인다. 젊은이들은 오직 일자리만 찾으려 야단이고 정치에는 무관심해 보인다. 사실 사람은 태어나면서부터 정치적이지 않은가?

사는 게 정치이고, 어떻게 살아야 하는지는 더 정치적이어야 하고 정치는 결국 싸움 아닌가. 집권자들과 싸워 내 것을 지켜내고, 찾아와서 가족들과 이웃들과 벗하며 살아가는 것이다. 우리가 무능한 백성에서 깨어나 제 몫을 찾아 나설 때, 무능을 넘어설 수 있지 않을까. 정권을 잡을 때까진 유능해 보이더니(난, 아니었지만) 청와대 들어앉아 급격히 무능해진 박근혜, 이 독을 어떻게 해독할까?

대한민국은 국가가 아니다

노동자의 가장 기본 요건은 파업이다. 자본가의 목조임에서 살아남기 위한 최후의 수단이다 그런데 노동자들이 파업을 하면 조건 없이 불법이고, 자본가가 노동자를 해고하는 것은 합법인 여기는 내 나라가 아니다. 기업 독재국가다. 그런 기업을 위하여 박근혜는 줄줄이 세금을 풀어주고 정부가 장악하고 묶고 있어야 할 규제들을, 규제는 독이라면서 풀어준다.

자살률 세계 최고인 나라, 출산율이 세계 최저, 복지예산 OECD 나라 중 꼴찌에다 국방비는 세계 10위, 여기가 대한민국이다. 힘없는 자 마음껏 짓밟는 신자유주의의 천국(김영삼 시절부터)이다. 수십조를 들여 자연 미인 4대 강을 성형해 놓고, 면허 없는 산부인과 의사(이명박)가 하나님의 자궁인 강바닥을 긁어내어도 아무 일 없는 여기 대한민국은 더 이상 국가가 아니다.

오직 출세와 권력을 향하여 양심을 팔고, 권력의 눈에 들어 밥 빌어먹고 사는 이들이 이 땅의 권력을 쥐고 있으니 나라꼴이 요 모양이다.

임태희는 누구인가. 고용노동부 장관 시절 노조탄압을 진두지휘했고 그 공로로 청와대에 이명박 비서실장까지 했다. 그런 그의 지지율이라니 길거리 개가 웃을 일이다. 경찰, 검찰은 어떤가. 사람을 죽이는 데는 그렇게 신속할 수가 없다. 용산과 쌍용자동차를 보라. 이 땅 권력과 대한민국의 현주소다. 사람 죽이는 데는 더없이 유능하고 살리는 데는 완전 무능한 것이 민낯으로 드러난 게 세월호 아니던가?

밀양은 어땠는가? 2,000명의 병력을 동원하여 힘없는 노인들을 수십 분 만에 제압하지 않았던가. 지난봄 그 산 철거된 움막집에서 한 줌밖에 안 되는 노인들과 같이 하룻밤 자 보아서 안다. 9개월 동안 연인원 38만 명 동원 경찰 주둔비용 100억(밀양 송전탑 대책 위원장 이계삼의 통계)을 들였다.

300명이 넘는 생명들을 한순간 물속에 수장시키고 대통령만 걱정하는 청와대 첫 보고를 받고 나서 7시간이나 행적을 감추었던 박근혜가 이 나라의 대통령이라? 그가 선택하는 장관 후보자들은 어떤가. 식민사관 전도사인 문창극이나 최양희 미래창조과학부 후보자는 여주시 산북면 농지에 별장을 지어 잔디밭 꾸며 놓고 들통나니까 잔디밭 군데군데, 고추 심어 놓은 모양새라니. 속이려면 제대로 속여야지, 50년 넘게 살면서 그런 고추밭은 처음 보았다. 의무복무 기간에 특혜를 받아 공부하러 외국까지 나갔다.

정종섭 행안부 장관 후보 역시 군 복무 도중 편법으로 석·박사 학위까지 받았으니 우리가 여지껏 몰라 그렇지 이 나라 권력 자리에 오른 사람 모두가 그 밥에 그 나물이다. 공직에 오르겠다는 사람들이 병역의무는 제로라니 어쩌면 좋을까?

그러면서 6·4 지방선거 때는 "도와주세요, 머리부터 발끝까지 바꾸겠습니다" 하고 호소했다. 성냥팔이 소녀도 아니고, 비리를 더 저지르게 도와달라는 것인데 속절없는 민초, 중생들이 무명에 빠져 그들을 지지하고 있으니 어찌하면 좋을까?

국방부는 어떤가. 미 F35 4년 뒤에 들여온다는데, 시험비행도 못 마치고 잦은 사고로 미국에서도 비행 금지시켰다. 이런 고물을 국민 혈세 8조 9천억이나 들여 사 오려는 이 나라는 누구의 나라인지!

박승춘 국가보훈처장이라는 인물은 어떤가. 미 9·11테러와 세월호를 비교하면서 부시 지지율이 56%에서 90%로 올랐는데 우리는 문제만 생기면 대통령과 정부를 공격하는 게 관례라면서, 2012년 대선 전후에는 강연 다니면서 민주·진보세력을 종북으로 매도하는 것을 안보교육이라고 시킨 장본인이다.

가장 도덕적이어야 할 국가법이 가장 비도덕적으로 타락한

이 나라는 정치적으로 해결할 문제를 모두 검찰에 떠넘기고 있다. 검찰은 권력의 충견이 되어 권력의 입맛에 맞추어 판결을 하여 왔고 지금도 그러고 있지 않은가 말이다.

법 앞에 먼저 양심인데 법관이 양심대로 판결해야 하는데 실정법을 들어(악법도 법이라고) 양심적인 사람들을 범죄자로 몰아세우는 공권력의 무지막지한 남용을 어떻게 할까? 양심적인 사람들을 범죄자로 몰아세우는 국가보안법은 반드시 빠른 시일에 철폐되어 이 땅이 자주와 민주 통일 국가였으면 좋겠다.

허위의식에 사로잡혀 있는 가진 자들의 자기기만 허세는 어떤가. 이것이 우리 사회의 거대한 범죄 공장 아닌가. 작은 좀도둑은 배고픔을 면하려 훔치지만, 권력 언저리에 맴도는 큰 도둑은 사회 전체에 해를 입히고 있지 않은가. 그들이 노동을 아는가 농사를 아는가. 그러니 식량주권인 쌀 시장을 개방하는 게 아닌가.

노동하지 않은 공공자산인 세금을 눈먼 돈으로 생각하고 크게 해 먹는 놈들만 득시글거리고, 양심은 먼 옛날 전설 속의 얘기이고 오로지 거짓과 편법을 통해 지위를 차지한 그들에게 권력을 쥐여주었으니 이 땅은 암울하고 절망적이다.

세월호 특별법은 반드시 제정되어야 한다. 세월호 죽음을 이대로 그냥 넘어가서는 안 된다. 철저한 진상 규명이 반드시 이루어져야 이 땅에 희망이 생긴다. 대한민국이 국가가 아닌 이유는 아직 미국의 식민지이기 때문이기도 하지만, 국가 구성원 모두가 잘사는 게 아닌 강자독식으로 가진 자들만 잘살고 힘주고 살아가기에 그렇다.

국가 구성원이면 암세포처럼 저 하나 잘 먹고 잘사는 게 아닌 모두가 골고루 나누고 받는 민주공화국이 대한민국 아니던가. 이제 일제 잔재, 미 제국주의 식민지 대한민국은 안녕! 새 민주통일공화국이 들어서야 한다. 우리 모두가 참 주인 되어 주인으로 살아가면 못 살고 가난해도 좋다. 모두가 고르게 살 수만 있다면 이 얼마나 좋은가.

세금 먹는 하마 국방부

군사평론가로 20여 년 동안 남북한 군사문제를 몸으로 살아온 김종대 님을 모시고 남북한의 공세적 군사전략의 충돌과 한반도 위기에 대하여 강연을 들었다. 그가 군사평론에 관심을 가지게 된 것은 민주화에 대한 군부의 정치개입 박정희부터 전두환의 군사쿠데타와 현 박근혜 정부까지 이어지는 악순환을 끝내고, 군의 정치개입을 막았으면 하는 동기 유발 때문이었다.

1980년대 평화운동을 보기 시작하여 전쟁(죽임)보다 평화(살림)에 눈 뜨여 군부독재를(군사력) 시민이 통제해 하는 것에 관심을 가지고 그것이 안보와 평화를 이루는 계기라는 각성에서 시작되었다. 군이 진실을 감추고 부풀려 거짓으로 북의 위협을 위장해 엄청난 세금을 국방비로 가져다 써가면서 자기들의 배를 채우고 기득권을 유지하려 안간힘을 쓰고 있는지는 우리 모두가 알고 있는 사실이다.

지난 10월 7일 오전 9시 50분경 북 경비정 1척이 NLL을 넘어와 서로 간 총격전이 있었다고 언론에 밝혀졌는데, 실은 1척이 아닌 3척이었다 한다. 북측 경비정이 선을 넘으려고 고의적으로 일어난 게 아닌 자국의 꽃게잡이 어선을 보호하려다 일어난 일이었고 900미터 정도 넘어왔다 한다. 바다에서 몇백 미터라니! 북 경비정에는 GPS도 없고, 우리가 먼저 경고 사격했는데 북경비정에는 함포가 없었다. 기관포는 8km밖에 나가지 못하는데, 합참에서는 조준사격으로 명령을 했다 하니 아연실색케 한다.

이 땅의 평화를 지켜야 할 군부가(합참의장) 남북 교전을 명령했다니 만약 전쟁이 일어난다면 그들은 지하벙커에 숨어 있겠지! 이어 남쪽에서 주포인 76M 함포를 쏘았는데 3발째는 불발탄이 되어 사고가 안 났고, 부포인 40M 함포가 있는데 이것 역시 불발탄이었단다. 불발탄으로 전쟁을 막을 수 있었다니, 우리 해군의 무기가 똥포인지 아니면 하늘이 한반도를 돌보심인지 웃지 못할 넌센스이기는 하지만 한반도의 평화는 지켜졌다. 이런 군을 믿고 세금을 한없이 퍼주어야 하는지 의문이다. 한 해 국방비를 35조 원이나 가져다 허비하면서 쓸만한 무기가 없다니 한심스럽기만 하다. 돈은 돈대로 많이 들이고 쓸만한 무기가 없다?

우리 군은 미사일 방어(MD) 17조 원을 쓰지만 방어는 안 된다. 미사일의 속도가 있어 본질적으로 어렵다. 조기 경보기 1조, 패트리엇 미사일 2조, 이지스함 건조는 4조가 드는데 2개는 건조했단다. 무인 경찰기 4대 1조 원, 전차 자주포 1개 사업당 1조 원+포탄값이 더 든다 한다. 포탄값 뺀 값이라니, 2020년에는 60조의 추가 비용이 든다 하니 무기값도 그렇지만 사실은 운용비가 더 들어간다. 무기 구맷값이 80조인데 거의 미국이 가져간다.

그 아팠던 평택 미군 기지는 어떤가? 10조 넘게(100억 달러) 들여 조상 대대로 살았던 농민을 내쫓고 짓고 있는 도두리벌 미군기지. 노무현 정부 당시 20억 달러로 하려던 미국이 결국은 100억 달러로 정하고 노무현 정부는 50%만 부담하겠다고 했는데 그 평수가 360만 평이라니, 생애 처음 논 700여 평 가져본 내게는 그림도 안 그려진다. 미군이 기거할 아파트(BTL)를 민간기업 삼성이 짓는데 30년 임대 보장한단다. 동두천 미2사단도 가고, 용산도 비우겠다더니, 한미연합사는 용산에 남기로 말을 바꾸고, 용산 기지 10% 26만㎡를 계속 쓰겠단다. 동두천에는 210여단 로켓포 2개 대대가 남기로 결론 내렸다니, 우리 백성과 군부는 미국의 든든한 후원자다.

평택 미군 기지는 허브 기지로, 초호화로 짓는데 50년 홍수에도 끄떡없고 100년 이상 아무 문제 없다. 평택은 평택대로 지어주고 용산에는 용산대로 눌러앉기로 버티는 미 제국군이 평택에는 겨우 1만 명 정도 간다는데, 1명당 10억(합계 10조)의 기지를 지어주는 아, 한심한 대한민국!

이런 일이 일어나는 것은 한국 군부와 정권이 미국의 절대 의존 "나는 네가 좋아서 내 곁에 있어주!" 때문이다. 친명 나라에서 친당, 친청, 친일, 친미 분자들이 나라의 운명을 쥐고 흔들어서이다. 박근혜 정부와 국방부는 아무런 설명도 없이, 단 한마디의 설득도 없이 제멋대로 전시작전권을 미국에게 무기한 맡겨버렸다. 비통하고 비통하다. 내 나라 군대의 작전권도 못 가진 나라에 살고 있는 나 자신이! 군인이라면 제가 통솔하는 부대의 작전권을 갖는 것이 생명이다. 그것을 포기하고(군사주권 포기) 미국에게 맡긴다?

미군 주둔비는 전작권을 가져와도 올리고, 안 가져와도 올리고, 결국 무기 수입이 목적이다. 북측이 갖고 있는 미사일 관리, 핵무기 관리는 사실 미국도 못 한다. 그런데 그것을 관리할 수 있으면 전작권을 돌려주겠다? 새빨간 거짓말이고 헛소리이다. 군사분계선에서 서울이 몇킬로미터이던가? 북의 사정거리 안에 1천만이 넘는 인구가 득시글거리며 살아가고 있다. 일어나서는 안 되는 일이지만 이 땅에 다시 동족을 서로 간에 죽이는 전쟁이 일어난다면 서울은 한방에 불바다 됨은 너무 당연한 귀결 아닌가.

중국, 러시아, 일본, 미국에 끼어있는 우리 한반도. 우리가 주체적으로 독립된 국가를 세워 주도한다면 지정학으로 세계에 우뚝 서는 나라와 민족이 될 것인데, 그렇기 위해서 갈 길이 멀어 보인다. 먼저 남북, 이 민족의 평화 통일이다. 통일은 6자회담도 아니요. 우리 민족끼리 남과 북의 관계 개선이고, 민간교류이다. 금강산 관광도 다시 열고, 정상회담도 해야 한다. 아직도 제일 큰 문제는 통제 안 되는 군이다. 정권은 무너져 망해도 국민은 살아 망하지 않는 법. 우리 모두 민족평화통일의 밑거름되게 한 걸음씩 나아가자.

국가가 존재하는 나라에서 살고 싶다

세월호 사건을 겪으면서 조금이라도 눈이 떠 있는 시민이라면 이 땅 여기에 국가가 존재하고 있는지 고개를 갸우뚱하게 되었다. 국가의 사전적 의미 "일정한 영토와 그곳에 사는 일정한 주민들로 이루어져 주권에 의한 통치력을 갖고 있는 사회"이다. 더불어 국가의 존재 이유는 자국민 보호다. 대한민국이라는 영토에 살고 국가에 세금을 바치는 모든 국민은 보호를 받아야 한다. 노숙인이 되어 세금을 내지 못한다 하여도 이 땅에 몸 붙이고 살고 있는 한 당연히 보호받을 권리가 있다. 국가는 무엇보다 사람과 사람 사이의 협력을 조직해 내고 사회구성원들 간의 갈등과 전쟁으로부터 위험을 관리하며 실제적으로 정의를 구현하여 억울한 사람이 없는 사회를 이끌기 위해 존재해야 한다. 이것이 국가에 부여된 사명 아닌가?

이승만부터 지금까지 국가는 국민을 늘 속이고 권력에게 복종과 순종만을 강요했지 사회구성원들에 대한 안녕과 행복에는 관심이 없었다. 집요한 권력탈취만 있었지 국가 안보에는 관심조차 없었다. 성수대교 붕괴, 삼풍백화점 폭사 등의 누적이 이번 세월호 참사에서 '국가란 무엇인가?'가 민초들의 의문으로 떠올랐다. 국가가 이런 존재 이유를 망각하고 국가로서 그 사명을 완수하지 못했기에 대한민국은 국가가 아니라고 했다. 국가를 이루고 있는 개개인 간의 갈등을 정부가 조정해야 한다.

대북전단 삐라 살포는 어떤가? 필자가 2013년 8월 13일 양심수후원회에 '한반도의 평화 안전판 개성공단'(전 통일부 장관 정동영 님의 강연 듣고 정리)이라는 제목으로 올린 글을 불법 선전물이라며 삭제하라고 예산 경찰서에서 공문이 왔다.

유길재 현 통일부 장관은 대한민국에는 자유가 있어 정부에서 막을 수가 없다고 한다. 하기는 거기에도 배후가 있다면 미국이 있겠지! 삐라라는 전근대적인 방법으로 누가 읽고 동요하겠는가? 정권에 대한 비판적인 글을 조금만 비치면 '유언비어' 날조 들이대는 그들이, 자유가 있다는 그들이, 삐라 날리는 자유는 수수방관하면서 이 민족의 통일이나 북에 가까워지려는 생각만 가져도 국가보안법 위반이라고 한다.

대북전단 살포는 민족 간 갈등을 일으키고 북의 반발심만 키워 극단으로 내닫기 십상인데, 이것을 유기하고 방치하면서도 민족화합을 말하고 운동하는 단체들에게는 자유를 압살하는 국가보안법이라는 쇠고랑을 채우니 이를 어떻게 이해하고 살아가야 하는지. 임진각은 군사 비행 금지구역에 해당한다. 실제로 지난 10월 20일 세월호 특별법 제정 촉구 전단지 담은 풍선을 날리다가 비행 금지구역이라는 이유로 경찰에 의해 저지당했다.

정부가 (국가) 군사법에 명시된 법률조차 집행하지 않고 전쟁위기 조장하는 삐라 살포 행위를 비호하며 남북이 총격전까지 일어났다. 지난 10월 25일에는 임진각에서 또 대북전단지 살포 시도가 있어 지역주민이 트랙터 끌어다 막고 사회진보단체들이 막아섰다. 남북 관계 악영향은 물론 '남남갈등'을 부추기고 조장하는 자국민 보호하려는 정부는 없었다. 경찰은 전단을 실은 버스가 임진각 진입로에서 지역민에 막히자 '도로교통법 위반'이라며 진입을 도왔다는 데에는 실소를 금할 수 없다. 여기에서 유길재는 "전단 살포는 헌법상 표현의 자유 영역이기 때문에 정부가 막을 수 없다"고 앵무새처럼 되뇌었다. 그는 파주의 한 농민 말씀을 새겨들어야 한다. "농사꾼이 농사를 못 짓고 여기서 길 막고 있어야 하냐. 경찰이 지켜줘야지."

국가보안법은 당장 폐기처분해야 한다. 김관진은 이명박 때 국방부장관과 국가안보실장을 지냈고 박근혜 정부에서도 국가안보실장이다. 그가 북 권력 2인자 황병서 국민군 총정치국

장과 손잡고 웃으며 대화한 뒤 200여 명이 금강산을 다녀오고 2004년 개성공단이 가동되어 남쪽 업체 123개가 입주해 780명의 남한 노동자가 상주하고 북측 노동자 5만여 명이 일하고 있다.

이번 아시안게임에는 북측 선수들 응원 삼아 그이들이 인천을 찾아왔다. 우리 측에서 김관진, 유길재 등이 참석해 웃으며 대화하는 걸 지켜봤다. 권력을 쥔 자들이 만나면 웃어도 아무 법적 조치가 없고, 진정한 통일 운동을 하는 이들에게만 적용되는 국가보안법(일제 치하에서 항일 인사 잡아 가두던 치안법)은 존재 이유가 없다. 국가의 안보를 책임진 김관진이 적국의 권력 2인자 황병서와 만났다. 국가보안법을 적용하려면 김관진, 유길재를 잡아들이던지 그 법이 악법이라면 속히 폐기하여 국가보안법으로 감옥에 있는 많은 이들이 속히 석방되어 감옥문 열고 나오게 하라!

권력자들은 입을 열면 우리나라는 법치주의라 한다. 자기들은 법 위에 있고, 법 테두리 밖에 있으면서 국민들에게는 법 지키라고 강요한다. 국가보안법이 그 면목을 아주 잘 말해주고 있다. 법치는 국민은 물론이고, 국가나 국가기관이 헌법에 명시된 법을 지켜야 한다는 데 강조점이 있다. 민주주의는 국민이 권력을 감시해야 되는데, 지금은 거꾸로 박정희, 전두환 때처럼 권력이 국민을 감시하는 시간으로 다시 되돌아왔다. 박근혜의 한마디 "대통령 모독 발언이 도를 넘었다"가 입에서 나오는 순간 검찰은 공안 전담재판부 설치까지 요구하며 사이버 유언비어 명예훼손을 상시 점검한다며 카카오톡 정보를 제공받아 감청 감시하고 있다.

국민이 국가를 위해 무엇을 해야 하는 게 아닌, 국가의 구성원인 국민을 위해 국가가 안정과 평화를 지켜 안보를 지켜주는 그런 나라에서 살고 싶다. 국민이 주인인 나라! 권력은 누각 밑에서 심부름이나 해주는 대통령이 국민 위에서 제왕으로 군림하는 게 아닌, 민심이 곧 하늘임을 알고 민심을 살피는 나라, 짐이 곧 국가가 아닌, 민심의 종으로 살겠다고 자신을 낮추고 낮은 곳으로 내려오는 그런 나라, 꿈속이나 가능한 것인가?

그녀의 말을 되돌려 주어야

법은 인간관계에 모자라는 정의를 세워 사회구성원들이 불공정하게 차별 대우를 받아 억울한 사람이 없게 하도록 흐르는 것이다. 법이 잘못 적용되어 가진 자의 편에만 선다면 그 사회는 후진국이요, 자본 독점 독재국가라 불러도 무리가 없다.

우리 현대사는 총칼로 권력을 잡은 자들의 세상이었다. 법이 제대로 흘러갔다면 억울한 사람이 없고 차별 대우받는 국민이 없어야 한다. 하지만 정통성 없이 군사쿠데타로 정권을 잡다 보니 가신들 중심으로 국정운영을 할 수밖에 없었고 정권의 부당함을 고발하거나 저항하면 법 위에 법이었던 유신헌법으로 다스렸다. 그것도 모자라면 긴급조치(9호까지)로 잡아다 가두고 사형장으로 보내면 되었다. 박정희 18년 독재 집권 동안 형장의 이슬로 사라진 이들이 400명이 넘는다는 것은 그 권력의 진면목을 잘 보여준다.

오늘 우리 사회를 지배하고 있는 자들이 바로 그의 추종자들이고 그들이 정치, 경제력을 가지고 힘을 행사하고 있다. 이 권력집단들은 "청와대는 컨트롤타워가 아니"라고 하면서 사람들은 사람이 아닌 사회를 굴려 가기 위한 부속품이요. 희생양으로밖에 생각하지 않는다. 자기만이 선이고, 반대거나 저항하는 집단은 불순세력에 친북, 종북이라는 딱지만 붙이면 끝이다. 이런 도덕불감증, 오만함이 하늘을 찌르고 자기 위선에 빠져 자신이 하고 있는 말의 의미와 뜻도 모르면서 내뱉는다.

박근혜의 세월호 참사 및 특별법 발언을 보자. "세월호 특별법과 특검 논의가 본질을 벗어나." 세월호 특별법의 본질이 무엇인가? 본질은 제 자신이 입만 열면 뇌까리는 민생현안이 아닌가. 참사의 근원이 정부에 있고, 304명을 수장시킨 범죄 집단인데 그 범죄 집단에게 수사권을 주어서는 해결이 안 되니 특별법을 만들어 특검을 하는데, 피해자인 유족이 선택하는 사람이어야 하는 게 상식이다. 국회는 입법부로서 백성들을 살리기 위한 법을 세우는 곳이고, 청와대와 대통령은 그 법(국민의 뜻을 받들어)을 잘 운용하여 국가가 작동하고 백성들이 억울하지 않게 하는 게 일이다. 그런데 마치 제 자신이 곧 법이요 국가인 것으로 착각과 자기 위선에 빠져 제 자신이 무슨 말을 하고 있는지 모르고 있는 것이다.

"수사·기소권 부여 주장은 삼권분립과 사법체계 근간을 흔드는 일"이라는데 일면 이 나라의 사법체계가 누구를 위해 존재하는지 잘 알 수 있다. 말로는 민생, 민생 하면서 사법체계는 너희들 같은(세월호 유가족을 포함, 다수의 민중) 존재들은 법의 보호조차 받아서는 안 된다는, 밑바닥에 기어가며 사는 너희들은 보호 대상이 아니라는 본질이 드러난다.

"순수한 유가족들의 맘을 담아야" 한다는 그녀, 순수한 유가족의 탄원이 특별법인 걸 모른다. "순수 유가족"이라! 유가족에 불순물이라도 섞였다는 말씀인지? 불순물이라면 유가족의 아픔에 동참하고 같이 아파하며 십수일 째 단식하고 있는 광화문 천막 속의 목사들, 아님 자발적으로 매일 나와 자원봉사 하는 이들인가? 냉혈동물 같은 그녀에게는 불순물이고 외부세력이겠지. 정치적으로 이용 말라니 제 자신을 위시한 새누리의 기득권 세력이나 정치적으로 이용 말고 속히 특별법 제정하시라. "국회가 의무를 행하지 못하면 (국회의원은) 의무를 반납하고 세비도 돌려드려야?" 대통령은 의무를 잘 이행해 그 자리에 있는가. "시급한 민생법안이 전혀 심의되지 않고 묶여 있으며, 민생도 경제도 뒷전으로 밀려나." 세월호 사건보다 더 시급한 민생경제가 있나? 경제가 바닥 치고 있는 게 세월호 사건에 있는 것처럼 여론을 호도하고 가진 자(대기업) 규제 모두 풀어주어 돈이 그곳으로 모여 쌓이게 해놓고, 민생은 제 자신이 돌보지도 않으면서 뒷전이라니. 삼권분립 말하면서 국회에 대하여 왜? 간섭하시는지!

"국민을 대표하는 대통령에 대한 모독적인 발언이 그 도를 넘고 있어. 이는 국민에 대한 모독이기도 하고 국가 위상 추락, 외교 관계도 악영향"이라는 모욕적인 발언이 나오기 전에 증발되었던 7시간! 나도 궁금하다. 밝히면 되는데 왜? 꼭꼭 숨기시나. 수백 명의 국민이 물에 수장되고 있는 줄 뻔히 알면서 7시간 사라졌다 나타난 요술공주는 제 자신이 국민을 대표한다는 착각으로 자신에 대한 궁금증을 모욕으로 받아들이며 국민에 대한 모독이란다. 의문을 제기하는 국민들은 국민이 아닌 게지. 처음에는 유가족들의 뜻에 따라 모든 진상을 낱낱이 밝혀 엄정 처벌하는 특별법 만들어야 하고 특검을 해야 한다는 생각을 밝히겠다더니 이제는 사법체계를 흔들고 있다고?

유족들의 아픔을 무엇으로 함께 할 수 있을까? 사실 아무것도 없다. 물이 목구멍까지 차오를 때 엄마, 아빠 살려달라는 비명을 지르며 한을 안고 간 꽃들에게 뒤늦게나마 살아 있는 목숨들이 해줄 수 있는 것, 단 하나 철저한 진상 규명이다. 그걸 위해 특별법 만들고 이 사회에 다시는 이 같은 참사가 되풀이 되어서는 안 된다는 것이 이 시대의 단호한 명제이다.

단식하고 있는 이들 면전에서 통닭 시켜 먹어가며 아픔에 동참하기는커녕 조롱하고 비아냥거리는 일베와 그 무리들은 그냥 내버려 두면서, 범죄 집단(현 권력)에 저항하거나 옳은 말 하려 입을 열면 유언비어라, 제 하는 말은 국민의 뜻이라는 오만방자함이 도를 넘어 국민의 공분을 얻고 있다.

난파선 대한민국호

우리가 살고 있는 삶의 현장! 대한민국의 오늘을 적나라하게 보여준 세월호가 물속에 가라앉아 있는 진도 팽목항을 갔다.

솔직히 말하자면 멀기도 하지만 두려워 그 소식을 자세히 듣지 못했다. 아니 듣기 싫었다. 어찌, 이럴 수가. 이게 사실인지 믿고 싶지 않았다. 내가 몸담고 있는 곳은 TV도 안 나오고 라디오도 잘 안 나오는 난시청 지역이라 다행이다 싶기도 했다.

정부가 교육부를 교육인적자원부라고 고쳐 쓸 때부터 알아보았다. 사람을 사람으로 보는 게 아닌 자본주의 관점에서 하나의 자원으로 보는 참 무서운 정권이다.

하기는 대학이 말 그대로 큰 학문을 배워 인격을 키워 사람이 되어 사람의 길을 가는 게 아닌, 대기업에 필요한 노동자(기계 부속품)를 만들어내는 하청업자로 전락한 지 오래되었다.

우리는 지난 5월 신상철(전 천안함민군합동자사위원)님을 모시고 세월호 사고에 대한 얘기를 들었다. 다른 여객선이 떠야 하는데 일정을 몇 시간 늦추어 세월호가 떴다는 사실과, 1등 항해사가 국정원 직원이라는 놀라운 사실을 들을 수 있었다. 신상철 님은 ㈜ 민진 미디어 대표이사로 '진실의 길'을 가고 있는 해군 장교 출신으로 배에 대한 전문가였다.

스크류 제작 과정부터 훤하게 알았고 화물선, 여객선을 인도네시아까지 운항한 경험으로 여객선 및 배에 대한 전문가였다.

왜? 1등 항해사가 국정원 직원이었을까? 권력을 탈취하기 위해서는 민간 비행기도 폭파하여 추락시키는 권력과 국정원이 지방선거 가까이 무슨 일을 벌이려 했을까? 고개를 갸우뚱거리게 만든다. 사고 뒤 도망쳐 열흘간 사라진 1등 항해사, 배에 승선 뒤 선장을 제압하고 항해권을 가졌다는 국정원 직원, 사고 뒤 제일 먼저 국정원에 보고했다는 사실 등……

배가 기울기 시작한 뒤 운항팀은 빠지고 법률팀이 붙게 되는 것은 상식! 보험팀이 회전하다 넘어졌다고 거짓말을 시작으로 승객들에게 '남아있으라'는 지시를 했다(본사 지시로). 배가 기울면 구명조끼 입고 문 가까이 가는 게 상식이라는데, 수많은 인원이 갑판 위에 나와 있으면 광고가 된다는 법률팀의 두 번째 개입이었다. 돈에 대한 욕심을 일본의 와타나베 교수는 보험금으로 보았다.

해경은 해양, 즉 바다의 경찰이다. 해경이 범죄인 선장을 하룻밤 데리고 자면서 말을 맞추었다. CCTV에 드나드는 장면이 찍혔고, 잡아서 죄상을 밝혀야 하는 범인을 경찰이 하룻밤 데리고 같이 잠을 자는 여기는 누구의 나라인가? 이것을 강사는 3번째 욕심이라 했다.

예전 2010년도 금양호 사건 때 구조하러 갔다가 전원 사망한 뒤 2명의 시신은 찾고 7명의 시신은 못 찾았다. 배에 마지막 남아 있는 이들은 못 볼 것을, 아니 보지 말아야 할 것을 본 죄로, 살아남으면 곤란하다는 것이다. 여기에 전원 사망의 비밀이 있고 이런 사실이 밝혀져야 한다.

구조 첫날 못하면 안 하고, 되려 구조 못 하게 막는다고 했다. 이유는 생존자가 있으면 비난을 감당하기 어려워, 에어 포켓이 반드시 존재하는데도 의도적으로 바람을 뺀다고 했다. 이번 세월호도 배가 뒤집혀 에어 포켓이 형성되어 떠 있었고 밤새 작업 뒤, (무슨 작업을 했는지) 배를 완전 침몰시켰다. 시신 입에 거품을 물었는데 산소가 있었다는 증거란다.

유경근 유족(예은 아빠)은 처음 전원 구조라는 언론의 오보 때문에 구조시간을 2~3시간 놓쳤다고 분통을 터뜨린다. 구조되었다 하면 모두가 손 놓을 수밖에. 언론이 헛소리하면 안 되는 이유가 여기 있다.

죽은 아이들 손가락이 골절된 이유는 아이들이 끝까지 핸드

폰을 잡고 있었던 증거이다. 그렇듯 배는 증거 보존되어야 한다. 철저한 조사가 이루어져 진상이 규명되어야 하기에 그렇다. 우리나라는 조선 강국이다. 배에 대하여 강국인데도 철저한 조사 없이 세월호에서 한 발자국도 못 나간다.

전 세계에 없었고 지금도 없고 대한민국에만 있는 사건들이 '국가 조작'이다. 앞서 말했지만 KAL기 폭파 사건, 1970년대 중반 들어 국가가 조작한 숱한 간첩단 사건들, 지금은 모두 무죄로 풀려났지만, 조작한 놈들이 보상해야지 왜 국민 세금으로 보상이 이루어져야 하는지.

얼마 전 서울시청 공무원 유우성 사건까지 세계 유일 사건인 국가 조작을 통하여 교훈 얻어야 한다. 국민이 있어 국가가 있는 것은 기본 상식이다. 따라서 국민을 보호하지 못하는 국가는 해체해야 한다.

바지선 두 척만 걸어도 가라앉지 않을 배, 여객선 철판이 얇어 해군지상상륙함정 두 대로 앞뒤만 찍어 놓아도 안 가라앉았을 세월호, 해군함은 철판이 두꺼워 뚫린단다.

시신 수습은 원양어선이 쓰는 참치 잡는 그물만 쳐도 가능하다는데(3천만 원), 수심이 낮아 H 빔 파일 박아 보존하고 건져 올려야 한다는데, 박근혜는 증거 인멸하려 기껏 해경 해체를 발표했다. 모두 알 것이다. 왜 그녀가 증거인멸하려 해경 해체 말하는지. 모든 사건은 증거 보존이 시발점이다.

진도 팽목항! 밤하늘도 검고 푸르렀다. 아이들 좋아했던 컵라면, 비타500 1박스, 어느 여인의 신발…… 생전에 좋아했던 것들을 제상에 올리듯 팽목항은 이미 대한민국의 제사상이 되어 있었다.

다이빙 벨이라는 게 있다. 이종인 대표가 그것을 설치하고 작업하는 데 해경은 멀리 피해 가는 게 법인데, 돌진하여 들이받고, 산소줄에도 손가락 들어갈 만큼 구멍을 냈었다니 이 정권은 무엇이 두려운 걸까?

그들의 건국

일제는 조선을 강제적으로 병탄한 뒤 1937년 중일전쟁을 일으키면서 군사력을 조달하기 위하여 조선인들에게 황국신민이라는 칭호를 붙였다. 마치 황국신민이 대단히 우월한 무엇이나 되는 것처럼, 황국신민서사를 아동용과 성인용으로 만들어 외우게 하여 조선인들의 민족혼을 빼려 하였다.

1)우리들은 대일제국의 신민입니다. 2)우리들은 마음을 합하여 천황폐하에게 충성을 하겠습니다. 3)우리들은 인고단련하고 훌륭하고 강한 국민이 되겠습니다. 이상이 아동용인데, 성인용도 그와 비슷하다.

이승만은 1947년 7월 우리의 맹세를 제정하여 모든 교과서와 책 맨 뒷면에 의무적으로 싣고 외우게 했는데, 1)우리는 대한민국의 아들딸, 죽음으로써 나라를 지키자. 2)우리는 강철같이 단련하여 공산침략자를 쳐부수자. 3)우리는 백두산 영봉에 태극기 휘날리고 남북통일 완수하자이다. 일제의 황국신민서사를 그대로 본떠 글자만 바꾼 게 드러나 보인다. 군사쿠데타로 헌정을 유린한 일본 장교 출신인 박정희는 다까기 마사오에서 요시다로 이름을 바꾸기도 하였는데, 요시다는 낭인들을 데려와 조선 명성황후를 살해한 장본인이다. 박정희는 그와 같은 군인이 되고자 그의 이름을 자기 이름으로 쓸 정도의 인물이다. 오죽하면 미국 정부가 그를 뱀 같은 인물로 묘사했을까? 그 박정희는 1968년 12월 5일 국민교육헌장을 만들어 발표하면서 책 껍데기 첫 장 넘기면 나오게 실어 외우게 하였다. 심지어 대통령 박정희까지 외우게 하여 대통령은 박정희만 있는 줄 알았다. 이승만과 마찬가지로 일본 왕에 대한 복종과 충성을 다하라는 교육칙어를 그대로 본뜬 것에 불과하다.

난 울 엄마와 아버지의 사랑으로 이 땅에 태어났지 '역사적 사명을 띠고 태어나지' 않았다. 이제까지의 교육은 국가가 시민에게 봉사하고 정말 창조적인 교육을 통하여 자주적이고 주체적인 사람으로 서게 하기보다는 국가라는 존재하지도 않는 껍데기에, 아니 국가의 탈을 쓴 권력이나 권력자 자신에게 봉사하고 충성하라는 교육으로 망가뜨려 왔다.

김영삼이 '무한 경쟁'을 말하자 삼성이 바로 받아서 '2등은 아무도 기억하지 않는다'로 화답했다. 무한 경쟁. 말 그대로 다 죽고 어느 한 사람만 남을 때까지 하는 게 무한 경쟁 아니던

가. 그러니 학교가 학교가 아닌 대기업 노동자 충원하는 충전소로, 오일뱅크가 아닌 인간 뱅크로 전락하며 밤늦게까지 불이 켜져 있다. 학교 교실에는 “오늘보다 내일이 좋은 학교”라고 써 놓고 오늘을 담보로 내일을 가르치고 있지 않은가. 오늘이 없이 어떻게 내일이 있다는 말인지. 내일을 위하여 오늘은 안 살아도 되고 오늘은 없는 날이라는 것인지. 죽어서 천국 간다는 말, 종교적 사기라고 생각하며 믿지도 않지만, 오늘로 만족하고 오늘을 살고 지금이 전부이지 영원히 오지도 않을 ‘내일’을 위하여 오늘을 담보하지 않을 것이다.

이명박이 주장하는 제2의 건국절은 조선 독립운동사는 쏘옥 빠지고 일제 잔재를 그대로 답습하여 이어받는 그들만의 일제에 대한 추억의 건국절이다. 그러더니 박근혜는 유신의 추억을 되살리려 발버둥 치고 있다.

이번 세월호 사태가 그걸 증명하고 있다. 박정희의 경제, 성장 제일주의는 대한민국 제1종교가 되어 효율만 강조되고 교육부조차 인적 자원부로 바꾸어 신자유주의를 추구하는 이명박, 박근혜 정권은 사람조차 생명이 아닌 자본주의를 지탱해주는 자원으로 생각하고 있다. 이런 사태를 보며 올 것이 왔구나 했지만 너무 크게 해일로 덮쳐왔다.

박근혜가 데리고 있는 주위 인물들 보면 그의 면면을 알 수 있는데, 그 첫째가 성추문 윤찬중이요, 그를 왜 조사도 않고 묻어버리는지 알다가 모를 일의 김기춘 비서실장이다. 물건으로 치자면 용도 폐기해야 할 구시대 인물로 비서실장으로 앉혀놓고 부통령 소리 나오게 만들고 있는 박근혜가 문제다.

윤상현은 어떤가? 대선 비리가 드러나 정국이 들끓을 때 국정원장 남재준과 박근혜 지키려 2007년 정상회담에서 노무현 대통령이 NLL은 영토 포기라고 발언했다고 길길이 날뛰었던 장본인이다. 거짓말인 줄 알면서 얼마나 집요하게 공세 최선봉에 서서 물고 늘어졌던가. 그가 지난 5월 8일 수석원내부대표로 떠나면서 180° 바꾸어 "노 대통령은 NLL 포기라는 말은 한 번도 쓰지 않으셨다"고 실토했다. 빨간색 새누리 당복 색깔이 혐오스럽다. 자기들이 입으면 괜찮고 아마 야당이 입었으면 벌써 종북으로 색칠을 했을 것이다.

국가 개조라는 박근혜 생각은 제 스스로를 부정하는 말이다. 이명박 바턴을 이어 왔으면서 그걸 개조하겠다? 국가가 무슨 기계 부품이라도 된다는 생각일까? 제 애비처럼 전 국민을 제 생각으로 바꾸고 말겠다는 독재자의 발상이 떠오르는 것이 나만의 우려일까? 노무현 수사에서 표적수사를 저지르고 피의사실 공표를 못 하게 되어 있는 데도 무차별 공표를 해 노 대통령에게 인간적인 모욕을 안겨 죽음으로 내몰았던 악몽의 오물 우병우(당시 대검 중수 1과장으로 노무현 대통령을 직접 조사)를 민정비서관으로 불러들였다.

언론은 어떤가. 정권의 나팔수가 되어 MBC 보도국장 김장겸은 세월호 유족에게 "유족 깡패" "시체장사"의 막말을 했다. 세월호 관련하여 정부와 박근혜 무능을 비판하면 "외부세력 선동" "불순세력의 정치공세"로 몰아세웠다. KBS 앵커로 있다가 사전에 어떤 말도 없이 점심 약속 있다며 청와대 치마폭으로 스며든 민경욱 대변인은 "순수 유가족"을 말하고, 박근혜는 "사회불안 야기 언행 국민경제에 도움 안 된다"고 한다. 5월 20일 새누리당 권은희는 "유가족인 척 선동하는 여자가 있다"고 말하면서 같은 여자가 밀양 송전탑 반대 시위에도 똑같이 있었다고 페이스북에 올렸다가 망신을 당했다. 아니, 사회적 약자가 당하고 있는 아픔이 있는 곳에 함께 하면 안 되나? 김민석 국방부 대변인은 또 어떤가. "북한 빨리 없어져야 한다"며 이 땅을 전쟁의 수렁으로 끌어들여 민족 말살을 자초하고 있지 않는가.

김시곤 전 KBS 보도국장은 "언론이 권력의 감시자가 되고 비판해야 하는데, 언론에 대한 가치관과 식견도 없이 권력의 눈치나 본다"고 했다. 김시곤은 "1년에 교통사고로 죽은 숫자보다 세월호는 더 적다"는 발언으로 물러났다. 그는 물러가면서 진상을 밝혔다. 청와대 지시로 "해경 너무 비판 말라" "윤찬중 때도 톱으로 올리지 말라" 했다는 것이다. 이게 언론의 현실이다. 이 사회는 권력과 자본과 공직이 똘똘 뭉쳐진 관료 마피아, 정치 마피아, 법관 마피아들의 세상이다. 민중, 시민은 그들의 안중에 없고 오직 제 권력만 유지하고 안전하면 된다는 낡은 20세기로는 새 술을 담아낼 수 없다.

컨트롤 타워가 아니라는 청와대의 주인은 생각이 없어도 아주 없는 사람이다. 무능하고 아무 대책 없는 그가 책임자를 엄벌에 처하고 국가를 개조하겠단다. 실제 모든 책임은 국가의 수장이라는 사실을 정말 모르고 있다. 정부의 총체적 무능을 말하면 유언비어요, 발본색원하겠다니 어디서 많이 들어본 말이다.

문제는 우리이다. 이 사회 구성원들이 의식혁명이 일어나야 되고 더 이상 돈의 노예도 권력의 시녀도 아닌 자주적이고 주체적인 "나는 나"인 사람으로 깨어나야 한다. 내가 너도 된다는 사실을 알아야 한다. 이제 그들만의 제국, 그들만의 제2 건국절은 깃발을 내리고 모두 함께 더불어 사는 참인간 세상을 향한 벗들의 걸음이 필요하다.

대결에서 다시 햇볕으로

보수정권의 트레이드마크라고 하면(사실 부풀려진 거짓이지만) 안보 아닌가. 안보는 말 그대로 이 땅에 살고 있는 백성들의 안전보장이다. 박정희 시대부터 안보를 내세워가며 자기들과 반대되는 사람들을 옥에 가두고 사형장의 이슬로 사라지게 해왔던 게 이 땅의 보수를 자칭하는 사람들이다. 이명박, 박근혜 정권에 와서 끊임없이 대북 대결 정책으로 일관하더니 여기까지 왔다.

이명박은 박왕자 사건으로 금강산 관광의 문을 닫았고(2008년 7월) 이어 같은 해 11월에는 개성관광까지 중단시켰다. 박왕자 사건은 지금도 의문이 꼬리를 문다. 군사지역이라 사전 교육에 주의를 시켰음에도 왜? 그 새벽에 초소가 있는 곳에 갔을까 알 수 없다. 필자도 전방 철책에서 근무했지만 군수칙이 "서라! 암구호. 누구냐." 여기에 순응 안 하면 총으로 쏘라는게 군의 수칙이다. 들리는 소문에는 박왕자 가족에게 10억이 넘는 보상을 했다고 하는데 어디까지나 소문이다. 자신의 잘못은 모르고 그것을 묻어두려고 줄곧 꺼내는 말이 '햇볕 정책 실패, 햇볕 때문에 북이 핵 개발한다'고 하지만 정반대이다. 이명박, 박근혜 정권에 와서는 무수한 안보라는 말 폭탄만 쏟아부었지 실제는 안보에도 아주 무능하다는 걸 이렇게 사실적으로 보여주었다. 이들이 즐겨 쓰는 말 폭탄은 '강력한 제제, 예의주시, 원점타격, 단호한 대처'이다. 금강산, 개성관광 중단에도 못 참아 창조경제를 외치는 입으로 개성공단까지 문을 닫아 수천 명의 노동자를 실업자로 몰아내고 영세업체인 개성공단 입주 업체를 파산으로 내몰았다.

북한은 여지껏 네 차례에 걸쳐 핵실험을 했다. 2006년 10월 9일 1차, 2009년 5월 25일 2차, 2013년 2월 12일 3차, 2016년 1월 6일 4차. 네 차례의 실험 중 햇볕정책 기간 1차례, 이명박 강풍 정책 기간 중 총 2회, 이번 5차 2016년 9월 9일 박근혜 정부 들어 2회이다. 이명박 박근혜 정부 때 북핵이 비약적으로 강화된 사실이고 증거이다. 그러면서 북핵, 사드가 햇볕 정책 때문이란다. 그들이 내세우는 안보 제일의 보수정권에서 북핵 실험이 네 차례나 이루어진 것을 어떻게 받아들여야 할까. 노무현 정부 때 첫 실험도 미국의 북 돈줄 조이기가 발단이 되었다.

박근혜 정부는 이제 더 꺼낼 카드가 없다. 그러니 이 땅을 점령한 미 제국에 기대어 사드 배치를 강행하려 하고, 사드 반대 세력에게는 "국내 불순세력이나 사회불안 조성자들에 대한 철저한 감시" 지시나 한다. 국내 불순세력 운운은 너무 위험한 발상이다. 사드와 대북문제, 정부 정책에 반대하는 모든 국민을 '불순세력'과 '사회불안 조성자'로 보는데 참으로 자가 당착이요, 시대착오다. 남쪽에서 누가 사회불안을 야기 시키는가? 바로 박근혜 자신 아닌가. 북은 남북 동시 유엔에 가입한 엄연한 국가이다. 그런 국가 수장에게 "김정은의 정신 상태는 통제불능"이라 했다. 통제불능이 누구인지는 여러분이 더 잘 알 것이다.

공안통치의 광풍이 몰아칠 것을 예감한다. 세상에 집회의 자유가 엄연하게 적혀 있는 이 나라 헌법 책이 있건만 민주노총 한상균 위원장에게 5년형이라니. 웃음도 안 나온다. 박근혜 정부는 북한 규탄으로 유지하려는 정책을 벗어던지고 대결의 정책에서 벗어나 대화의 길로 가라. 북이 없으면 단 하루도 못 버티는 보수정권은 안보에도 정말 무능하다. 대결은 전쟁만 일으키지 안보는 아니다. 진정한 안보는 대결정책을 지우고 다시 햇볕으로 가는 것이다. 민족 상생의 길을 열어라!

대한민국은 국정원이 이끌고 있다

말에는 참말과 그 반대되는 거짓말이 있다. 이렇게 구분하여 써놓으면 잘 알 것 같지만 사실 거짓말도 자꾸 듣다 보면 참말처럼 들릴 수 있다. 그래서 말한다는 것은 입에서 나오는 대로 아무 소리나 내뱉는 것이 아니라, 앞에 다가와 있는 상태를 제대로 인식하고 이해해서 표현해야 한다. 즉 이성이 살아 있어야 한다는 얘기이다. 자기가 말을 하고 있으면서 무슨 말을 하고 있는지 모른다거나 일어난 사태에 대하여 겁에 질려 엉겁결에 해서도 안 되고, 일어난 사태를 온몸으로 끌어안아 곧 나의 문제로 인식될 때 말을 해야 그 말에 신빙성은 물론이고, 듣는 이들이 같이 공감하게 된다.

박근혜 대통령이 얼마 전 언론사 편집, 보도국장들과 간담회에서 한 말을 보자.

"……그런데 서로 원활하게 잘 협력해서 국민들에게 말하면 선물, 약속한 그런 부분으로 이루어지려면 정당들도 국민들에게 더 좋은 평가를 받을 것이고, 그게 19대랑 변함없이 그대로 그냥 이것도 되는 것도 없고, 안 되는 것도 없고, 이렇게 간다고 하면 아마 민심의 속도가 굉장히 빨라지지 않을까……"

이렇게 말이 뒤엉켜 있는 것은 사태 파악이 안 되고 있다는 증거이다. 그녀 말은 번역가가 필요한지도 모르겠다. 하지만 제 의사를 관철하려는 말은 또렷하다. "지금과 같은 교과서로 배우면 정통성이 오히려 북한에 있기 때문에 북한에 의한 북한에 의해 통일될 수밖에 없다." 실상은 아랑곳하지 않고 뱉는 말이다. 제 생각에만 골몰하여, 민주화 시대 교과서를 북한 추종 교과서로 바꾸어 놓는 말이다. 이런 전형적인 이데올로기 말솜씨는 말의 본성인 드러내어 밝힘(참말, 진언)과 상대 국민을 속이고 제 속내를 감추는 두 가지 기능을 한다. 그런데 역설적이게 그 속임의 대상에는 타인은 말할 것 없고, 자기 자신도 포함한다. 그녀의 말은 속이고 감추는 말이지만, 특히 제 자신을 속이는 말이다.

세월호 유가족의 눈물을 제대로 닦아주겠다던 말이 쏙 들어갔다. 세월호 참사와 이번 가습기 사건의 1차는 자본의 탐욕이지만 자본이 돈을 위하여 소비자의 위험을 감수하려는 것을 제대로 제어하지 못한 그녀의 책임이 크고 여기에서도 국가는 없다. 다만 여기에 살고 있는 죽었거나 심하게 앓고 있는 자국민만 있다.

2011년 무상급식 문제가 큰 사건으로 대두되었을 때 동아일보 31면 대형 광고에 "8월 24일 전면 무상급식 '심판의 날' 전면 무상급식은…… 세금폭탄을 안겨주는 복지 포퓰리즘입니다…… 당신의 소중한 한 표가 결정합니다. 복지 포퓰리즘 추방본부"라고 실린 내용을 기억하는 분이 있을 것이다. 그리고 서울시 무상급식 국민투표를 앞둔 7월 24일, 국정원 심리전단 소속 박 아무개가 우익단체인 자유주의 진보연합, 어버이연합 대표에게 무상급식 반대 지침을 이메일로 내렸다. 박 씨는 2년간 최소 7개의 우익단체 활동을 지휘하면서 박근혜를 "우리의 여황제님이시다"라고까지 말했다.

전 국정원장 원세훈 사건 대기 환송심에서 검사들은 "보수단체를 이용해 시위하고 이것을 특정 보수단체들 통해 가시화하고 이를 온라인팀 직원이 전파하는 생산확대 재생산의 총괄적 매커니즘으로 관리한 게 국정원 심리전단"이라 했다. 그럼에도 댓글 사건을 축소하려 안간힘을 써 좌익효수 댓글은 아예 10개로 대폭 줄여 무죄를 유도하는 직무유기를 했다. 추선희 어버이연합 사무총장은 청와대 정무수석실 허현준 선임 행정관과 접촉 사실을 시인하며 "이 시민단체들(보수) 다 그 사람 손에 의하여 움직인다"고 했고, 국정원 박 씨에게 이메일 지침을 받은 대한민국 애국청년단 단장은 "돈이 필요해서 그런 일을 했다"고 말했다.

보수정권 아래에서 21세기 공작정치의 매커니즘이 판치고 있다. 권력의 핵심과 교감하는 정치검찰, 이들을 국민 세금으로 월급을 주어 먹여 살려야 하는지. 청와대 국정원을 잇는 커넥션이 이렇듯 비밀리에 작동하고 있음이 너무 분명하고 흔적 또한 또렷하건만 박근혜 대통령은 모르는 일이란다. 세상은 알고 있는데 혼자만 모른다는 게 그녀의 말이다.

조선 민비, 대한민국 박근혜

1882년 민씨 척족 농간으로 몇 달째 임금을 받지 못한 군인들이 봉기하여 궁궐에 진입한 것을 일컬어 '임오군란'이라고 한다.

민비 친정식구들인 민 씨들의 농간으로 국가 재정은 바닥이 나서 백성들이 굶어 나자빠져도 책임지지 않고 되려 외세인 청나라에 원군을 요청하는 민비를 '명성황후'라 부를 수 있을까.

궁궐에 바쳐야 하는 세금에다, 고을 수령들에게 바쳐야 하는 세금까지 뜯기고 풀뿌리로 연명하던 중 "외세 척결, 제폭구민"의 기치를 내걸고 나선 동학 농민군을 토벌해 달라며 민비가 청나라에 보낸 편지를 보면 기가 막힌다.

"전라도 관할인 태인, 고부 등지의 백성들은 흉하고 사나워서 원래 다스리기 어려웠습니다. (중략) 지난 임오년과 갑신년 두 차례 난리에도 모두 청나라 병사들 덕분에 지킬 수 있었습니다. 이번 원군 문제도 간청하오니 속히 북양 대신께 알려 몇 개의 부대를 파견하도록 조치하여 주십시오. 저희 군대 대신 동비(동학군)을 척결해 주셨으면 합니다.”

제 나라 자국민을 척살하려 외국 군대에 파병을 요청하는 민비를 ‘명성황후’라고는 못하겠다. 결국 조선은 다른 외세인 일본까지 끌어들여 충남 공주 우금치에서 동학 농민군을 살육하였다. 우금치 밑 논에는 당시 동학군의 피가 눈물을 이루어 ‘피뱀이’라 불렸다. 뱀이는 충청도 말로 논이라는 뜻이다.

지금 대한민국의 대통령인 박근혜는 어떤가? 간첩을 조작하고 빨갱이라고 매도하고, 네 편 내 편 가르고, 제 잘못을 시정하고 고치려는 노력은커녕, 정책 실패를 지적만 해도 종북으로 낙인찍어 버린다. 우리 모두가 알고 있듯 개성공단은 군사분계선인 휴전선을 수십 킬로 북으로 밀어 올린 것이나 마찬가지이다. 개성공단을 만들면서 북한군이 수십 킬로 뒤로 물러났다. 북의 입장에서는 개성이 군사 요충지인데, 남쪽 같으면 가능했을까?

수구반동 세력과 대한민국군의 똥별들(장성)이 가만히 지켜보고 있었을까? 개성에 공단을 만든 것은 한 나라, 한 동포였던 우리가 다시 본래의 모습으로 남과 북이 하나가 되는 발판 통일의 주춧돌이었다.

120개 기업이 들어가 있고, 협력업체는 5,000개 넘게 연줄

걸리듯 걸려있다. 전체 노동자 12만 524명 중 남북의 노동자 수는 5만 5,566명이다(남 803명, 북 5만 476명). 개성공단 누적 생산량은 31억 8523만 달러였다. 개성공단에서 생산하는 물건의 질이 아주 좋아 호평도 받았다.

박근혜는 그런 개성공단을 무슨 군 특수부대, 특공작전 하듯이 어느 날 갑자기 기업주들에게 준비하거나 숨 쉴 틈도 안 주고 막아버렸다. 박근혜의 새누리당 선진 구호는 "경제 먼저, 민생 먼저"이다. 눈을 들어보자. 곳곳에 빨간색의 새누리당 플랜카드가 바람에 나부끼고 있다. 개성공단 기업주와 노동자들은 이 나라의 국민도 아닌가!

수구 언론을 비롯, 종편에서 김대중, 노무현 전 대통령이 북한 김정일에게 돈을 퍼주어 핵폭탄을 만들었다고 한다. 우습다. 이명박 5년, 박근혜 4년 동안 북에 돈 안 갖다 주어도 북은 핵실험을 강행했다. 박근혜는 한 민족, 한 동포인 북한을 궤멸시키겠다는 위험한 발상을 하고 있다.

한 동포! 아시지 않은가?

한 어머니 뱃속에서 나온 한 형제를 일컬어 한 동포라 한다. 한 동포, 한 형제끼리 서로 총을 겨누는 불행은 6·25 동족상잔 한 번으로 끝내야 한다. 무슨 피를 더 보겠다는 것인지 모르겠다.

농민과 노동자는 '천하지대본'이다. 하나이다. 농민과 노동자가 같이 민중총궐기를 한 지난해 11월 14일 백남기 농민은 '직사 살수'를 당해 아직까지 의식이 없다. 이에 대해 정권은 사과는커녕 민중총궐기 참석자를 소환하고 구속하는 공안 탄압에 몰두하고 있다. 구한말 민비와 뭐가 다른가.

감옥에 있는 동지들 생각에 잠을 이루지 못한 날이 많아진다. 면회 가면 늘 하시는 말씀들이 "감옥에 있는 우리는 편하게 잘 있다"고 "밖에 있는 분들이 더 힘들다"며 위로하신다. 암만 그래도 감옥은 감옥이다. 흉악범도 아닌데, 이 땅의 권력과 다른 얘기 했다고 저리 감옥에 처넣어 수년씩 수감생활을 하니 참 가슴 아린 일이다. 고구려, 신라, 백제에서도 이 땅에서 민초들이 인간 대접받은 적이 없다.

자본주의가 이 땅에 상륙하고는 더 하다. 자본가는 노동자를 대기업의 돈을 벌어주는 기계부품으로 생각한다. 시키면 시키는 대로 죽어라 일이나 하는 노예적 삶을 요구한다. 그러면서 해고도 자유롭게 한다.

박근혜는 5무(무능, 무지, 무책임, 무대책, 무대포)와 더불어 건잡을 수 없는 분노의 말을 많이 한다. 일반 시민들에게 분노심과 적개심, 증오감을 심고 있다. 맹목적 애국심을 강요하여 박정희 독재시대처럼, 집단주의적 사고를 하도록 이끌고 있다. 국사 교과서도 고치고 있다. 역사도 독점하려고 한다. 게다가 '노동의 유연화'로 해고 요건을 엄청나게 늘려, 해고를 자유롭게 하자고 하니 자본가들에게는 구세주이고 노동자들에게는 악몽이다.

이런저런 실정을 뒤덮으려 개성공단을 폐쇄시키고, 봄날 따뜻한 햇볕과 훈풍인 봄바람 대신에 군대의 힘으로 어찌해보겠다며 하면서 마치 전쟁이 날 것처럼 호들갑이지만 이제 국민들도 호들갑을 잘 믿지 않는다.

우리의 삶을 누구에게 맡겨 대리로 살아갈 수 없다. 나 대신에 누군가 대신 싸워 주겠지 하지 말자. 어느 가수의 노랫말처럼 '내 인생은 나의 것' 그 누구의 것도 아니다. 농민·노동자가 주인이 되는 참 세상을 만들어 가면 좋겠다.

우리 모두가 더불어 자유를 누리는 행복한 세상을 우리가 만들어야 한다. 이것이 2016년 이 땅에 살고 있는 우리 삶의 명제이다. 분단의 지속은 우리 민족의 공멸이다. 우리 민족은 통일만이 살길이다. 청년실업 12%가 넘어 최악이란다. 통일되면 청년실업문제 한순간에 해결되리라 본다.

옥중에 있는 동지들 덕에 세상이 밝아지고 있다. 면회 자주 가지 못해 참 미안하다. 늘 구치소 떠올리며 갇혀 있는 동지들을 생각한다. 시간 나는 대로 자주 찾아가야겠다.

'천하지대본'인 노동자·농민, 이 땅의 주인도 우리요. 내 삶의 참 주인은 나이다. 지금 이 땅은 암흑이요 어둠이지만 머지않아 밝은 봄날 평화의 햇살이 올 것이다.

더 이상 죽이지 마라

칼 맑스는 100년 전에 "노동자에게 조국은 없다"고 했다.

노동자! 노동자가 천하의 본本이다. 가장 존경받고 사랑받아야 할 노동자가 이 땅 대한민국에서는 돈을 벌어주는 기계요, 자본의 노예다. 인간으로서 최고의 대우를 받아야 할 노동자가 이 땅에서는 쓰다가 사용기간이 지나면 버려지는 소모품이다. 노동법을 지켜달라는 전태일 열사의 죽음으로 시작하여 이 땅에서 얼마나 많은 노동자가 죽어 나갔는가? 노동을 천하게 여기는 나라의 미래는 희망이 없다.

세상을 먹여 살리는 농민들조차 제 자식에게 농사 물려줄 생각조차 없고, 더 배워야 한다며 우골탑을 쌓아왔다. '농자가 천하지대본'이라지만 이 땅의 권력들은 농민을 사람 취급해 준 적 없다. 오로지 권력을 유지하기 위한 농민 죽이기가 지금까지 이어지고 있다.

노동자가 누구인가. 박정희의 산업혁명, 새마을운동 기치에 먹을 게 없고 배움이 모자랐던 농촌, 어촌의 자녀들이 먹고 살기 위해 서울로 서울로 몰려와 판자촌에, 달동네로 스며들었다. 나도 지금 살고 있는 동네에 흘러들어 지금까지 살고 있다. 집집마다 수도시설이 안 돼 맨 아랫집에서 돈을 주고 양동이로 물을 길어다 먹었다. 잔업에 철야에 잠 안 오는 약(쎄코날)을 먹어가며 일해야 겨우 살았다. 그때의 저임금, 쥐꼬리 봉급으로 지금의 대기업들이 크지 않았는가. 대기업들이 투자 안 하고 모은 돈이 750조를 넘었다. 이들이 돈을 모을 수 있었던 것은 노동자 숫자 줄이기였다. 즉 해고로 더 많은 이윤을 창고에 쌓았던 것이다. 쌍용자동차는 어땠는가. 멀쩡하게 잘 돌아가는 공장을 회계 조작하며 2,646명을 구조조정 통보하고, 그중 현재 30명이 목숨을 끊었다.

10대, 20대, 30대의 자살률이 세계 1위인 나라, 노력한 만큼 성과 보상은커녕 친구와도 경쟁해야 하는 곳, 한 살부터 100살까지 모두가 힘든 삶이 이어지고 입 닥치고 일만 하는 곳이다.

직업에 따라 소득 차는 또 어떤가. 팍팍한 삶에 '나눔'이라는 공동체 정신이 사라진 나라, 정신없이 혼이 빠지게 일만 하는 나라이다. 기업의 세습이 너무 당연스레 이루어져 20개 재벌 가족이 주식시장 60% 움켜쥐고, 40개 재벌 중 17개서 상속 분쟁이 일어나지만 가족 언론이라는 치어리더가 국민들을 현

혹시킨다. 삼성물산 합병 거들다 국민연금 581억을 손실 보아도 괜찮은 나라, 기업의 퇴직자들이 원청의 일을 따내어 하청에 하청으로 돈을 갈취해도 되는 나라이다.

맨 밑의 비정규직 하청 노동자는 밥 사 먹을 시간도 없이 여기저기 뛰어다니다 전철에 치여 죽고 또 죽어 나간다. 아, 얼마나 더 죽어야 세상이 달라질까. 노동법 개정으로 자르기 쉬운 해고를 노동개혁이라 우기는 이 나라 대통령. 노조를 부순 대기업을 상대로 국가를 상대로 개인이 싸워야 하는 이 나라는 희망이 없다. 2016년 삶이 불안하다고 답한 국민이 20대 69.1%, 30대 67.8%, 40대 65.8%인 것을 보면 대한민국은 잘 사는 나라가 분명 아니다.

박근혜 정부는 쉬운 해고 노동정책을 당장 멈추고 노동이 최고의 가치로 대우받는 참세상, 사람이 가장 우선인 세상, 노동자가 최고인 세상을 가꾸라. 더 이상 아까운 청춘을 죽이지 마라. 그들은 행복하기 위하여 이 지구별에 왔다. 노동자 짓밟고 천시하는 짓거리를 당장 멈추라.

이제부터 다시 시작이다

길을 가다가 간혹 가려는 방향과 전혀 다른 길로 접어들 때가 있다. 그럴 때는 한 치의 망설임 없이 돌아 나와야 한다. 길을 잘못 접어들었으면 원점으로 돌아와 다시 시작하는 것이 모범 답안이다. 지금 대한민국호가 난파선 지경에 온 것은 첫 단추부터 잘못 끼워진 탓이다. 옷을 입으면서 시간에 쫓길 때 간혹 일어나는 일, 단추를 끼우다 보니 첫 단추를 잘못 끼워 엉망이라 다시 빼어 원위치한 후에 맨 아래 것부터 제대로 끼워 맞추는 일을 하면서 제 자신이 저지르고 화낸 적도 있었다.

이 땅의 잘못된 역사 단추는 조선이 독립운동으로 해방된 게 아니라 미국에 의해 해방된 게 1차 문제다. 8·15 해방이라지만 착각 마시라! 이 땅에는 미군이 동맹이 아닌 점령군으로 들어와, 중앙청(옛 조선총독부)에는 태극기가 올라간 게 아니라 미국의 성조기가 걸렸다. 조선의 주국이 일제에서 미 제국으로 바뀌었을 따름 진정한 해방이 아니었음을 왜 모르시는지. 아시다시피 이 땅의 문제는 일 제국주의보다 친일 부역을 자청했던 악덕 친일 부역자가 더 큰 문제 아닌가?

일본 순사라는 말에 숨을 죽였다지만 사실 그들의 앞잡이 조선인이 더 무서웠다. 일본 천황에게 충성 맹세를 피로 혈서까지 써가며 제 민족의 한 동포인 독립군에게 총부리 들이댄 만주 신경군관학교 수석 졸업생 '오카모토 미노루(박정희)'와 김무성 아버지 김용주, 현정은 할아버지 현준호 등 친일 조선인들이 더욱 무서웠다. 뼛속까지 친일(이명박) 세력과 박정희 군사독재의 후예들은 극우적인 색깔로 제 맘에 안 든다거나 제거하고 싶으면 간첩, 빨갱이, 종북 딱지 붙여 감옥으로 보내버렸다. 그러고는 영남 패권주의에 지역주의까지 합세한 새누리는 영남 패거리 정당이 돼 남북 관계를 파탄 내고, 민주주의 퇴보는 물론 국민경제를 거덜 내는데 일조했다. 군사독재, 정경유착의 원조 박정희 독재자의 딸을 청와대로 들이면서 새누리가 아닌 개누리가 되었다. 친박계가 대거 합류하면서 당을 국민을 위한 공당이 아닌 박근혜를 목숨 바칠 듯 옹위하는 박근혜 사당으로 전락했다. 입에 거품을 물고 호위무사 자처하는 이정현, 정진석 등 새누리당 지도부를 보면 그 뻔뻔함에 창피함을 넘어 구역질이 난다.

용산참사 사건에도 눈 질끈 감고 모르쇠 했던 사람들, 세월호 침몰에도 침묵했던 민중들에 실망을 했다가도, 이제 타오르는 저 촛불의 물결을 보며 1987년 6월 항쟁에서 느꼈던 것보다 더 성숙해지고 의연한 행진을 보면 가슴이 찡하여 눈물이 울컥 난다.

자, 이제부터 다시 시작이다.

세계 그 어디에도 찾아볼 수 없는 시민들의 촛불 혁명이 만들어 낸 박근혜 탄핵 앞에서도 머뭇거리며 국민들이 만들어준 여소 야대를 이끌지 못하면서 새누리당에 동참 호소하여 눈치만 보는 야당을 비롯(새누리당은 말할 것 없고) 모든 정당 해산하고 다시 시작하는 사회 개혁의 깃발 아래 모여야 한다. 그래서 박정희 모델은 땅속 감옥에 묻어두고, 남북 관계를 다시 시작하고, 금강산 관광은 물론이요 개성공단을 가동해 민생문제는 말할 것도 없고, 민족의 오직 하나의 희망, 자주적인 우리 민족끼리 통일의 길로 가자.

1945년 8월 15일 이 땅에 점령군으로 들어온 외세를 내몰고, 헌재의 잘못된 판단으로 결정된 통합진보당 해산을 무효화하고, 말도 안 되는 거짓 재판 논리로 감옥에 가둔 이석기와 민주노조 위원장 한상균을 비롯한 그 동지들과 국가보안법으로 감옥에 가둔 이들을 즉각 석방해야 한다.

정권 유지를 위해 존재했던 국가보안법을 철폐하고 김기춘은 말할 것 없고, 국정파탄의 주역들 우병우, 황교안 그리고 최고의 몸통인 박근혜를 즉각 구속하여 시민들의 가슴을 뚫어줘라. 모든 특권은 태워 날리고 만민평등, 깃발 아래 그들만의 세상이 아닌 우리 세상 만들어가자.

우리 함께 동맹!

큰 도둑을 숭배하는 나라

아는 지인으로부터 포항에 갔다가 겪었던 얘기를 들었다. 회식하는 술자리에서 “실라리안”을 외친다는 말이었다. 어쩌다 우리가 한 땅덩어리에 엎혀살면서 경상도, 전라도, 내 편, 아니면 네 편, 편 가르기가 극심하게 되었을까? 전라도는 조선을 비롯하여 일제시대에도 늘 저항과 혁명을 그리며 꿈꾸었지만, 경상도는 늘 힘 있는 쪽으로 기울었다. 이런 나의 생각을 지역감정이라 해도 할 수 없다. 엄연히 존재하는 현실을 없는 척한다고 없는 게 아니니까.

부끄러운 신라 얘기하자면 외세인 당나라 군대 끌어들여 수백 년 찬란하게 빛나던 백제를 멸망시키고 고구려까지 점령해 삼국통일이라 우기지만, 이것은 승자독식의 역사관이지 더 생각해볼 필요가 있다. 신라 마지막 경순왕은 어떤가? 신라가 고려에게 망하게 되자 개성으로 왕건을 찾아가 의형제를 맺자 청했다가 거절당하고 현재의 경주, 계림 도둑으로 임명받고 거기서 세금이나 먹고사는 신세가 되었다.

조선시대에는 안동 권 씨, 김 씨…… 권력 주변에서 권력에 붙어 의기양양하지 않았던가. 선한 경상도 양민에게 참 미안한 말씀이지만 늘 힘을 숭상하고, 힘 있는 권력에 빌붙어 나라 망해도 되지 못한 권력을 누리고 살아남은 게 현 남쪽의 권력이다. 일제에는 일본에 붙어 제 민족 잡아 죽이고, 천황에게 비행기 사서 헌납하고.

놀랍게도 대구는 일제시대 오랫동안 불의에 맞서 싸운 항쟁의 땅이었다. 일제 강점기에 독립투사의 대부분이 경남 밀양에 살았고, 밀양 출신들이 모여 주축이 된 게 "의열단"이었다. 그 의열단의 단장은 영화 "암살"에 나오는 약산 김원봉이다. 김원봉 부대의 봉오동 전투는 아주 유명하다. 대구의 사대부들도 독립운동에 헌신했고, 해방 직후에는 사회주의(좌익)가 강했다. 일제시대는 세계가 사회주의의 바람이 강하게 불 때였다. 박정희는 혈서까지 써가며 일본 황군의 개가 되어 독립군을 사살했지만, 그의 셋째 형 박상희는 달랐다. 박상희는 민족주의자이기도 하지만 남로당 경북 도책까지 맡았었다. 박정희도 형의 영향을 받았는지 남로당에 가입했었다. 1946년 미군정의 식량정책에 항의해 대구 시민들이 들고일어났을 때(대구 10월 항쟁), 박상희 씨는 민중들과 진압 나온 경찰 사이를 오고 가며 중재하던 중, 시민들에게 총을 쏘던 경찰에 의해 사망했다. 그분의 딸이 김종필의 부인 박영옥 여사(2년 전 돌아가셨다)이다. 대구는 이승만 독재 정권에 강력 저항했던 도시이다.

헌법을 군홧발로 짓밟은 큰 도둑놈을 남쪽 나라 우민들은 (비가 오면 생각나는) 그때 그 사람처럼 못 잊어 하다가 그의 딸을 품고 있으니 나라 꼴이 이 모양 이 꼴이다. 꼭 조선 말기, 조선이 망해가던 그때와 작금이 닮아도 너무 닮아 있다. 박정희가 다른 이도 아닌 자기 심복의 총에 맞아 죽자 그의 아들격인(사실 군부의 하나회는 박정희가 용인) 전두환이 또다시 제 아비 본떠서 군사쿠데타로 나라를 훔쳤다. 박정희가 “다시는 나 같은 불행한 군인이 나오지 않기를 바란다”고 해놓고 18년 장기 독재 집권한 게 좋아 보인 모양이었다. 신군부 핵심이 대구, 경북 출신들이었다. 아마 이때부터 언론에서 대구, 경북을 TK라 부르지 않았을까?

소위 티케이들은 안기부, 국군기무사, 청와대 비서실장, 검찰총장을 비롯 권력의 핵심을 장악했다. 이때부터 TK는 권력을 탐하기 시작했다. 이들과 지연, 학연으로 연결된 유전자들도 동질감을 갖게 되고, 현 대구 경북은 박정희, 박근혜에게 맹목적이다. 맹목적 신앙이 종교를 무너뜨리듯, 박가에 대한 맹신, 중독은 한나라를 좀먹고 무너뜨리고 있다.

박근혜 정권에 포진한 인맥을 보자. 우병우 청와대 민정수석(영주고), 김수남 검찰총장(청구고), 강신명 경찰총장(청구고). 이들이 왜 그리 강성인지 알겠다. 정재진 공정거래 위원장(경북고), 이완수 감사원 사무총장(대구고)이 TK이다. 전두환, 노태우 때도 이렇진 않았다.

도둑질을 하려면 크게 하라는 속된 말이 증명된 나라 '대한민국!'

언제까지 큰 도둑을 숭배하려는지 앞날이 안 보인다. 일제강점기 조선 강토 전국 곳곳에서 일제에 맞서 독립운동을 하였던 독립지사들이 피 흘려 목숨 담보했던 이 땅! 아직도 친일 매국노의 후손들의 활갯짓이라니. 이 땅의 3월 하늘이 부끄럽다!

대한왕국!

그날, 공포와 두려움의 사슬에 걸려 있는 그들의 얼굴을 보았다. 제 자신에게 떳떳하다면 저런 얼굴을 할 수 없었다. 그들은 지구를 등에 업은 듯한 무게에 짓눌려 있었고 말은 형편없이 떨리고 파장은 에베레스트 정상에서 바닷속 심연의 깊은 곳까지 오르내렸다. 그날 그들은 우리들에게 사형선고를 내렸고 우리들은 죽어야 했다. 민주주의는 그들에게 살해되었다.

1987년을 기억하는가? 이승만의 (1959년) 대통령 후보였던 진보당 조봉암 사형으로부터 시작된 이 땅 사법부의 어두운 역사를 이승만은 조봉암에게 국가보안법 무죄가 선고되자, '그 판사 놈 옆에 있으면 죽이고 싶다'고 했고, 이 한마디에 판결이 뒤집혀 사형이 선고되었으니, 민족일보 사장 조용수 사형, 1961년 일본군 장교 다까끼 마사오(박정희)의 군사쿠데타로 헌법은 유린되고, 1972년 박정희는 10월 17일 특별 조치를 발표하는데, 10월 17일 19시를 기하여 "국회해산, 정당 및 정치 활동 중단하고, 현행 헌법의 일부 조항의 효력을 정지시킨다. 비상 국무회의를 만들어 '조국의 평화 통일을 지향하는 헌법 개정안을 만든다'는 것뿐이었고, 당시 김기춘은 (현 대통령 비서실장) 청년 검사로 주동하여 유신헌법을 만들었고, (김기춘은 5·16 장학생이었음) 유신의 공포정치는 그것도 모자라 긴급조치 1~9호까지 만들어 국민들의 입을 틀어막고 숨통을 조여가다가 1979년 10월 26일 저녁 박정희가 김재규의 총에 맞을 때까지 이어갔다.

그때 그 시절 죽은 엄마를 대신하여 영부인 행세했던 박근혜는 헌재를 대동하여 2014년 12월 19일 제 대통령 취임 2년째 되는 날 통합진보당을 해산시키고 법에도 인정되지 않는 범법을 저지르며 국회의원직까지 빼앗았다. 대통령 자리 온갖 불법 저지르며 찬탈해가더니 그 맛에 들려서인지 "자유민주주의를 지켜낸 역사적 결정"이라는 깃발을 꽂아 깔끔하게 살인을 저질렀다. 헌재는 권력의 칼춤을 대신하며 두려움 속에 갇혀 있었다.

박정희가 남로당이었다는 역사적 진실을 얼마나 알고 있을까? 그의 형 박상희는 남로당 경북 도책이었고 여순사건 때(필자는 혁명이라 봄) 남로당원임이 들통나 사형까지 언도받자, 만주 특무대 출신 백선엽, 장도영을 비롯 몇몇이 구명운동 무기로, 그 뒤 6·25 동족상잔에서 살아남았다.

여순사건 때는 남로당 동지였던 이들의 명단을 넘겨(약 472명)주어 사형장의 이슬이 되게 했고, 만주국 장교 시절 조선인 독립군 17명을 사살했다. 박정희의 행적이 오늘 지금 여기에서 고스란히 재연되고 있다는 게 통합진보당 해산이요. 그 당의 국회의원직 박탈을 선언했다.

2012년 12월 19일 대통령선거가 불법임이 드러나자 국면 전환으로 이석기 내란 음모와 있지도 않은 지하혁명조직 RO를 발표하고 통합진보당을 1차 살해했고, 그 뒤 내란 음모와 RO는 무죄를 선고하고 대법 판단을 기다리고 있는데, 대법원 판결이 나기도 전 고지를 점령하듯 서둘러 그것도 그 날짜에 맞추어 깃발을 꽂았으니 무슨 전쟁인가.

이 땅 사법부는 언제부터인가. 아니 이승만 시절부터가 원초이지, 정치화가 되었다. 민주주의의 근간이 입법(국회), 사법, 행정부(정무) 아닌가. 3부가 서로 견제하고 조율하여 하나의 국가를 이루고 3부는 근본 뿌리인 민民을 위해 봉사하고 지키는데 그들의 마땅한 소임일 터, 오늘 새누리당과 박근혜는 국가를 자기의 소유물로 알고 구성원인 국민들을 정권 유지 위한 소모품쯤으로 여기고 있다.

본래 정당 해산은 그 명확한 사유가 있을 시 국회의원 2/3 이상이 찬성해야 되고, 국민의 지지를 못 받는 정당은 제 스스로 세월 속으로 사라지게 되어 있다. 그런데 이 나라는 정치권이 책임지고 조율하고 해야 하는데, 제 맘에 안 들면 무조건 고발에 고발이다.

참 편하게 정치를 하고 있다. 정치적인 책임을 법관에게 넘기면 사법부는 알아서 권력의 눈치에 맞추어 판결을 하여 옳은 입에 재갈을 물리고, 정당 해산시키고 국회의원직 박탈하고, 헌재는 누구인가? 1987년 6월 항쟁으로 군사독재 전두환 정권을 몰아내고 대법의 판결을 견제하고 최종으로 민주주의 사수하고 지키라고 만든 기관 아닌가. 그런데 헌재는 제대로 된 증명이나 확실한 증거도 없이, 다수당이 소수당에 사형을 선고했다.

대법 판결이 남아 있는데, 1년도 안 돼 결론을 서두른 박한철은 민주체제의 중요한 기본 요소, 헌법이 보장하고 있는 정당 결사의 자유, 정당의 자유를 심각하게 제한하고 있다. 박근혜가 임명한 공안검사 출신에 맞는 판결이다. 그러면서 뻔뻔스럽게 헌재가 마치 제 자신인양 착각하고 헌재는 "헌법을 수호하고 국민의 기본권을 지켜주는 곳"이라고 밝히고 있다. 박근혜의 말을 그대로 되뇌이는 앵무새가 된 그의 말이다. 당원 10만 진성당원 3만, 그 외에도 진보적인 생각을 가졌으나 당에서 좀 떨어져 있는 국민들(진보를 꿈꾸는)은 국민이 아니요, 권력의 마음에 드는 이들만 챙기고 품겠다는 이들의 논리는 저급한 하수이다.

박한철을 비롯 8명은 “통진당은 폭력적으로 사회주의를 실현하는 목적을 갖고 있다며, 주도세력이 북한을 추종하고, 북한의 대남혁명전략과 거의 같거나 매우 유사하다며, 폭력으로 자유민주주의 체제를 전복하고 집권한다는 계획을 가지고 있다”고 판단 정당 해산의 필요성을 정당화했는데, 그 증거가 없고 억지 논리만 있는 궤변이다. 이어 법무부 장관 황교안은 한술 더 떠 거들고 나서고 검찰은 기다렸다는 듯 진보당 관련 집회 엄단을 들고 나섰다. 마치 퍼즐 짜 맞추기식의 헌재 결론은 무효다. 이들은 “비상상황에서는 국회의원의 국민대표성은 부득이 희생될 수밖에 없다”는 박정희식을 말한다.

지금이 비상시국인가 아니면 박근혜 정권의 위기인가. 정권의 위기가 비상은 아니다. 해당 지역구 국민이 직접 뽑은 지역구 국회의원직을 박탈한다? 헌재 스스로 헌법에 명시된 권한을 넘어선 과도한 정치적 관여 아닌가. 해산 결정 문제는 나라의 질서를 어지럽히거나 왕권을 범하는 큰 죄를 뜻하는 ‘대역’과 ‘절대 용서’할 수 없다는 ‘불사’라는 잊혀진 단어가 등장했다.

안창호, 조용호가 낸 보충의견에서 진보 정치세력에 대한 적대적 감정을 그대로 드러내고 있으며 통진당 주도세력과 북한의 각종 전술을 간파할 수 있는 능력 없는 이들이(백성) 그들의 글을 읽고 주장을 이해한다는 것은 함정에 빠지기 쉬운 위험한 일이라고 훈계하고, 앞서 말한 한 나라의 법무부 장관으로 국민을 지켜야 할 황교안은 "해산 결정은 '헌법의 적'으로부터 우리 헌법을 보호하는 결단"이라고 장관으로서 해서 안 되는 막말 감정의 표현을 하고 있다. 독재는 늘 헌법의 탈을 쓰고 저항을 마비시키고 이성을 마비시켜 삶을 옭아맨다. 박정희는 국회해산 뒤 체육관 선거에서 투표율 91.5%에서 찬성률 91.5%로 쿠데타를 정당화시키고 백성을 쥐어짰다. 북한만 내세우면 헌법이 유보되고 중단되어야 한다는 건 박정희의 유신, 전두환의 5공의 산물이다.

며칠 전 한겨레신문 정의길 기자는 날카롭고 정확한 글을 실었다. 그네의 공주병과 아베의 왕자병에서 "공주병은 '자기애성 성격 장애인'이라며 이 병의 핵심 증세는 유아독존, 권력형 공주병은 나라를 결단 낼 수 있고 권력형 병자들은 자신의 능력보다는 주변의 환경 덕택에 현재의 자리에 오른 걸 모른다는 것", 박근혜는 "세상 마치는 날이 고민의 끝이다. 이렇게 말할 정도로 어려움이 많다"며 "식사가 입으로 들어가는 건지 어떻게 되는 건지 모르고… 중증의 공주병이라며 자기애성 성격 장애인이 되면 자신의 아픔은 간결하게 느끼면서 남의 아픔은 하찮게 여기게 된다"고 쓰고 있다.

박근혜의 중증 병으로 12월 19일 대한민국의 민民은 죽었고 우리들 모두에게 사형선고가 내려진 대한왕국이 되었다.

한반도의 평화 안전판 개성공단

2013년 현재 대한민국이라는 나라가 참 나라인지 국가와 민족이라는 정체성도 없는 뜨내기들의 나라가 아닌가 한다. 한 나라의 백성이라는 구성원의 존재감이나 책임, 의욕도 찾을 수 없고, 힘 있는 나라에 빌붙어 제 잇속이나 챙기며 목숨 연명해가는 비굴하고, 주인에게 꼬리만 치는 동물과 같다면 그 동물이 펄쩍 뛸 것이다. 힘 있는 쪽에 빌붙어 사는 이들만 득시글거리는 여기는 내 나라가 아니다. 일제에 나라를 송두리째 빼앗기자 조국을 찾기 위해 가진 전 재산을 독립자금으로 내어놓고, 그것도 모자라 가진 목숨까지 내놓아가며 조국과 민족을 위해 싸웠던 선조들의 맥을 잇고 있는 나라가 아니다.

일제의 식민지를 일본과 전쟁에서 승리한 미국이 내 조국, 조선 땅을 주머니에 넣는 일은 식은 죽 먹기다. 일제 통치수단였던 중앙청에는(현 광화문 자리) 태극기를 대신하여 미군 성조기가 올라갔었고, 독립투사들과 임시정부 요직들은 임시정부 이름을 버리고 개인 자격으로 이 땅에 돌아올 수 있었다. 미국에 살고 있던 동포들이 만들어 준 독립자금을 임시정부로 보내지 않고, 제 개인의 사랑 놀음에 분탕했던 이승만이 괴뢰정부의 수장인 남한 단독정부의 대통령이 될 때부터 조국의 운명이 갈리었다 봐야 한다. 하나였던 조국을 반으로 갈라 남쪽에 미 제국주의의 괴뢰정권이 세워지고, 그 하수인 이승만. 일제 잔재 청산은 고사하고 일제에 충성하고 조선의 독립군을 잡으러 다녔던 간도 특무대 출신 백선엽을 비롯해 김종원, 김창룡, 악덕 형사 노덕술 등등 헤아릴 수 없이 많은, 일본군에 몸담아 제 동포, 형제에게 총질했던 악질 반동들을 친위대로 삼았다. 역사에 기록되었다시피 박정희는 사범대 선생질하다가(사범대는 조선인들을 황국신민으로 정신 개량하는 학교였다) 나이 21세로 일본 장교 입학 자격에 미달되자(19세가 자격임) 혈서까지 써가며 일제가 세운 만주 괴뢰국의 장교로 입학시험도 치르지 않고 입학, 다까기 마사오에서 요시다 미루노로 이름을 바꾸어 가며(요시다는 일본 장교로 일본 낭인들을 데려와 명성왕후를 사혜 한 인물임) 요시다처럼 일본 군인으로 살기를 갈망한 인물이다. 그의 형 박상희의 영향으로 남로당에 가입했다가 드러나 사형을 선고받고 있던 중 제 동지들을 밀고하여 명단을 넘겨주고 김창룡, 백선엽, 채명신 등의 구명운동으로 살아남았고 백선엽은 간도 특무대 출신, 박정희는 만주 군관학교 출신으로 친일에서는 통하는 구석이 있어 구명했다고 볼 수 있다. 생명을 건지고 운이 닿은 것인지 그의 끈질긴 생명력인지 몰라도 6·25라는 동족상잔으로 탄탄대로를 걷다가 61년 5·16 군사쿠데타로 헌정을 무너뜨리고 억지 대통령 자리에 올라 헌법 위에 헌법인 유신과 긴급조치로 18년 군사독재통치를 하다가 부하의 총에 맞아 죽었다.

이제 대한민국이라는 알 수 없는 나라는 그의 딸을 그 자리에 다시 데려다 놓았고 불법 선거라 대통령으로 인정할 수 없지만 국정원을 동원하여 공정해야 할 국가기관이 여론조작과 통계까지 조작하여 대통령 자리를 탈취했다. 온갖 부정을 동원한 그를 대통령이라 인정한다. 선거법에는 투표함 재개표를 다시 하게 되어 있는데 안 하고 있는 이유는 부정, 불법선거임을 인정하는 것이다. 떳떳하다면 먼저 스스로 밝히련만 움직임이 없다. 공적인 대통령 자리와 부녀지간이라는 개인사는 뚜렷이 다르건만 제 아비의 과거 복원에만 몰두해 있는 그가 안쓰럽고 이 나라의 앞날이 보이는 것 같아 걱정입니다. 위의 친일분자들이 이제는 친미라는 옷으로 갈아입고 이 나라의 윗자리를 차지하고 있다. 그들의 생존수단은 반공이요 빨갱이, 간첩이라는 언어였다. 이제는 친북을 넘어 종북이라는 딱지를 자기들의 잘못을 지적하거나, 저지르고 있는 치부를 건드리려

치면 마구마구 사정없이 담벼락에 선전물 붙이듯 붙였다. 제 한 몸 살아가기 위하여 민족이나 동족은커녕 통일은 입 밖에 내어서는 안 되는 불손한 말이 되었다.

거슬러 올라가 김대중 대통령과 김정일 국방위원장이 국가의 수장으로 만나 6·15를 선언하고 남북의 공존, 공생 평화의 주춧돌을 놓아 '개성공단'이라는 아름다운 평화의 아기가 태어났다. 아직은 더 성장해 가야 할 미숙아 같겠지만 생명은 생명인지라 평화의 싹은 자라게 되어 있다. 이런 6·15를 전면 부정한 게 앞서 밝힌 친일에서 친미로 옷을 갈아입은 집권층 한나라당, 현 새누리당이다.

개성이 어떤 곳인지……, 북조선 입장에서는 군사 요충지다. 보병 2개 사단과 서울까지의 거리는 60km로 화력이 가장 집중된 곳을 김 위원장이 개방한 것이다. 친북을 떠나 양심을 가지고 있는 사람이라면 하나의 국가가 군사요충지를 개방했다면 대단한 결심이고 자기 포기이다. 이런 사실은 무시하고, 까뭉개고 오로지 북조선을 악으로 몰아가는 세력은 박정희 추종자와 친일세력이다. 이들은 북이 없으면 단 한 달도 못 버티고 무너질 세력이니 허구이고 참은 민족 통일이 참이다. 거짓은 종북이고 친미다. 거짓은 역사가 키질을 하여 반드시 드러낸다. 2000년 6월 남북정상회담 뒤 1등 공신은 현대그룹 정주영 회장이다. 소 떼를 몰고 가면서 미 제국이 그어놓은 3.8선을 무너뜨리고 인위적으로 제국주의가 그어놓은 금, 선은 우리 스스로 넘고 넘어 무너뜨리는 수밖에 없다. 지금 개성에는(앞서 군사적으로 무척 예민한 곳) 남한 기업 123개가 들어가 있고 북으로서는 처음 노동이 집약된 곳이다. 옷, 신발 등 첨단으로 생산되고, 남에서는 1조 들이고 50년 사용권 받았다. 경제적으로 누가 이익이고 손해인지 자본주의 계산에 익숙해진 그대가 계산해 보시길. 김정일 위원장이, 아니, 북이 그렇게 양보했어도 남에서는 북한 퍼주기를 노래하고 있다. 사실 퍼주기 얘기하자면 햇빛정책 얘기가 나오는데 이 말을 듣는 북의 입장에서 보자면 무지 자존심 짓밟는 말이다. 햇빛정책이라니? 민족의 공동선이라면 몰라도. 이렇듯 남쪽의 언론과 수구 꼴통은 늘 대결과 적대관계로 이어간다. 남과 북이 전쟁한다면 누가 제일 많이 죽게 될까? 미국이 90년도 가상했듯 미군 5만 명 정도가 죽는다면 남쪽 군사는 50만 명 이상 민간인은 말 붙일 것도 없고 만일 전쟁이 난다면 피난이 가능할까? 명절도 못 치러내는 이 땅의 교통현실이 감당할 수 있을까? 입만 열면 북에 대한 철저한 응징, 대응을 외치는 그네들은 제 목숨 찾는 방법 다 구해놓았고, 전쟁이 나면 목숨을 내놓아야 하는 것은 우리이다. 아무런 기득권이나 돈, 숨을 곳도 마련하지 못한 그대와 내가 제1번이다.

개성을 2천만 평이나 내어준 북을 욕하지 말고 탓하지 마시라! 형편없는 노동의 품삯을 받아 가며 받아들인, 어찌 보면 그들의 수모일 수 있는 것 감당하면서 조국의 통일 주춧돌을 놓은 북조선 그냥 예쁘게 있는 그대로 보아주면 어디가 잘못인지! 북조선은 신병 안전 보호해 주었다. 금강산 관광객 박왕자 사건은 알 수 없다. 사전교육은 다 받았을 것인데 그 새벽에 왜 군사지역을 갔으며 정지 명령과 경고사격을 들었으면 멈춰 서야지 도망친 일, 이명박 정부에서 수십 억을 보상해 준 일, 촛불의 힘에 밀려서인지 박근혜가 개성공단 다시 이어가게 된 것은 참 다행이다. 5년 남북 관계, 금강산 관광을 비롯 모두 끊어버린 일 민족의 숨통을 끊어놓을 일이다. 아! 한 동포, 한 민족. 이름과 성은 다르고 성격도 천차만별 제각각이지만 우리는 하나! 여기에 함께 갈 수 있다. 전 노무현 대통령 방북 때 해주에 공단까지 내놓으려 했던 김정일 위원장. 해주는 해군기지가 집중해 있는 곳이다. 남에서 노 대통령이 NLL을 포기했다느니 주권 영토 포기라느니 헐뜯기 잔치를 보면서 죽은 시체를 찾아다니는 하이에나가 생각난다. 새누리당. 죽은, 썩은 시체나 찾아다니면서 분단이라는 썩은 시체를 뜯어 먹고사는 그들은 이 땅에서 더 이상 살아갈 가치가 없는 이들이다. 이 땅에서 전쟁은 안 된다. 전쟁하려면 드넓은 미국 땅에서 남과 북 금을 그어놓고 해보자. 끝나면 우리 땅에 돌아와 그대로 살면 될 일이다. 전쟁은 사양이고 금물이며 개성은 개성답게 한반도 평화의 주춧돌로 우뚝 솟아야 한다.

언제까지 매국노의 노예로 살 것인지?

작금의 우리나라(남, 북)의 정치 상황을 읽고 있으면 이것이 하나의 국가인지 고개를 갸우뚱하게 된다. 박정희, 전두환 시절이 군사독재와 민주, 자유로 명확하게 선이 그어져 있었다면 지금은 선이 불분명하고 인터넷, 스마트폰, IT 산업시대로 옮겨가면서 선이 지리멸렬해졌다.

일제로부터 해방된 지 70년이 넘어간다. 참 부끄러운 게 이 나라 남쪽에서는 목숨 걸고 혈서까지 쓰면서 일본 천황에게 충성 맹세하고 뼛속까지 친일 분자였던 그 후손들이 역사의 심판을 받기는커녕, 남쪽 나라의 주군 노릇을 하고 있다. 그리고 또 다시 힘 있는 외세에게 나라를 갖다 바치고 제 민족, 제 형제의 나라인 북쪽을 주적으로 삼아 온 나라를 전쟁의 공포 도가니로 몰아넣고 있다.

내 어릴 적 학교생활은 '국민교육헌장'을 외우지 못하면 집에 못 가던 외우기 공포부터 시작하여(난 역사적 사명을 띠고 태어난 적이 없다) 간첩 식별까지 외웠다. "아침 일찍 산에서 내려와 운동화 젖은 사람", "담뱃값 모르는 사람", "오랜만에 오신 삼촌 간첩인지 살펴보자!"까지 서로가 감시하고 의심나면 지서에다 신고하던 시절이었다.

잘 아는 지인 가운데 강릉 연곡에 살았던 거지 시인 김영욱은 서울에서 진고개 넘어 연곡 까지 곧잘 걷는 이였는데, 어느 날 교회에서 잠을 청했다가 새벽 교인들에게 신고되어 전두환 시절 그 유명했던 형제복지원에 감금되었다. 상이용사인 그가 신분을 밝혔어도 소용없더란다.

한 민족, 한 핏줄, 한 동포. 동포라는 말, 한 어머니 뱃속에서 태어났다는 말이다. 외세인 미국에 의해 이 땅의 허리가 잘리어 둘로 나뉘었는데 허리를 동강 낸 미 제국주의는 한·미 동맹의 혈맹이요, 한 민족, 한 핏줄, 한 동포인 북쪽은 적으로 삼는다. 삼국시대에 신라가 당나라와 동맹을 맺어 찬란한 600년 역사의 백제와 고구려를 멸망시켰듯이 2016년의 한반도가 그 시절, 그 모양을 그대로 닮았다. 북에서 수소폭탄 만들고, 광명성 로켓을 쏘아 올렸다고 온 세상을 다 뒤집어 놓는 호들갑에는 이유가 있다. 물론 뒤에는 무기 장사 미국의 군수산업이 버티고 있고, 영구집권을 꿈꾸는 박근혜와 영남(신라)의 패권주의 잇속과 닿아 있다.

사드(THAAD)는 고고도 미사일로 우리나라의 지형과 맞지도 않을뿐더러 만약 저 전쟁 광분자들의 말대로 북에 맞선 것이라면 북의 주력인 '장사포'에 먼저 거덜 난다. 이미 장사포는 남쪽의 포부대에 집중되어 맞서 있다는 걸 그들이 먼저 알고 있다. 남쪽에서 북쪽으로 쏘면 사정거리가 길어서 직사포가 아닌 곡사포(높이 올라갔다 포물선 그으며 내려옴)여서 쓸모가 없다. 이걸 한반도 남쪽에 놓겠다는 건 어린아이가 보아도 중국과 러시아의 견제다.

사드 2대 설치 비용은 최소 3조 원, 1년 유지비 6조 원, 포대 앞 5km 나무 모조리 베어내는 불모지 작업. 미군수업자들은 남쪽에 사드가 배치되면 부시 때 '생화학무기'를 핑계 삼아 이라크에 컴퓨터 게임하듯 전쟁의 불꽃놀이 하면서 말대로 구중구월에 모여 폭등한 뉴욕 증시 지수 모니터로 보며, 최고의 파티장에서 최고급 와인을 즐길 것이다. 일본은 2년여 줄다리기 끝에 설치했다는데 남쪽의 박근혜 나라는 어느 날 갑자기!이다. 우리가 다 알고 있듯 북쪽의 군사적 대응은 고립된 사지에서 벗어나려는 고육지책이다. (이것도 북 찬양? 무서워라, 국가보안법) 북쪽도 남쪽 침략용이 아닌 것을 자주 말해왔다. 로켓은 로켓이지 미사일이라 우긴다고 되는 일이 아니다.

그렇다고 개성공단 폐쇄하는 저 저돌적인 무모한 불장난을 보아라. 개성은 본래 북쪽의 알토란 같은 군사지역, 요충지였다. 거기에 통 크게도 공단을 세우기로 합의해 개성공단이 되었다. 124개 기업 업주가 들어가 있고 5,000여 곳이 넘게 협력업체로 연결되어있다.

2015년 생산 대비는 전년대비 2090↑올랐고, 지난해 방문객도 공단 개업 첫 연도 빼고는 역대 두 번째로 많았다. 12만 524명 중 남북의 노동자 수는 5만5,566명(남 803명, 북 5만 476명). 개성공단 누적 생산액은 2015년 11월 말까지 31억 8523만 달러. 남쪽 기업은 갑작스런 박근혜의 무모한 불장난에 1조 19억 원이나 되는 재물을 한 푼도 못 들고 나왔다. 2013년 이명박 때 165일 중단 시, 1조 원 넘게 피해를 본 건 남쪽이었다.

이번엔 하루 17억 원씩 손실을 추산하고 있다. 계약업체와 계약 불이행으로 입는 피해는 눈덩이처럼 불어날 것이다. 개성공단 포기라는 카드를 군사 작전하듯 기습 발표한 것은 박근혜 정권이 내년 총선을 노리는 노림수인지 모르겠으나, 개성공단 포기는 군사 조처를 제외하면 남쪽에서 쓸 수 있는 최후 카드였다. 그런 남북 관계 평화의 안전판을 스스로 없애놓고 또 북쪽에 핑계를 돌리고 있다.

이제 무엇을 가지고 어떻게 북과 대화하고, 박근혜들 말대로 압박한다면 무엇으로 압박할 것인가? 남과 북은 전쟁 공포에 대한 긴장 고조만 남아있다. 모두가 알고 있듯 개성공단은 퍼주기가 아닌 퍼오기이다. 앞서 밝힌 남쪽 기업의 큰 이득에 북쪽에는 총 6160억 현금으로 들어가고 나머지는 물품 교환권으로 준다.

2년 전, 전前 통일부 장관 정동영 님을 초청하여 강연을 듣고, 개성공단의 한반도 평화 안전판이라는 글을 소식지에 올렸더니 경찰서에서 글 지우라는 공문까지 보내왔다. 도무지 이놈의 정부, 정권이 뱉은 말대로 "통일 대박"에 생각은 있는지 모르겠다. 박근혜 정부의 결정구조는 항상 비정상이라지만 결정권자가 최후의 평화 안전판을 걷어찼다면 엄청나게 큰 사고요, 남은 것은 우리 민족의 공멸이다.

그대 그리고 나의 길은 어디인지! 이렇게 일 저질러 민생파탄 내어놓고 "새해에는 경제 먼저 민생 먼저"라는 새누리당 플랜카드가 서울 시내 도시근교에 곳곳에 펄럭이고 있다. 눈뜨고는 도저히 못 보겠다. 농민, 노동자 죽고, 청년 자살률 세계 1위, 헬조선의 나라. 개성공단으로 연결된 남과 북의 숨통마저 끊어 전쟁으로 결딴내자는 저들은 군대도 안 갔다 온 자들이다. 전쟁 나면 도망쳐 살는지 몰라도 죽어 쓰러지는 건 민초들이다. 동포 형제 쓰러지는 여기는 누구의 땅, 누구의 나라인가?

한국사회와 한국인의 트라우마

1) 우월감 트라우마

사람들은 동물과 달리 왜? 살아야 하는지, 삶과 생의 목표가 무엇인지를 물어야 한다. 그게 사람이다.

한국 사회는 90년대 이후 신자유주의가 지배하게 되는데, 신자유주의의 무기는 경쟁이다. 김영삼 대통령이 무한 경쟁을 말하지 않았던가. 참 무서운 말이다. 모두가 죽고 하나가 살아남을 때까지 해야 하는 경쟁이 무한 경쟁이 아니던가.

한국 사회에 사는 사람들의 삶의 목표는 너나 할 것 없이 '돈'이다. 돈과는 아주 멀리 있어야 하는 종교까지 '돈'인데, 돈이 하나님이고 부처님인 걸 어찌하겠는가. 신앙도 획일화되지만 한국인들 삶의 목표도 돈으로 획일화되었다. 왜? 돈이 있으면 무시당하고 손가락질 안 받으니까. 돈이 있으면 유명해지고 대접도 받기 때문이다. 사람의 심리가 무시당하는 것을 밥 굶는 것보다 더 싫어한다.

밥 없으면 혼자 몰래 굶으면 되겠지만, 사람은 사회적 생명을 가지고 있는 사회적 존재이기에 무시당하면 자기 존재감이 없어져 육체적 죽음보다 더 두려워한다. 이렇듯 돈에 대한 무서운 집착은 경쟁에서 질지도 모른다는 패배에 대한 극단적 공포에서 온다. 유명하냐 아니냐로 대접받기에, 유명해지려 안간힘을 쓰고, 유명하냐 아니냐로 사람값이 매겨지고 있는 슬픈 현실이다.

옛날에는 돈 없이도 성공했다. 그 사람의 직위를 인정해주었다. 선생님이라든가 공무원, 은행원 등…… 오늘은 아니다. 90년대 이후 신자유주의가 도입되면서 한국 사회가 이렇게 잔인해졌다.

『트라우마 한국사회』의 저자 김태형은 이걸 80년대 생들의 트라우마로 읽었는데, 80년대의 입시경쟁을 비롯 경쟁에서 지면 죽음이라는 공포! 우리 큰아이(83년생) 고등학교 때가 그랬다. 신자유주의는 승자가 독식한다. 1등은 2등에 대한 배려나 위로가 없고 남은 것은 오직 '우월감'이다. 이 우월감을 가지려고 사람들이 돈의 노예로 사는 것이다.

승자독식은 우리 사회의 중산층을 무너뜨렸고, 승자는 대박일는지 모르겠지만 빈부격차는 더욱 심화되어 자살률 세계 1위인 이곳은 행복한 세상이 아니다. 신자유주의는 경쟁이 무기라 했었다. 여기서 정규직과 비정규직의 차별이 생겨났고, 정규직은 비정규직을 무시하고 깔보고 경쟁에서 경쟁으로 고달픈 삶을 이어간다.

성과급제도 마찬가지이다. 교사, 공무원에 성과급제 도입하여 경쟁을 부채질하니 조직에 속해 있는 사람들은 자연스레 경쟁으로 내몰리게 되고 서로 분열하게 된다. 완벽한 개인 경쟁으로 여기기에 공동체는 와해되고 있고 지금 대한민국의 모습이다.

우월감은 상대를 깔보거나 무시하게 되어있어, 상대를 학대한다. 우월감을 느껴 행복해지려는 목적을 향해가기에 우리 사회가 불행하지만 인간의 본능, 본 양심은 측은지심이다. 누가 아프면 나도 아프고 너가 불행하면 나도 불행하고 너와 나의 분별, 나눔 없이 사는 것이 우리이다. 마누라도 내 마누라가 아니고 '우리' 마누라 아니던가? 사회정의와 분배만이 이 사회가 행복해질 수 있다.

2) 분단 트라우마

분단은 우리에게 가장 큰 트라우마 '공포심'을 가져다주었는데, 미국에 의한 일본 패망 뒤에 중앙청에는 태극기를 대신해 미국 성조기가 올라갔다는 사실은 모두가 알고 있다. 남한은 일제에서 미 제국으로 주인이 바뀐 것이지 해방이 아니다.

전쟁을 막아보려 애쓰던 김구 선생은 이승만과 미국의 사주로 안두희 손에 죽고, 미국의 조종으로 남한 단독정부를 수립한 이승만은 권력을 세우려 전쟁을 피해 남으로 온 실향민들 잡아다 공산주의자로 몰아갔다. 거기에 주눅 든 실향민들 모두가 남에서 살아남기 위해 반공주의자가 되었다는 새로운 사실을 들었다.

그때부터 간첩, 용공, 지금은 종북이라는 색깔론으로 정권을 유지해왔다. 이승만은 실향민을 잡아다 취조해 극도의 공포감을 조성했다. 실향민들은 자기가 공산주의자가 아닌 걸 밝혀야 하다 보니 극우 보수가 되었고, 이승만 정권과 친일 앞잡이 극우(사실은 극우도 못되지만)들의 공포에 반공 투사가 되었다. 유럽의 보수와 우리나라의 보수가 다른데, 유럽은 논리적인 보수와 보수파가 집권하기도 한다.

우리나라의 경우 보수파는 앞서 말한 대로 이승만의 반공으로부터 3·15 부정선거와 박정희의 군사쿠데타로 인한 간첩, 빨갱이의 공포정치, 박정희 죽음, 전두환은 광주 5·18 민주화를 군사쿠데타로 짓밟았고 그들과 같이했던 정치모리배가 공화당에서 민정당, 한나라, 새누리로 옷 갈아입고 오늘도 종북이라는 공포정치로 이 사회를 말아먹고 있지 않은가.

김대중 내란 음모, 칼기폭파(북한 소행이라고), 수많은 간첩단 사건 조작, NLL 포기 노무현 대통령 사건, 박근혜 대선 투표율 조작 불법, 거기에서 이석기 통합진보당 내란음모사건, 서울시청 공무원 유우성 간첩사건 조작, 무인비행기 사건(그중 한 대는 간이화장실 문짝이었으니) 등 우리 극우파들은 민족, 자주, 통일이 없다. 여지껏 북한을 이용하여 공포정치를 이어왔으니까.

공포정치 종북에는 야당인 민주당도 저만치 도망간다. 북을 이용한 공포정치를 여지껏 해왔으니 남북이 가까워지는 것은 안 된다. 그러니 이명박은 5·24조치요, 인천아시안게임 참가를 북에서 요청했지만 안 되고 있는 이유도 여기에 있다.

북을 이용한 분단 트라우마인 '공포정치'를 우리가 무서워 않고 정면으로 맞서는 용기를 갖는다면, 분단 공포는 물러가고 통일된 평화의 나라가 올 것이다. 한 줌 안 되는 분단을 이용한 공포를 이용하여 70년 동안이나 권력을 주물러온 새누리. 색깔론만 가지고 70년을 왔으니 무식하고 무능하고 이게 세월호를 통해 드러난 그들의 민낯 아닌가.

두려워 말아야 한다. 통일을 말하다 종북이라면 기꺼이 맞서자. 옛 박정희, 전두환 때는 뒤에 총부리가 있었지만 지금은 아니잖은가. 분단 트라우마 색깔론에 맞서 싸워야 하고 정면승부해야 우리는 이 두려움의 공포정치를 끝내고 새날 평화와 자유해방을 맛보리라.

4부

광야에서 온 편지

면회를 다녀와서

이번 면회는 후원회 조직적 면회가 아니고 후원회 지원으로 개인적으로 이루어졌다.

서울구치소에서는 양심수가 여섯 명이나 있다. 그중 크레인 기사로 생활해오던 정성만 씨. 그는 박근혜 최순실의 국정농단에 검찰의 수사 의지가 없자, 작년 11월 1일 “우리 같은 노동자는 목숨 걸고 일해도 돈 몇 푼 못 받는데” 하는 공분이 일어나 트럭을 빌려 포클레인을 싣고 검찰청사에 돌격하여 사회의 관심을 받은 바 있다. 평지도 아닌 산 위에서 일해 왔는데, 그 무렵 같이 일하던 동료가 포클레인이 굴러서 사망했다고 한다. 파리 목숨 같은 노동자의 현실에 분노가 일었을 것이다. 사십 대 중반이 넘은 정석만 씨의 얼굴은 빛나 보였다. 구속되어 감옥살이할 각오여서인지 참 편안해 보였고, 얼굴에 삿됨이 없이 보이는 똘방똘방한 청년이었다.

양심수후원회는 이렇게 정의감 있고 의협심 있는 이들도 감옥에 갇히면 품어간다. 회원들의 위로편지를 부탁드린다.

2월 21일(화)에는 광주로 향했다. 광주교도소에는 강영수, 김홍열(통진당) 양심수가 있다. 1일 1명만 면회가 가능해 먼 곳까지 간 김에 일박을 했다. 강영수 씨는 김대중, 노무현 대통령 시절 대북사업을 하면서 통일부 직원, 국정원 직원과 같이 일했고, 이산가족 만남에도 함께 일했던 이였는데 정권이 바뀌었다고 박근혜 정부에서 구속되었으니 그분함이야 오죽했을까? 처음 면회 때는 억울함의 호소가 많았다. 세월이 약이라고 3년 넘기고 6월 18일 출소를 한다. 출소가 얼마 남지 않아 그런지 참 환한 얼굴을 뵈었다.

김홍열 님은 아쉽지만 다음으로 미루기로 했다. 양심수를 대표하여 양심수후원회 총회 축사를 써주기도 했다. 고마운 마음을 글로 대신 전하며 다음 기회에 찾아뵐 생각이다.

"선생님 덕분에 총회 잘 치렀습니다. 고맙습니다."

잠잘 곳인 곡성 지인 집으로 향했다. 수년 만에 만난 라파엘 수사님, 나의 오랜 벗과 오랜 시간 정담을 나누고, 이튿날 송훈 님을 만나러 교도소로 갔다.

송훈 님은 강영수 님과 같은 사동에 있는 일반수인데, 강영수 님의 소개로 후원회를 알게 되었고, 이곳저곳 사회단체를 돕고 있다가 양심수후원회원이 되었다. 내 생각으로는 감옥회원 1호가 아닌가 싶다. 송훈 님은 감옥에 있으면서 전남 나주 드들강 여학생 성폭행 살인사건을 밝혀 범인을 잡게 한 "의협"의 사나이였다. 범인이 모든 알리바이를 조작해 놓고 다른 사건으로 감옥에 와서 자칫 영구 미제 사건으로 묻힐 뻔한 범행을 송훈 님이 밝힌 사건해결은 참 다행이기도 하거니와 아름답다. 마흔이 넘었다는 송훈 님은 너무 앳되어 보여 좋았다. 면회(수요일) 다음 날 언론에서 취재 온다고 밝은 표정이다. 수용기간이 많이 남아있는 송훈 님을 가까이 있으면 자주 보련만 서울에서는 멀게 느껴진다.

대전에서 지인에게 하룻밤 신세 지고 아침 일찍 대전교도소로 향했다. 대전에는 한준혜 님과 최민 님이 있다. 한준혜 님만 면회할 수 있어 최민 님에게는 미안했다. 마음대로 여러 사람 면회도 못 하게 하는 현 교정기관 법은 저들만의 탁상행정으로 문제가 많다.

한준혜 님은 민주노동당 충남 책임자로 일한 적이 있어 내 고향 면 단위까지 훤하게 읽고 있었다. 옥에서 출소했다가 재판 도중 법정에서 구속되었으니, 분함이 오죽하겠는가? 다시 들어가니 옥에 있던 이들이 "왜 또다시 왔냐?"고 묻더란다.

마음이 가볍다는 준혜 씨는 웃는 얼굴이 예뻤고 강담, 박희성, 양원진 외 선생님들께 안부를 잊지 않았다.

후원회원 여러분, 얼굴은 몰라도 편지라도 보내주시기를 바

란다. 감옥에서는 밖과의 소통이 간절하다. 시간 나면 면회도
가보기를 권한다. 이들에게 후원회는 희망이다.

한준혜 님의 편지 1

민가협양심수후원회 안병길 회장님께

안녕하세요? 대전교도소의 한준혜입니다.

지난주에 멀리까지 걸음해 주시고 너무 감사드립니다. 마음을 전할 방법이 없어 편지로 대신합니다. 알뜰하게 넣어주신 접견물, 주말을 맞이해서 맛있게 잘 먹고 있습니다.

어제는 8시 SBS 뉴스에서 광화문 광장 촛불을 방송해주어서 그 모습만 봐도 심장이 쿵쿵 울립니다. 그나마 광화문에서 7개월 동안 촛불의 의미를 알고 시대를 함께 호흡할 수 있었던 소중한 시간이라 참 기억이 많이 남습니다.

비록 광화문에서 함께 할 수는 없지만 늘 마음은 광화문 촛불과 함께하고 있습니다,

지난 후원회 소식지에 "그들을 끌어내어 광화문 법정에 세워라"라고 쓴 글이 참 인상이 남았습니다. 프랑스대혁명처럼

민중의 법정, 민중이 심판하는 그 공간이 진정으로 그들을 처벌할 수 있다고 생각했습니다.

2017년을 파쇼적인 정치재판의 폭력으로 시작했지만, 오히려 올해 자주통일의 큰 길이 열릴 진통이라고 생각합니다. 역사의 두근거림 현장에 함께 하지는 못하지만 앞으로 펼쳐질 시대로 준비하기 위해 저에게 시간을 줬다고 생각하고 있습니다. 지식이 힘이라고 하니 열심히 지식을 쌓아 조국과 민족, 민중에 봉사할 수 있도록 하겠습니다,

걱정해주신 마음 잊지 않고 살겠습니다, 환절기에 감기조심하세요……

씩씩하게 살다 찾아뵙겠습니다.

2017 . 2 . 26 한준혜 드림

※상고재판은 이광철 변호사님이 맡으셨다고 합니다. 좋은 소식 전해드리겠습니다. 법정투쟁도 반드시 승리하겠습니다!!

한준혜 님 편지 2

안병길 회장님께.

어제오늘 하늘이 가을처럼 화창하고 참 맑습니다. 운동장에서 한참을 하늘 구경했습니다. 보내주신 편지와 또 한 통의 주보 잘 받았습니다. 시그널향이 풍기는 주보가 참 정이 많이 갑니다. 매주 직접 글을 쓴다는 것이 수행이 아닐까 싶습니다.

요즘 같은 세상에~

저는 5월 10일에 기결확정을 통보받고 옷 색깔이 바뀌었습니다. 두 번째 구속이지만(앗 세 번째군요ㅋ) 기결은 처음입니다. 옷 색깔만 바뀐 거지만 기분이 참 묘했습니다. 국가보안법 기결수란 자부심도 생기고…… 당장 면회가 제한되니깐 불편했지만 토요일에도 시간이 줄어들지 않고 12분을 주니 땡잡은 느낌입니다. 회장님을 짧게 잠시 뵈었지만 저의 촉이 맞았네요. 그리고 여기저기 능숙한 조직력을 발휘하실 것 같은 불길

한 촉이 느껴졌습니다. 저야 능력이 탁월하신 회장님 뜻대로 하겠습니다!

예당저수지 건은 지침만 주시면 잘 집행하겠습니다. 단체나 지역이나 연륜이 가득한 어른을 모신다는 것은 쉽지 않습니다. 저도 그 마음을 약간 알 듯합니다. 그래도 3년 동안 왕성하게 활동하실 수 있는 것은 그래도 회장님이니깐 가능하셨으리라 생각합니다. 전 양심수후원회 소식지 볼 때마다 깊이는 누구도 따라오지 못한다 생각했습니다. 단체에서 매월 소식지 내본 경험이 있으면 알 겁니다. 일정을 꼼꼼하게 기록하고 내용도 채우는…… 안에서 그 일정기록을 보면서 진보진영 활동 감각을 그나마 가질 수 있었습니다.

집안으로 보면 층층 시어머니 모시는 일인데, 어려운 일일지라 당연히 생각합니다.

사실 저도 1박 2일로 공주, 서천에 장기수 선생님 모셨을 때 엄청 긴장을 했었습니다. 하지만 어려운 일이니 더 빛이 나지 않을까 생각을 했습니다. 조용히 빛나는 일이니……

회장님 편지를 읽다 보면 후원회에 회장님은 기둥이신 것 같아 아무래도 후원회에 계셔야 할 듯합니다. 저도 회원이니…… 제가 머리띠 두르고 회장님께 요구하고 싶으나 내공이 남다른 회장님이시니 믿고 기다리겠습니다. 제가 무례했다면 너그러이 용서해주십시오.

운동이 침체되고 이명박, 박근혜 정권에서 통일운동은 더 침체되어서 가장 외로운 길 국가보안법 양심수 보살펴주시는 이 길을 묵묵히 늘 항상 가고 있다는 것이 어찌나 다행인지 모르겠습니다. 지역에만 있다가(매우 작은 농촌 도시) 서울에 와 보고, 글구 국가보안법으로 탄압을 받다 보니 더 소중함을 깨닫게 되었습니다. 출소하게 되면 비록 먼 공주에 있지만 목요집회도 참석하고 회비도 꼬박꼬박 내려고 마음먹고 있습니다.

회장님과의 만남도 너무 소중해서 고난함에도 즐거움이 있다는 것이 기쁩니다.

예당저수지 어죽 생각하며 즐겁게 살다가 찾아뵙겠습니다.

2017. 5. 27

대전에서 한준혜 드림

한준혜 님의 편지 3

안병길 목사님께

이번 주 내내 미세먼지로 답답한 하루하루였는데 건강은 어떠신지요?

저는 상반기에 석 달을 씨름해서 구매한 미세먼지용 마스크 덕분에 잘 지내고 있습니다. 그래도 코나 눈 등에서 반응이 오더군요.

보내주신 편지를 읽고 왠지 죄송한 마음이 들었습니다. 한 사람의 소중한 인생사를 쉽게 알려고 조급하지는 않았나 싶었습니다. 짧은 이야기 속에 깊은 내공이 느껴졌습니다. 나중에 기회 되면…… 목사님의 인생사를 듣고 싶어졌습니다. 기회가 주어진다면요. 올해 재구속되고 새로운 인연…… 만남이 가슴속에 깊이 남아있습니다. 단절된 공간에서 온기조차 느끼지 못하고 10여 분 시간 속에서 서로의 안부조차 묻기도 버거운 시간인데도 말보다도 눈빛만으로 느껴지는 진한 인간애가 남아 오래갔습니다. 밖에서도 소중한 인연이 이어지길 바라는 마음이 있다 보니 이것저것 호기심이 생겼나 봅니다.

어제오늘 사동이 소란했네요. 수용자분이 어제는 화장실 다녀오다 넘어져 머리를 크게 다쳐 소동이 있었고, 오늘은 갑자기 소리를 질렀어요. 아마 약을 제대로 안 먹어 환상을 본 듯해요. 추측, 밖도 그렇지만 안에서도 정신건강에 이상인 사람들이 점점 많아지는데, 망상이 심해서인지 교도관과 문제가 계속됩니다. 약 말고는 방법이 없는데, 그들이 약을 거부하면 사동에서 아주 고역입니다. 공안면담 때마다 심리치료 등 대책이 필요하다 제기는 하고 있는데, 교도관들이 오히려 저에게 물어봐요. 저런 사람 대처 방법을…… 구치소 안전하고도 연관 있으니, 심할 땐 여기가 정신병원인가 싶을 때도 있어요.

특히 제 옆방 독거방에 조현병 증상 있는 수용자가 오게 되면, 극심한 스트레스를 받죠. 하루종일 수돗물을 틀어 놓든가 화장실 문 부서져라 닫는 것을 수시로 하고, 낡은 건물에 멀미까지 날 정도였어요. 출소하게 되면 감옥 인권 문제에 대해 공론화 할 수 있는 자리가 있었으면 하는 생각이 들더군요. 머리 다치신 분은 과밀 수용된 공간이다 보니 그런 것 같구요. 몸이 둔해지는데 공간도 협소하다 보니, 20대 젊은 친구들이 대부분이다 보니 안타깝기도 하고, 목사님 덕분에 이곳에서 잘 지내다 나갈 수 있어 진심으로 감사의 인사를 드립니다.

출소를 앞두고 하루가 굉장히 길다고 들었는데, 생활은 같은데 길게 느껴지네요. 그래서 좀 더 인내심이 필요한 듯합니다. 사람의 마음이라는 것이…… 최 민이란 친구는 대전에 같이 있다가 1월 14일에 출소했어요. 같이 법정 구속되었는데 대기실에 들어와서 1년 뒤에 보자고 했던 기억 생생하네요.

허망했던 심정이었는데, 곁에 그나마 누군가가 있다는 것이 의지가 되었거든요. 그 친구는 면회 오는 사람들한테 손잡고 같이 나가고 싶다고 했는데, 결국 소원은 이루어지지 못했네요. 슬프게도 저는 2월 4일(2018년 2월 4일 출소) 사람을 만납니다. 약간 설레고 뭉클해지고…… 나가는 날 교도소 문을 나서야 나갔다는 생각이 들 것 같아요. 나가서 뵙겠습니다.

2018. 1. 21

대전에서 한근혜 드림

강영수 님의 편지

안병길 회장님께 보냅니다.

안녕하셨습니까? 보내주신 서신 감사히 잘 받았습니다.

모든 말씀에 공감하며 품어주시는 마음에 깊은 감동을 받았습니다. 믿음의 형제를 보내주신 하나님께 영광을 바칩니다. 저도 기독교인입니다. 믿음의 형제라고 말씀드리기에는 부끄러운 날라리 양아치 집사였습니다만 이곳에서 하나님을 다시 만나 회개하고 믿음으로 거듭나고 있습니다.

작금의 정치상황을 보며 정의와 공의의 하나님 심판에 감사드리고 있습니다. 공안정국을 만들어 자기들 입맛대로 국면을 길들이려고 했던 박근혜와 김기춘, 우병우의 구속과 심판을 기대하고 있습니다. 서울시 간첩사건의 무리 여론을 호도하기 위해 현재 안동에 있는 전식렬 님과 저를 희생양으로 삼았는데…… 억울함은 물론 인간 이하의 것들에게 지배당하고 휘둘렸다는 것이 너무나도 부끄럽기 그지없습니다.

침묵하고 있는 개신교단 및 기독교 단체에게 너무나도 큰 실망을 하고 말았습니다. 북한선교를 꿈꾸었고 한기총을 도왔던 저의 생각이 너무나도 현실과 동떨어진 이상이 아니었나? 바로잡아보려고 노력합니다. 저는 안 회장님을 처음 대면하고 매우 어리게 보았습니다. 깜짝 놀랐지요. 양심수후원회장이라는 분이 너무 젊어서요, 그리고 솔직히 말씀드리면 꼰대(?)가 아니라 신세대(?)라는 이미지가 강해 무엇보다도 반가웠습니다.

안 회장님! 주보 썼던 원고의 뒷면 편지가 너무나도 좋았습니다. 제 마음의 고향에서 온 것 같습니다.

송 훈이는 이곳에서 만났지만 송 훈이의 선배들이 저의 후배들이고 중국에 있는 지인들과도 인맥이 겹쳐 친하게 지내고 있습니다. 무엇보다도 매사 긍정적이고 사업가로서의 자질이 뛰어나 대성할 수 있는 재목으로 보고 있습니다. 원래 불교신자였는데 제가 공갈과 협박으로(?) 전도하여 어제는 함께 예배도 보았습니다. 믿음의 형제로 거듭날 수 있도록 많이 지도해 주시길 부탁드립니다.

저의 아내와 결혼조건 중 (1)번이 기도교인으로 거듭나는 것이었습니다. 다행히 신앙심이 깊은 아내를 만나 거듭나게 되었습니다. 저는 감리교인입니다만 장로교에서 집사로 임명

받아 신혼시절부터 명성교회, 임마뉴엘교회, 분당 만나교회를 불성실(?)하게 형식적인 선데이 크리스찬으로 다녔습니다. 남북교류사업을 통해 일부 목사님들의 방북 및 엄신형 한기총 전 연합회장님과의 북한선교에도 미력한 힘이나마 보태려고 노력하던 중 구속되어, 다시 성경공부를 시작했고 거듭나게 된 것입니다.

이곳에서 억울하게 있으면서 한국기독교단이 얼마나 보수적이고 국가보안법에 대한 편견과 무지에 폐쇄적인지 너무나도 놀라고 실망하게 되었습니다. "내가 가는 길을 그가 아시나니 그가 나를 단련하신 후에는 내가 순금처럼 되어 나오리라"(욥기3장10절)는 말씀처럼 제가 앞으로 제 인생을 어떻게 살아가야 하는지를 깨닫게 해 준 하나님께 거듭 감사드립니다.

광야(미드바르)라면 하나님의 말씀이 있는 곳으로 배웠습니다. 세상을 향하여 흩어지는 교회라는 말씀이 마음에 와닿았습니다.

2016 병신년이 얼마 남지 않았습니다. 다가오는 정유년에는 광야교회의 무궁한 발전과 안 회장님의 건승, 그리고 회장님께서 추진하시고자 하는 모든 일들과 관련된 모든 분들에게 우리 주 예수 그리스도의 은혜와 하나님의 사랑과 성령의 교통하심이 넘쳐나기를 기원합니다.

가내의 만복을 소망합니다. 안녕히 계십시오! 감사합니다!

고맙습니다. 그리고 사랑합니다!

2016. 12. 13

광주에서 강영수가 보냅니다.

이상훈 님의 편지

안병길 회장님과 회원분들께

새해를 맞아 이렇게 펜을 들었습니다. 작년에 뜻밖의 방문으로 너무 놀랍고 또 감사했습니다.

회장님을 비롯해서 많은 분들께서 관심을 가져주시고 아껴주신 덕분에 재판을 잘 받고 지금은 대구교도소로 이감 왔습니다. 작년 한 해 양심수후원회의 아낌없는 후원과 보살핌 덕분에 무탈하게 잘 보냈습니다. 애써주신 모든 분들께 감사드립니다.

기나긴 침묵을 뚫고 천만이 넘는 항쟁의 촛불이 역사의 어둠을 밀어내며 자주와 통일, 민주주의의 여명을 밝히고 있습니다. 2017년은 반동세력에 의해 이탈되었던 역사의 기관차가 본궤도에 오르며 더욱 비약할 것입니다.

얼마 남지 않은 수감생활 잘 마무리 짓고 건강한 모습으로 뵙겠습니다.

분단 72년 1월 2일

대구교도소에서 이상훈 드림

한상균 님의 편지

안병길 회장님께.

무능하고 폭압적인 정권 때문에 일찍 찾아온 더위가 더욱 찌는 것 같습니다.

많은 동지들이 회장님의 격려와 사랑에 힘내고 있다는 소식을 전하오니 잠시나마 더위를 잊으시고 건강하십시오.

외롭고 그리움으로 보내야 하는 감옥이지만 단결과 투쟁의 노래를 부르며 보내고 있으니 걱정하지 마십시오.

회장님 말씀대로 무능, 무지, 무책임, 무대포, 무대책 5무 박근혜 정권은 총선으로 심판받았지만 반성은커녕 탄압의 광기는 더 거칠어지고 있습니다.

민중들의 절망적인 삶을 해결할 능력이 없기에 국민을 편 갈라 정권을 유지만 하고 보자는 식입니다. 여소야대를 만들어주었는데도 불구하고 기대를 저버리면 대선은 다시 정치 불신 상태에서 치러지지 않을까 걱정입니다.

시민사회, 종단, 민주노총 청년 모두가 다시금 각오를 새로이 해야 할 때라고 생각합니다.

민주노조 민주주의가 피를 먹고 자랐다는 것을 잠시 잊고 지낸 대가가 이처럼 혹독한지를 목도하고 있습니다.

적대적 공존으로 급변해가고 있는 남북관계도 결국은 노동자 민중의 경각심이 있을 때만이 통일의 날을 앞당길 수 있다고 생각합니다.

쌍차투쟁 후 절망적일 때 손을 잡아준 종단은 살아서 싸우라는 그래서 사람이 희망임을 가르쳐 주었습니다.

불의는 정의를 결코 이길 수 없음을 믿고 희망을 만들어나가는 소명을 게을리하지 않겠습니다.

함께 가는 길, 그 길이 민중이 행복한 길이 되는 날이 반드시 오리라 믿으며 잘 지내겠습니다.

건강하십시오. 고맙습니다.

2016년 6월 26일

서울구치소에서 한상균 올림

최 민 님의 편지

안병길 회장님께

안녕하세요. 최 민입니다. 더운 날씨에 건강히 잘 지내고 계신지요?

한동안 30도가 넘고 농민들의 애타는 마음을 생각하며 비가 내렸으면 했는데 지금은 며칠째 비가 이어지고 있습니다. 오랜만의 비라 더위가 잠시 주춤하고 해갈도 되고 좋지만 너무 과하게 내리지는 말았으면 합니다. 대학교 때 매년 나갔던 농활의 인연으로 농민회에서 간사로 활동할 때가 있었는데 봄에는 가뭄으로 여름에는 태풍으로 겨울에는 폭설로 늘 어려움이 있었지요. 여러모로 농촌이 살기가 팍팍한 거 같습니다. 얼마 전 함께 활동했던 사무국장님이 면회를 오셨는데 키우던 닭을 AI로 더 이상 키울 수 없어 막노동을 하고 계시다고 하시더군요. 미국이 불공정한 FTA 재협상을 이야기하는데 적반하장이 따로 없습니다. 오히려 굴욕적이고 매국적인 협정의 재협상 아니 폐기를 요구해야 하는 것은 우리임에도 말입니다.

문재인 역시 FTA, 사드 발언들을 들어보니 그 한계가 분명히 보입니다.

한겨레신문과 양심수후원회 소식지를 통해 양심수 석방을 위한 투쟁 소식을 들었습니다. 그동안 꾸준히 해온 투쟁이지만 정권교체 후 8·15를 앞두고 많은 사람들이 기대를 갖고 있는 것도 사실이지요. 1명도 남김없이 양심수 전원 석방되어야지요. 국가보안법 철폐도 이루어야 하구요. 문재인 정부가 통일과 민주주의 실현의 의지가 있는지 지켜볼 일입니다.

너무 조급해하지 않고 해주신 말씀처럼 마음공부와 도 닦으며 준비하고 있겠습니다.

광야교회라는 이름이 참 좋습니다. 세상을 향하여 흩어지는 교회 성도들을 많이 모으는 게 좋은 교회라고 성공한 목회자라 인정하는 시대입니다. 얼마 전 명성교회 세습 문제가 신문에 났더군요.

이스라엘 민족 40년의 광야생활, 광야에서의 예수님의 40일 금식 모두 광야였지요. 아무것도 없다고 보이는 암흑이라 생각되는 그곳 광야에 희망이 있음을 봅니다.

감옥은 어찌 보면 광야입니다. 어렵고 쉽지 않은 생활입니다.

하지만 이 광야는 저 개인만의 광야가 아닌 민중의 광야 민족의 광야일 테지요. 광야를 지나면 빛이 있음을 압니다.

물론 그 빛은 투쟁을 통해 얻을 수 있겠지요.

편지 뒷면의 주보를 보니 구속되기 전 종로 기독교회관에서 목사님들과 함께 농성을 하며 매주 고난예배를 준비하던 생각이 납니다. 그때 주보 복사는 저의 담당이었습니다.

지난번 한준혜 동지만 면회를 하고 저를 못 보고 가서 안타까워하셨는데 비슷한 경우가 한준혜 동지에게도 있었습니다.

장기수 선생님들이 어렵게 오셨는데 저만 면회가 되었습니다.

선생님들이 얼마나 속상해하셨는지 모릅니다. 규정을 너무 야박하게 해놨는데 이런 것도 바뀌어야겠지요.

암튼 이렇게 편지로 응원해 주셔서 고맙고 힘이 납니다.

장마가 지나면 7, 8월 본격적인 무더위가 오겠네요.

적당한 햇빛과 바람이 불어야 곡식들이 잘 익어가고 가을 추수도 풍성히 한다는데 더위와 비바람 잘 이겨내고 자유로운 몸이 되어 밖에서 기쁜 마음으로 만나 뵙겠습니다. 항상 건강하시길 바라며……

2017. 7. 2 대전에서

최 민 올림

김성윤 목사님 편지

안병길 목사님, 형님

보내주신 편지, 새해 격려 말씀, 큰 힘과 위로가 됩니다.

특히 아우로 받아 주셔서 이 적 형님 이후로 호형호제의 의리로 모시겠습니다. 형님도 새해 건강과 형통을 빕니다.

그동안 기독교운동에서 재야운동에서 겪으신 경험을 바탕으로 새 시대의 리더로 큰 역할을 기대합니다. 특히 평화목자단에 들어오심을 기쁨으로 환영하며 동고동락의 운동을 펼쳐가면 좋겠습니다.

제가 신학생 운동하던 시절 구로민교(구로 민중교회 연합), 사랑교회(김광훈 목사) 등 목사님들은 저의 롤모델이셨고, 저는 금천구 시흥동에 개척했지만(1999년) 선배님들은 흩어지신 뒤였습니다. 저는 깃발 지키자는 심정으로 기사련(기독교 사회운동 연합)을 지켜왔고, 복역 후에도 기사련으로 돌아갈 것입니다. 이제는 저나 형님이나 후배들 이끌고 새 시대와 교회를 끌어나갈 때인 것 같습니다. 늦었다고 생각할 때가 빠른 때라고 생각하고 형님과 함께 일을 하고 싶습니다.

우리 영역이 재야까지 넓어지니 얼마나 좋습니까?

올해 안에 나가게 되니 그때 뵙겠습니다. 새해 건강을 빕니다.

2018. 1. 11일 춘천에서

김성윤 목사

김기종 님 편지

안녕하셨습니까.

우리 마당 김기종입니다.

많은 관심과 걱정에도 불구하고, 이제야 글을 올리게 되어 송구스러울 따름입니다.

항소심 마칠 때까지는 이런저런 사정 때문에……

앞으로는 가끔씩 편지를 드리겠습니다.

저는 지난 6월 20일에 항소심 판결문을 받아 보았습니다.

16일 법정에서는 12년 형을 선고하면서, '살해'로 들었는데 판결문에는 '사망에 이를 위험성'이라고 판시되어 있었습니다.

주 5일 만에 퇴원한 마크 리퍼트 미국대사, 그리고 수술 치료 도중 9일 만에 구치소로 이송되어, 항소심 선고일에도 휠체어에 의지하고 재활에 노력 중인 저를 비교하면(오른쪽 다리 안팎 골절, 왼팔 인대 파열 등)…… 특히 서울구치소 의료실의

실태를 알고 계시는 분들께는……,

아무튼 저로서는 이번 사건 못지않게, 재판 과정의 사법 현실을 통해, 우리와 미국과의 관계를 확인시켜주는 또 다른 역사를 기록으로 족적 남겼다고 봅니다(만약 동남아 등의 약소국 대사였다면, 어떤 결과?).

저는 법정에서도(퇴정하면서 외쳤듯이) 밝혔듯이(항소심 선고받고 퇴정하며) 이번 사건은 '역사가 심판 한다'고 생각하겠습니다.

4349년 6월 21일

김기종 올림

이상호 님 편지 1

안병길 목사님

이제는 목사님으로 인사드리게 됩니다. 농번기에 목회까지 바쁘실 텐데 이렇게 기억해주시고 격려를 주셔서 감사드립니다. 문 대통령의 파격적인 언행이 연일 뉴스를 도배합니다. 신문이 기다려지고 저녁 7시 뉴스도 시간 맞춰 켜게 됩니다. 사실 탄핵 전에는 저녁 7시 뉴스시간 5분이 지나야 TV를 켰었습니다. 기레기 방송의 박근혜 등장이 너무 보기 싫어서였습니다. 하지만 동일 인물인 박근혜가 있을 곳에 있으면서부터 TV 속 박근혜가 큰 기쁨을 줍니다. 정권교체의 바람이 감옥 안에서도 부는 거 같습니다.

5, 6월 초여름의 더위가 아무리 기승을 부려도 반바지 착용은 7월부터 가능했는데 올해는 처음으로 6월부터 허용합니다. 또한 에프킬라도 6월부터 사용하게 된 문제로 대구소측과 마

찰이 있었습니다. 서울 구치소에서는 모기약을 오후 5시쯤에 나눠주고 다음 날 기상시간인 6시 20분 전에 수거를 하여 새벽에도 모기를 퇴치할 수 있었는데, 대구소는 지금 당일 취침시간인 9시에 수거를 해서 타 소처럼 기상시간에 수거할 것을 요구하였습니다. 개별처우 대상인 저에게는 그렇게 배려할 수 있지만, 전체 수용자는 안 된다고 하여 논쟁을 하다가 금주까지 시정하지 않으면 국가 인권위 청와대에 시정요구 하겠다 했더니 보안과장 주재로 긴급회의를 하며 공식적으로 시정을 하였습니다. 이처럼 아직은 미흡하고 속도감도 없지만 울타리가 높은 감옥에서도 조금씩 촛불혁명의 위력이 나타나고 있습니다. 저는 2급수여서 한 달에 3번 전화가 가능합니다.

어제는 아내와 통화를 했더니 정부가 주관한 6·10 행사에 민가협 어머니들과 함께 초대되어 다녀왔다고 합니다. 참으로 격세지감을 느꼈습니다. 불과 몇 개월 전만 하여도 가족에게까지 간첩이라고 손가락질하며 고립과 배척의 대상이었는데 정부초대라니…… 그런데 정작 이명박, 박근혜의 정치적 희생자들은 아직 감옥에 있습니다. 또한 한·미 동맹을 최우선시한다며 알박기한 사드도 그대로 있고, 미·일 주도의 동족에 대한 최대 압박에도 공조하고 있습니다. 이제 정권교체 한 달 남짓이고 내각구성도 채 갖추지 못한 조건이라 더 지켜봐야 하겠지만, 우려의 모습이 보입니다. 사실 문 대통령의 언행에 '파격'

이라는 수식어와 함께 높은 지지율에는 이전 정권의 무능과 독선 등, 비정상의 덕을 보는 측면이 강한 게 사실입니다. 문 대통령 자신이 말했듯이 현 정권은 촛불 혁명이 탄생시킨 정권이며 따라서 상대적 파격이 아닌 본질적 혁명을 요구받는 정권이라 하겠지요.

어쩌면 우려의 깊이만큼 기대가 큰지도 모르겠습니다. 저는 만기가 8월 27일입니다. 조만간 나가서 자주, 민주, 통일의 길에서 목사님을 뵙고 시원한 막걸리 마시며 그간의 배려에 감사의 인사를 올리겠습니다.

이른 폭염과 농사일에 건강 조심하시길 바랍니다.

2017년 7월 대구소에서

이상호 드림

이상호 님 편지 2

안병길 목사님!

새 민중정당 창당을 준비하는 기쁜 소식도 들립니다. 저는 운동의 삶을 살기 전에 목사의 사명이 있다는 목사님과 어느 교회에나 있는, '용한 꿈을 꾸는' 집사님들 가족의 강한 회고로 마지못해 결심을 하고 신학을 하기 위해 돈을 벌려고 삼성전자에 입사를 했습니다. 그때가 86년입니다. 거기서 처음 공돌이가 되었고, 공돌이에게는 하나님을 섬길 시간도 주어지지 않는다는 사정을 알게 되었습니다. 청년회, 주일교사, 맡겨진 일을 하려면 주말 특근을 거부해야 되는데, 공돌이에겐 그 거부권한이 존재하지 않았습니다. 하여 목사님에게 사정을 설명하고 어쩌면 좋으냐고 상의를 하니까 회사를 나오라고 하더군요. 그래서 나머지 기독교인들은 어쩌냐고 하니까 그들은 그들의 그릇이 있다면서, 저에게 퇴사하라는 말에 더 따지고 드니까 하나님을 가슴으로 믿지 못하고 머리로 믿는다고 그러면 교만해진다고 하더군요. 하지만 신학을 결심한 저에게 신앙생활을 보장 안하는 회사의 처우를 이해할 수 없었고 그냥 나오는 것도 옳지 않다고 생각했습니다. 동시에 현장의 반인권적인 대우에서도 문제의식을 키우던 어느 날, 상사에 의한 직원폭행사건을 계기로 대자보를 써 붙여 상사와 사측의 공개 사과를 받아냈습니다. 이는 '나눔회'라는 조직이 꾸려져, 대표를 맡아 노조설립을 준비하던 중 88년에 해고되었습니다. 삼성전자 1호 해고자의 명예도 안게 되었습니다. 입사, 해고 2년의 과정에서 노동계급의 의식을 갖게 되었고, 진로 선택을 고민하게 되었습니다. 그 과정에 삼성전자 노무 이사가 다니던 교회에 찾아와 담임목사를 만났고, 목사는 교회 이미지 나빠진다고 출교를 권했지요. 목사의 냉정에 저의 선택은 보다 더 용이하게 결단하는 계기가 되었습니다. 당시 이병철 회장 비서실에서 왔다는 놈이 저를 설득하는 과정에서 자신도 교인이라며, 누가 옳은지 하나님께 제안, 실제 기도하는데 제가 옳다는 가슴의 소리를 듣고 회개하라고 했더니, 자신이 집사라면서 저에게 신앙생활을 잘못하고 있다더군요. 20대의 순수한 청년에게 목사, 집사에 의한 신앙적 일탈은 충격이었고, 그로 새로운 눈을 뜨는 시간이 되기도 했습니다. 하지만 질투, 징벌의 하나님이 두려워 쉽게 결정 못 하다가 노동운동으로 2번 더 해고당하면서 하늘의 하나님을 땅의 하나님으로(민중) 바꾸게 되었습니다. 글이 길어진 이유는 회장님을 목사님으로 호칭하겠다는 말씀입니다.

신앙의 중독은 끊어도 어딘가 남아있습니다. 누나와 장모님은 저의 감옥행을 신앙과 결부 지어 '불신지옥' 저를 대신하여 기도를 엄청 한다고 합니다. 하하, 그러면 저도 그런가 싶기도 합니다. 땅의 신을 섬긴 지 30년이 되었습니다. 땅의 신이 더 이상 박근혜 같은 인간을 내세우지 않도록 신앙생활을 더 열심히 하려고 합니다. 만기 4년을 이제 6주 남겨 놓고 있습니다. 긴 시간의 들숨을 고른 날숨으로 바꾸기 위해 천천히 연습하고 있습니다. 이후 자주, 민주, 통일의 길에서 자주 인사드리겠습니다.

대구소 이상호 드림

우리 모두는 길 위에 서 있는 사람들입니다. 길 위라 함은 여행자라는 말이기도 합니다. 히말라야 안나푸르나에 두어 번 가면서 길은 끝이 없다는 생각이 들었습니다. 젊은 청년시절 집도 절도 없이 떠돌았던 가난한 예수를 만나 그의 길을 따르게 되었습니다. 자기 자신의 목숨까지 던져주신 그 길! 사회 역사에 대하여 눈뜨게 된 건 순전히 80년 5월 광주의 빛입니다. 식민지 역사에서 군사독재의 시대까지 이 땅에는 국민이 주인되어 본 적이 없습니다. 이런 서글픈 역사 위에서 글은 숨 틔우기였는지 모릅니다.

광화문 촛불은 "이게 나라냐?"고 묻고 있었습니다. 그동안 법이 제대로 작동되지 않았습니다. 법은 백성들 위에 군림하면서 가진 자와 힘 있는 자의 편에 섰습니다. 제 아비가 했던 짓 그대로 흉내 내었던 박근혜가 구속되었고, 이 책을 준비하는 동안 이명박도 구속되었습니다. 다른 건 혹 용서될는지 몰라도 4대강 사업 한다면서 모든 생명의 모태요 하나님의 자궁인 강바닥을 긁어낸 일은 책임을 져야 마땅합니다.

책을 준비한다니까 흔쾌히 추천서 쓰겠다고 하신 강영수 님은 양심수후원회 회장으로 일할 당시 광주구치소에서 만난 대북사업가이십니다. 3년 넘게 억울한 옥살이를 하셨습니다. 이길웅 선생께서는 북에서 오신 글쟁이이시고, 북에서 24년 동안 교육사업을 하셨습니다. 군당지에도 글을 쓰셨던 분인데 김대중 대통령 때 국가 초청으로 아들, 손자, 며느리까지 온 가족이 남으로 오신 보석 같은 분이십니다. 그런 분이 써주신 추천 말씀이 너무 분에 넘쳐나는데 앞으로 그리 살라는 말씀으로 받겠습니다.

십수 년 전 울산 백원근 형이 주보글 모아 책을 내자고 선뜻

인쇄비를 도와주셨는데 돈은 날아가 버렸고, 생면부지인 김성달 선생께서 내 얘기 듣고 책을 찍어 주셨다는 것을 얼마 전에 알았습니다. 그 인연으로 김성달 님과 다시 책을 만들었습니다. 글공부 해본 일 없어 그저 생각나는 대로 써 갈긴 글을 편집하느라 애쓰신 도화출판사 박지연 편집장님께 감사드리고, 거친 문체에 고운 옷을 입혀주신 김성달 님께는 경의를 표하며, 나이 60고개 넘어 오기까지 길 위에서 만나 나를 나되게 해주신 인연들에게 큰절을 올립니다.

2018년 가을

안병길 목사

광야에서 온 편지

초판 1쇄인쇄 2018년 9월 5일
초판 1쇄발행 2018년 9월 7일

저 자 안병길
발행인 박지연
발행처 도서출판 도화
등 록 2013년 11월 19일 제2013－000124호
주 소 서울시 송파구 중대로34길 9－3
전 화 02) 3012－1030
팩 스 02) 3012－1031
전자우편 dohwa1030@daum.net
인 쇄 (주)현문

ISBN | 979－11－86644－64－5 *03810
정가 15,000원

도화道化, fool는

고정적인 질서에 대한 익살맞은 비판자,
고정화된 사고의 틀을 해체한다는 뜻입니다.